紅樓小札

俞平伯

目錄

讀《紅樓夢》隨筆

前言

《紅樓夢》一名《石頭記》，書只八十回沒有寫完，卻不失為中國第一流長篇小說。它綜合了古典文學，特別是古小說的特長，加上作者獨特的才華，創闢的見解，發為沈博絕麗的文章。用口語來寫小說到這樣高的境界，可以說是空前的。書的開頭說「真事隱去」，彷彿有所影射，再說「假語村言」而所用筆法又深微隱曲，所以它出現於文壇，如萬丈光芒的彗星一般，引起紛紛的議論，種種的猜詳，大家戲呼為「紅學」。這名稱自然帶一些頑【一】笑性的。但為什麼對別的小說都不發生，卻對《紅樓夢》便會有這樣多的附會呢？其中也必有些緣故。所以了解《紅樓夢》，說明《紅樓夢》都很不容易，在這兒好像通了，到那邊又會碰壁。本篇先就它的傳統性、獨創性和作者著書的情況粗略地敘說。

【一】頑，舊同「玩」。編者注。

一 《紅樓夢》的傳統性

中國小說原有兩個系統：一、唐傳奇文，二、宋話本。傳奇文大都用文言，寫愛情神怪的故事。它的發展有兩方面，一面為筆記小說，又一面又改編成戲劇，如有名的《鶯鶯傳》之為《西廂記》。話本在宋時，一般地說分四個家數，最主要的是「小說」（這小說是話本特用的術語）和講史。「小說」更能夠反映當時社會的情況，元明兩代偉大的長篇小說，如《水滸》、《西遊記》、《金瓶梅》都從這一派變化出來的。從《紅樓夢》書中，很容易看出它如何接受了、綜合了、發展了這兩個古代的小說傳統。

《紅樓夢》以「才子佳人」做書中主角，受《西廂》的影響很深。書上稱為《會真記》，有名的如二十三回黛玉葬花一段，寶玉說「看了連飯都不想吃」。以後《西廂記》幾乎成為寶玉、黛玉兩人對話時的「口頭語」了。本書引用共六、七次之多，而且用得都很靈活，如四十九回引「是幾時孟光接了梁鴻案」一段，寶黛借《西廂》來說自己的話，非常自然。

再說《水滸》。這兩書的關連表面上雖不大看得出，但如第二十四回記倪二醉遇賈芸，脂硯齋評云：「這一節對《水滸》記楊志賣刀遇沒毛大蟲一回看，覺好看得多矣。」這可以想見作者心目中以《水滸》為範本，又本書第二回賈雨村有「正氣」、「邪氣」一段演說，跟《水滸》第二回「誤走妖魔」意思相同。《紅樓》所謂「一絲半縷誤而逸出」，實即《水滸》的「一道黑氣滾將出來」。

《紅樓夢》開首說補天頑石高十二丈，方二十四丈，共有三萬六千五百零一塊，原合十二月，二十四氣，周天三百六十五度四分度之一，跟《西遊記》第一回說花果山仙石有三丈六尺五寸高，二丈四尺開闊，說法略異，觀念全同。這點有人已經說過。【二】而且，這塊高十二丈、方二十四丈的頑石，既可縮成扇墜一般，又變為鮮明瑩潔的美玉，我覺得這就是「天河鎮底神珍鐵」（金箍棒）塞在孫猴子的耳朵裏呵。

《金瓶梅》跟《紅樓夢》的關連尤其密切，它給本書以直接的影響，近人已有專書論述，這兒不能詳引。【三】如《紅樓夢》的主要觀念「色」、「空」（這色字讀如色欲之色，並非佛家五蘊的「色」），明從《金瓶梅》來。又秦可卿棺殮一節，幾全襲用《金瓶梅》記李瓶兒之死的文字。脂硯齋本評所謂「深得《金瓶》壼奧」是也。

如上邊簡單引用的各例，本書實集合古來小說的大成。不僅此也，它還繼承了更遠的文學傳統，並不限於小說，如《左傳》、《史記》之類，如樂府詩詞之類，而《莊子》與《離騷》尤為突出。脂硯齋本第一回評，明說「《莊子》、《離騷》之亞」；第六十三回借妙玉的口氣說「文是《莊子》的好」；第二十一回，寶玉摹擬《莊子．胠篋篇》，這都不必細說。我以為莊周還影響《紅樓》全書。它的汪洋恣肆的筆墨，奇幻變換的章法，得力於《莊子》很深。

至於對《離騷》的關係，借本書裏最大的一篇古典文《芙蓉誄》來說明。這文用《離騷》、《楚辭》最多，見於作者的原注。其中有更饒趣味的一條，不妨略談的，即寶玉在這有名的誄文裏把他的意中人晴雯，比古人中夏禹王的父親叫「鯀」的。寶玉說：「直烈遭危，巾幗慘於羽野。」作者原注：「鯀剛直自命，舜殛於羽山。《離騷》曰：『鯀婞直以亡身兮，終然夭乎羽之野。』」這是特識、特筆。像晴雯這樣美人兒，拿她來比自古相傳「四凶」之一的鯀，夠古怪的；所以後人把這句改為「巾幗慘於雁塞」，用昭君出塞的故事，以為妥當得多了，而不知恰好失掉了作者的意思。賞識這婞直的鯀本是屈原的創見，作者翻「婞直」為「剛直」，彷彿更進了一步。這是思想上的「千載同心」，並不止文字沿襲而已。

上邊所舉自不能全部包括中國古典文學，但《紅樓夢》的古代淵源非常深厚且廣，已可略見一斑。自然，它不是東拼西湊，抄襲前文，乃融合眾家之長，自成一家之言。所以必須跟它的獨創性合併地看，才能見它的真面目。若片面地、枝節地只從字句上的痕跡來做比較，依然得不到要領的。

【一】景梅九：《石頭記真諦》。

【二】闞鐸：《紅樓夢抉微》。

二　它的獨創性

《紅樓夢》的獨創性很不好講。到底什麼才算它的獨創呢？如「色」、「空」觀念，上文說過《金瓶梅》也有的。如寫人物的深刻活現，《金瓶梅》何嘗不如此，《水滸》又何嘗不如此。不錯，作者立意要寫一部第一奇書。果然，《紅樓夢》地地道道是一部第一奇書。但奇又在哪裏呢？要直接簡單回答這問題原很難的。

我們試想，宋元明三代，口語的文體已是發展了，為什麼那時候沒有像《紅樓夢》這樣的作品，到了清代初年才有呢？恐怕不是偶然的。作者生長於「富貴百年」的「旗下」家庭裏，生活習慣同化於滿族已很深，他又有極高度的古典文學修養和愛好，能夠適當地糅合漢滿兩族的文明，他不僅是中國才子，而且是「旗下」才子。在《紅樓夢》小說裏，他不僅大大地發揮了自己多方面的文學天才，而且充分表現了北京語的特長。那些遠古的大文章如《詩經》、《楚辭》之類自另為一局；近古用口語來寫小說，到《紅樓夢》已出現新的高峰，那些同類的作品，如宋人話本、元人雜劇、明代四大奇書，沒有一個趕得上《紅樓夢》的。這裏邊雖夾雜一些文言，卻無礙白話的圓轉流利，更能夠把這兩種適當地配合起來運用着。

這雖只似是文學工具的問題，但開創性的特點，必須首先提到的。

全書八十回洋洋大文浩如烟海，我想從立意和筆法兩方面來說，即從思想和技術兩方面來看，後來覺得技術必須配合思想，筆法正所以發揮作意的，分別地講，不見得妥當。要知筆法，先明作意；要明白它的立意，必先探明它的對象、主題是什麼？本書雖亦牽涉種族、政治、社會一些問題，但主要的對象還是家庭，行將崩潰的封建地主家庭。主要人物除寶玉以外，便是一些「異樣女子」所謂「十二釵」。本書屢屢自己說明，即第二回脂硯齋評也有一句扼要的話：「蓋作者實因鶺鴒之悲，棠棣之威，故撰此閨閣庭幃之傳。」簡單說來，《紅樓夢》的作意不過如此。

接着第二個問題來了，他對這個家庭，或這樣這類的家庭抱什麼態度呢？擁護讚美，還是暴露批判，細看全書似不能用簡單的是否來回答，擁護讚美的意思原很少，暴露批評又很不夠。先世這樣的煊赫，他對過去自不能無所留戀；末世這樣的荒淫腐敗，自不能無所憤慨，所以對這答案的正反兩面可以說都有一點。再細比較去，否定的成分多於肯定的，在「賈天祥正照風月鑑」一回書中說得最明白。這風月寶鑑在那第十二回上是一件神物，在第一回上則作為《紅樓夢》之別名。作者說風月寶鑑，「千萬不可照正面，只照背面，要緊要緊」。可惜二百年來正照風月鑑的多。所謂正照者，彷彿現在說從表面看問題，不僅看正面的美人不看反面的骷髏叫正照，即如說上慈下孝即認為上慈下孝，說祖功宗德即認為祖功宗德也就是正照。既然這樣，文字的表面和它的內涵、聯想、暗示等等便有若干的距離，這就造成了《紅樓夢》的所謂「筆法」。為什麼其他說部沒有種種的麻煩問題而《紅樓》獨有，又為什麼其他說部不發生「筆法」的問題，而《紅樓》獨有，在這裏得到一部分的解答。

用作者自己的話，即「真事隱去」、「假語村言」。他用甄士隱、賈雨村這兩個諧聲的姓名來代表這觀念。自來看《紅樓夢》的不大看重這兩回書，或者不喜歡看，或者看不大懂，直到第三回才慢慢地讀得津津有味起來。有一個脂硯齋評本，曾對這開端文字不大贊成，在第二回之末批道：

> 語言太煩令人不耐。古人云惜墨如金，看此視墨如土矣，雖演至千萬回亦可也。

這雖然不對，卻也是老實話。實在看不出什麼好處來。殊不知這兩回書正是全書的關鍵、提綱，一把總鑰匙。看不懂這個，再看下去便有進入五花八門迷魂陣的感覺。這大片的錦綉文章，非但不容易看懂，且更容易把它弄擰了。我以為第一回書說甄士隱跟道士而去；甄士隱去即真事隱去。第二回記冷子興與賈雨村的長篇對白；賈雨村言即假語村言。兩回書已說明了本書的立意和寫法，到第三回便另換一副筆墨，借賈雨村送林黛玉入榮國府，立即展開紅樓如夢的境界了。

作者表示三點：（一）真事，（二）真的隱去，即真去假來，（三）假語和村言。第二即一三的聯合，簡化一點即《紅樓夢》用假話和村粗的言語（包括色情描寫在內）來表現真人真事的。這很簡單的，作者又說得明明白白，無奈人多不理會它。他們過於求深，誤認「真事隱」為燈虎之類，於是大家瞎猜一陣，誰都不知道猜着沒有，誰都以為我猜着了，結果引起爭論以至於吵鬧。《紅樓夢》在文學上雖是一部絕代奇書，若當作謎語看，的確很笨的。這些紅學家意欲抬高《紅樓夢》，實際上反而大大的糟蹋了它。

把這總鑰匙找着了再去看全書，便好得多了，沒有太多的問題。表面上看，《紅樓夢》既意在寫實，偏又多理想；對這封建家庭既不滿意，又多留戀，好像不可解。若用上述作者所說的看法，便可加以分析，大約有三種成分：（一）現實的，（二）理想的，（三）批判的。這些成分每互相糾纏着，卻在基本的觀念下統一起來的。雖虛，並非空中樓閣；雖實，亦不可認為本傳年表；雖褒，他幾時當真歌頌；雖貶，他又何嘗無情暴露。對戀愛性欲，十分的肯定，如第五回警幻之訓寶玉；同時又極端的否定，如第十二回賈瑞之照風月鑑。對於書中的女性，大半用他的意中人作模型，自然褒勝於貶，卻也非有褒無貶，是按照各人的性格來處理的。對賈家最高統治者的男性，則深惡痛絕之，不留餘地。凡此種種，可見作者的態度，相當地客觀，也很公平的。他自然不曾背叛他所屬的階級，卻已相當脫離了階級的偏向，批判雖然不夠，卻已有了初步的嘗試。我們不脫離歷史的觀點來看，對《紅樓夢》的價值容易得到公平的估計，也就得到更高的估計。《紅樓夢》像彗星一般的出現，不但震驚了當時的文學界，而且會惹惱了這些反動統治者。這就能夠懂得為什麼既說真事，又要隱去；既然「追蹤隱跡」，又要用「荒唐言」、「實非」之言、「胡謅」之言來混人耳目，他是不得已。雖亦有個人的性格、技術上的需要種種因素，而主要的，怕是它在當時的違礙性。說句詭辯的話，《紅樓夢》正因為它太現實了，才寫得這樣太不現實的呵。

像這樣的寫法，在中國文學裏可謂史無先例，除非拿它來比孔子的《春秋》，在本書第四十二回說過：

> 用《春秋》的法子，將市俗的粗話，撮其要，刪其繁，再加潤色，比方出來一句是一句。

正是所謂「夫子自道」了。不過《春秋》像「斷爛朝報」，誰也不想讀的，《紅樓夢》卻用最圓美流暢的白話寫出迷人的故事，二百年來幾乎人人愛讀。從前有一位我的親戚老輩說過：「做了一個人，不可不讀《紅樓夢》」。我當時還小，完全不懂，只覺得這樣說法古怪。說起書來，書是未有的奇書；說起人，人是空前的怪傑。話可又說回來了，假如《紅樓夢》真有一點兒像《春秋》呢，豈不也依然承接了中國最古老的文學傳統嗎？這裏可以看出本文雖分傳統與獨創兩部分來談，實際上只是一回事，一件事物的兩方面。所以並不能指出《紅樓夢》哪段是創造的，哪句是因襲的，要說創造，無非創造，要說「古典」，無非「古典」，就在乎您用什麼角度來看。

讀者原可以自由自在地來讀《紅樓夢》，我不保證我的看法一定對。不過本書確也有它比較固定的面貌，不能夠十分歪曲的。譬如以往種種「索隱」、許多「續書」，至今未被大眾所公認，可見平情之論，始能服人，公眾的意見畢竟是正確的。

三　著書的情況

本節只能談三個問題：（一）著者，（二）書未完成和續書，（三）著者和書中人物的關係。

大家都說曹雪芹做《紅樓夢》，到底他做了沒有呢？這個問題首先碰到。看本書對雪芹著書一節並不曾說煞，只在暗示。據通行本第一回：

空空道人因空見色，由色生情，傳情入色，自色悟空，遂改名情僧，改《石頭記》為《情僧錄》。東魯孔梅溪題曰《風月寶鑒》。後因曹雪芹於悼紅軒中披閱十載，增刪五次，纂成目錄，分出章回，又題曰《金陵十二釵》，並題一絕，即此便是《石頭記》的緣起。

照這裏說，有空空道人、孔梅溪、曹雪芹（有的脂硯齋本，名字還要多一點），到底這些人幹了什麼事？這些名字還真有其人，還出於雪芹的假托？都不容易得到決定性的回答。現在似乎都認曹雪芹一名為真，其他都是他一個人的化名，姑且承認它，即使這樣，曹雪芹也沒有說，我做的《紅樓夢》呵。脂硯齋評中在第一回卻有兩條說是曹雪芹做的。先看第一條：

若云雪芹披閱增刪，然則開卷至此這一篇楔子又係誰撰，足見作者之筆狡猾之甚。

這很明白，無須多說了。再看第二條：

雪芹舊有《風月寶鑑》之書，乃其弟棠村序也。今棠村已逝，余睹新懷舊，故仍因之。

這裏說曹雪芹做《風月寶鑑》，他弟棠村做序。新，指《金陵十二釵》；舊，指《風月寶鑑》。《紅樓夢》大約用兩個稿子湊起來的，而都出於曹雪芹之手。照「脂評」看，應該沒有什麼問題的。但舊抄本刻本的序都說不知何人所為【一】，可見本書的著作權到作者身後還沒有確定下來。

這個事實值得注意。依我的揣想，曹雪芹有時說他做的，有時又不肯明白地說。既做了

【一】 程甲本高鶚《序》：「作者相傳不一，究未知出自何人。惟書內記雪芹曹先生刪改數過。」新發現的乾隆甲辰抄本，夢覺主人《序》：「說夢者誰，或言彼，或云此。」

絕世的文章，以人情論，他也不願埋沒他的辛苦；同時總亦有不願承認的理由。這違礙太多，如大膽的色情表現，古怪的思想議論，深刻的摹寫大家庭的黑暗面，這些就我們現在來看，這又算得什麼，在當時卻並不如此，可以引起社會的疑怪和非議。而且書中人物事跡難免有些根據，活人具在，恩怨亦復太多。凡此種種都可以使得他不願直認，只在本書開首隱約其詞，說什麼「披閱十載增刪五次」，有時便借批評家的口氣道破一下。這些自然是我的揣想。還有一說，第一回書上雖寫了這許多名字，本書又有許多矛盾脫節的地方，我始終認為出於一人之筆。八十回文字雖略有短長，大體上還是一致的。既只出一人之手，這一個人不是雪芹又是誰？所以這《紅樓夢》的著作權總得歸給曹雪芹。在脂評和其他記載，還有些別的證明，不再多說了。

作者問題如此決定了。關於他的生平，我們知道的也很少。曹雪芹名霑，漢軍正白旗人。他們上輩做了三代的江寧織造，父親叫曹頫，雪芹生在南京，到過揚州，後住北京西郊，生活很窮困。生於一七二三年，死於一七六三年，得年四十。【一】他本預備寫一百多回的《紅樓夢》，第一段著作時，約在一七四三到一七五二年。【二】十年之中完成本書多少不可考。至遲到一七五九年，有了八十回的抄本，中間還缺兩回。此外八十回以後的稿子有五六段，後來都遺失了。再過三年書沒有寫完，他便死了。身後有妻無子，景況很蕭條的。大概我們所知，簡括說來不過如此。近來發現他的畫像，跟《棗窗閒筆》所說「身胖頭廣」相似，這可能有些真實性。

曹雪芹是個早慧的天才，他寫《紅樓夢》的初稿不過二十歲左右，到一七五四年本書已有再評的本子了。但此後到一七六三這第二個十年中似乎沒有續寫多少，以致書始終沒完。這跟他晚年的窮愁潦倒有些關係。若連遺失的殘稿算上，則本書完成約亦有百分之八九十。殘稿的情形大概這樣：賈府完全破敗，寶玉生活窮困，只有寶釵和麝月跟着他。黛玉先死了，寶玉後來出了家。最末有警幻《情榜》備列十二釵的「正」、「副」、「又副」、「三副」、「四副」的名字共六十人，榜下都有考語，以寶玉居首。這些材料都分散見於脂硯齋評本中。

書一經傳抄，流行即很廣，大家可惜它沒有完。雪芹身後不久，即有高鶚來補書。他說原本有一百二十回的目錄，後四十回本文散佚，他陸續的在鼓兒擔上配全了。其實後四十回無論回目或本文都出高氏之手，他不肯承認，卻被他的親戚張問陶給說破了。這後四十回的著作權高鶚也在推來推去中，可見當時人對小說的看法跟我們現在很不同。高鶚所續，合併於前八十回，程偉元在一七九一年、一七九二年兩次排印，都稱為程本。從此社會上流通

【一】 脂硯齋本評，雪芹卒於乾隆壬午除夕，以公元計，已到一七六三年。根據敦誠的挽詩「四十年華付杳冥」，由乾隆二十七年上推四十年，他應生在雍正元年癸卯，即一七二三年。

【二】 詳見本人所著《紅樓夢著作的年代》一文。

的《紅樓夢》都是這個百廿回本，直到一九一二年以後，方才印行了，後來又發現了好些舊抄的帶評的本子，有的殘缺，有的完全些，卻沒有超過八十回的。這些自比較接近作者的原稿，但很多錯亂，若不經過整理，有些地方還不如刻本。因程、高二人除續書外，對前八十回也做過一些整理的工作，不過憑了他們的意思不必合於原本罷了。補書在思想上、故事發展和結構上、人物描寫上都跟原本不同，而且還不及原本。《紅樓夢》用這樣本子流通了一百多年，雖然勉強完全了，卻是不幸的。

此外《紅樓夢》還有一種厄運，便是各式各樣主觀的猜謎式的「索隱」。近年考證《紅樓夢》的改從作者的生平家世等等客觀方面來研究，自比以前所謂「紅學」着實得多，無奈又犯了一點過於拘滯的毛病，我從前也犯過的。他們把假的賈府跟真的曹氏併了家，把書中主角寶玉和作者合為一人；這樣，賈氏的世系等於曹氏的家譜，而《石頭記》便等於雪芹的自傳了。這很明顯，有三種的不妥當：第一，失卻小說所以為小說的意義。第二，像這樣處處粘【一】合真人真事，小說恐怕不好寫，更不能寫得這樣好。第三，作者明說真事隱去，若處處都是真的，即無所謂「真事隱」，不過把真事搬了個家，而把真人給換上姓名罷了。因此，我覺得讀《紅樓夢》，必須先要確定作者跟書中人物的關係，尤其是雪芹本人跟「寶玉」的關係。且分作兩層來說：

（一）書中人物有多少的現實性？看本書第一回及脂硯齋評，當初確有過一些真人；有幾個突出的人，如林黛玉、王熙鳳之類，真實性更多。但雖有真人做模型，經過作者文學的手腕修飾以後，卻已大大改變了原有的面貌。如將近事一比，即容易了然。如魯迅先生的《阿Q正傳》，據說紹興確有過一個阿桂。魯迅小說裏的阿Q，雖以真的阿桂為「範」，卻並非當真替阿桂寫傳，如阿Q大團圓，阿桂並未被殺之類。以此推想，曹雪芹即使有個情人叫「阿鑾」，評書的還想為她畫像，但真人的美麗怕決趕不上書中的「瀟湘妃子」。她工愁善病，或者有之。這樣說來，書中人物的現實性是有限制的，作者的意匠經營，藝術的修飾，佔了重要的地位。

（二）為什麼要這些人物？即書中人物功能的問題。這些人，若大若小，男男女女，生旦淨末丑角色各異，卻大夥兒都來表演這整齣的戲叫《紅樓夢》。所以他們在某種情況下都可以代表作者的一部分，卻誰也不能，誰也不曾代表他的全體。書既自寓生平，代表作者最多的當然是賈寶玉。但賈寶玉不等於曹雪芹，曹雪芹也不等於賈寶玉。

就曹雪芹不等於賈寶玉這一點來說，作者的範圍比書中主角照例寬得多，如焦大醉罵，即作者藉此大發牢騷；妙玉說「文是《莊子》的好」，即作者讚美《莊子》；黛玉跟香菱談詩，不妨看作悼紅軒的「詩話」。如寶玉的《芙蓉誄》、黛玉的《葬花吟》，同樣地有資格收

【一】粘，舊同「黏」。編者注。

在曹雪芹的文集裏。就賈寶玉不等於曹雪芹這一點來說，書中寶玉的一言一動，未必合於曹雪芹的日記。寶玉和他本家的關係，未必都合曹氏的譜系。如曹家有過一個王妃，曹雪芹的姑母，而書中元春卻是寶玉的姊姊。如曹寅只有一個親生兒子曹顒，次子曹頫是過繼的；而書中卻說賈母有兩個兒子，而她喜歡次子賈政且過於長子賈赦，恰好把親生過繼的差別顛倒過來一般。如果處處附會，必致種種穿鑿。雪芹以寶玉自寓，也不過這麼一說。即如書中說寶玉與秦氏私通【一】，若把這筆賬直寫在曹雪芹的名下，未必合於事實，更不近乎情理。他為什麼自己罵自己呵。書中人物要說代表作者，哪一個都能夠代表他，要說不代表作者，即賈寶玉也不能代表他。我另做一比喻，這都好像棋中的棋子，寶玉好比老將，十二釵好比車馬炮，而賈赦、賈政之徒不過小兵而已。那些棋子們都擁護這帥字旗，而這盤棋的輸贏也以老將的安全與否來決定的；但老將和車馬炮甚至於小兵的行動，都表現下棋人的心思，卻誰也不代表棋手這個人，他們的地位原是平等的。若說只有老將代表下棋人，豈非笑話。

在此略見一斑，大家可以想到《紅樓夢》裏有許多麻煩的疑問。不但此也，《紅樓夢》還有不少自相矛盾，前言不搭後語的地方，我在上文既稱為絕世無雙，讀者如發現了有些缺點，恐不免要懷疑。我覺得在最後必須解釋一下，這些疑竇和缺點，跟本書的遺憾是相關連的。

本書的不幸，作者的不幸，第一，是書沒寫完；其次，續書的庸妄；再其次，索隱的荒唐；再其次，考證的不能解決問題，其中尤以書的未完為先天的缺陷，無法彌補。假如寫完了，我想有些疑問可以自然地解決，有些脫枝失節自相矛盾處，經作者的最後審定，也能夠得到修正，但這些還都是小節。

沒有寫完的最大遺憾在什麼地方呢？正因為沒有完篇，那象徵性的「風月寶鑒」還正懸着，不能夠像預期完全翻過身來。這個影響未免就太大了。正照鏡子的毛病原不能都推在二百年讀者的身上，作品的自身至少要負一半的責任。惟其如此，更容易引起誤解。反對這書的看作誨淫的黃色書籍，要燒毀它；贊成這書的，產生了「紅迷」，天天躺在床上看。對待的態度似絕對相反，錯誤的性質卻完全相同，都正看了這書，而這書，作者再三說，必須反看。他將在後回書中把它翻過身來，可惜這願望始終沒圓滿。到了今日，誰能借大荒山的頑石補完這殘缺的天呢。

我們對這未完之作覺得加倍的愛惜，讀的時候又必須格外的小心，才對得起這樣好書。我們應該用歷史的觀點還它的廬山真面，進一步用進步的文藝理論來分析批判它，使它更容易為人民所接受，同時減少它流弊的發生，考證研究的工作都配合着這總目的來活動。我們必須對我們的偉大的文學天才負責，我們必須對廣大的人民負責。

【一】　詳見本人所著《紅樓夢研究》中《論秦可卿之死》；又胡適《考證紅樓夢的新材料》中「秦可卿之死」一節。

四《紅樓夢》與其他古典文藝

《紅樓夢》在中國小說中首屈一指，稱為空前並非過譽，但即極偉大的著作亦不能前無所承、破空而起。我嘗說它最能發揮近代國語（北京語）的特長，超越明代諸小說若《水滸》、《西遊》等書而大大地進了一步。除這開創性的優點外，作者必有所承。他又受了些什麼古典文藝的影響呢？要回答這問題也很有興味的。我覺得他至少受了下列各書的影響。在古代詩文跟近古戲曲小說裏各有兩部。當然也不限於這四部書，我認為對《紅樓夢》曾發生最大的影響的有這四部書罷了。

《紅樓夢》第一得力於《莊子》。寶玉喜歡讀《南華經》，並戲續了一節，見本書第二十一、第二十二回。這是顯而易見的。脂硯齋乾隆庚辰評本（此書現藏北京大學，下簡稱脂庚）在二十二回「山木自寇」、「源泉自盜」下都有注，作者自己注的。又如第六十三回邢岫烟述說妙玉「贊文是《莊子》的好」。書中人的話，當然也代表了作者的意見。

更得力於《楚辭》。第十七回寫蘅蕪苑（今本作院）：

忽迎面突出插天的大玲瓏山石來，四面群繞各式石塊，竟把裏面所有房屋悉皆遮住，且一株花木也無，只見許多異草，或有牽藤的，或有引蔓的，或垂山巔，或穿石隙，甚至垂檐繞柱，縈砌盤階，或如翠帶飄飄，或如金繩蟠屈，或實若丹砂，或花如金桂。

這把《楚辭》芳芬的境界給具體化了。隨後寶玉又說了許多香草的名字，而總結為「《離騷》、《文選》所有的那些異草」。

尤可注意第七十八回的《芙蓉誄》，是本書裏最精心結撰的一篇前駢體後騷體的古典文，可窺見作者的文學造詣。此文名為誄晴雯，實誄黛玉，在本書的重要可知。這文脂庚本有注，亦出作者之手。主要的共十八條，卻八引《離騷》、《楚辭》，六引《莊子》，已得十四條，約佔全數百分之八十。借這個數目字來表示《紅樓》作者得力於什麼古書，再明白沒有了。

當然，《紅樓夢》既為話本小說，更應有它直接系統的承受。它脫胎於近古的白話小說和戲曲。就戲曲看，雖引《荊釵》、《還魂》、《虎囊彈》等劇，最突出的要算《西廂記》，引用也最廣泛，幾乎成為寶、黛二人日常談情的口頭語了。

（一）有名的如二十三回黛玉葬花。寶玉說：「真是好文章，你看了連飯也不想吃呢。」下文就引《西廂》：「我就是個多愁多病身，你就是那傾國傾城貌。」黛玉急了，然而後來也說：「呸，原來是苗而不秀，是個銀樣蠟槍頭！」所以寶玉說：「你這個呢，我也告訴去。」兩個人都在發《西廂》迷哩。

（二）如二十六回寫黛玉在瀟湘館長嘆，念着：「每日家情思睡昏昏。」寶玉在窗外聽見，笑道：「為什麼每日家情思睡昏昏？」後文寶玉借着紫鵑說：「好丫頭，若共你多情小姐同鴛帳，怎捨得疊被鋪床。」

（三）第四十九回文字較長，節引於下：

寶玉便找了黛玉來，笑道：「我雖看了《西廂記》，也曾有明白的，幾回說了取笑，你曾惱過，如今想來竟有一句不解。……那『鬧簡』上有一句說得最好，『是幾時孟光接了梁鴻案』。這句最妙。孟光接了梁鴻案，這五個字不過是現成的典，難為他這『是幾時』三個虛字問的有趣。是幾時接了？你說說我聽聽。」黛玉聽了……笑道：「這原問的好，他也問的好，你也問的好。」……寶玉方知原故，因笑道：「我說呢，正納悶是幾時孟光接了梁鴻案，原來是從『小孩兒口沒遮攔』就接了案了。」

活用《西廂》成句已極微妙委宛之能事。這可謂無一處不大引特引其《西廂記》了。卻還不止此。

書中有些境界描寫，實暗從《西廂》脫胎換骨的。脂硯齋曾經指出，這兒也引兩條。（一）第二十五回：「寶玉……只裝着看花兒，這裏瞧瞧，那裏望望，一抬頭只見西南角上遊廊底下欄杆上似有一個人倚在那裏，卻恨面前有一株海棠花遮着，看不真切。」脂硯齋評曰：「余所謂此書之妙皆從詩詞句中泛出者，皆係此等筆墨也。試問觀者，此非『隔花人遠天涯近』乎？」（「隔花」句出《西廂》「寺警」折）（二）同回下文敘紅玉事，「展眼過了一日」。脂評：「必云展眼過了一日者是反襯紅玉『挨一刻似一夏』也，知乎？」（此句出「賴簡」折）

這兩條評評得真不錯，他說「知乎？」好比問着咱們，「你們知道麼？」但他又怎麼會知呢？這很奇怪。我近來頗疑脂硯齋即曹雪芹的化名假名。不然，作者作書時的心理，旁人怎得知。

《紅樓》源本《西廂》，誠然不錯，但尤其直接受了影響的，為明代的白話長篇小說《金瓶梅》。（當然，《水滸》也有些關係。）近人闞鐸有《紅樓夢抉微》一書，專就這點立說，亦不免有附會處，但某些地方卻被他說着了，如《紅樓夢》敘秦氏死後買棺一節幾全襲用《金瓶梅》李瓶兒之文。

在「脂評」裏也有兩條明說《紅樓夢》跟《金瓶梅》的關係的。（一）即在第十三回買棺一段上，脂庚本眉評：「寫個個皆到，全無安逸之筆，深得《金瓶》壺奧。」（二）第二十八回，馮紫英、薛蟠等飲酒一節，脂硯齋甲戌本眉評：「此段與《金瓶梅》內西門慶、應伯爵在李桂姐家飲酒一回對看，未知孰家生動活潑。」這跟脂庚本第二十四回倪二醉遇賈芸一段眉批很相似。彼文云：「這一節對《水滸》記楊志賣刀遇沒毛大蟲一回看，覺好看多矣。己卯冬夜脂硯。」這些顯然都是作者自己滿意的口氣。《水滸》、《金瓶梅》、《紅樓夢》三巨著實為一脈相連的。《紅樓》與《金瓶梅》的關係則尤為密切，在這裏不暇詳說了。

我總覺得《紅樓夢》所以成為中國自有文字以來第一部的奇書，不僅僅在它的「獨創」上，而且在它的併眾長為一長，合眾妙為一妙「集大成」這一點上。

五　寧國公的四個兒子

《紅樓夢》第二回冷子興說：「寧公居長，生了四個兒子」，各種脂評舊抄本及程偉元第一次排本（即程甲本）均同；到了程氏第二次排本（即程乙本）卻改為兩個兒子。四個兒子或兩個似乎沒甚關係。亞東本《紅樓夢》序言者有這樣一段話：

我的脂硯齋《石頭記》殘本也作「四個兒子」，可證「四個」是原文。但原文於寧國公的四個兒子，只說出長子是代化，其餘三個兒子都不曾說出名字，故高鶚嫌「四個」太多，改為「兩個」。但這一句卻沒有改訂的必要。脂硯齋殘本有夾縫朱批云：賈薔賈菌之祖，不言可知矣。

高鶚的修改雖不算錯，卻未免多事了。

他雖認為高氏修改未免多事，卻不算錯，這個判斷是不對的。本書的第七十六回上有這一段文字：

尤氏笑道：「我也就學了一個笑話，說與老太太解解悶。」賈母勉強笑道：「這樣更好，快說來我聽。」尤氏乃說道：「一家子養了四個兒子，大兒子只一個眼睛，二兒子只一個耳朵，三兒子只一個鼻子眼，四兒子倒都齊全，偏又是個啞巴。」

這正在遙遙呼應第二回的「寧公四個兒子」，自來卻很少有人注意到。這樣對賈氏祖先無情的嘲笑諷刺，偏偏出自尤氏口中，作者之意深切著明。下文說，「賈母已朦朧雙眼，似有睡去之態，尤氏方住了口」。接得又自然之至，好像一味描寫淒涼，而微言已在暗中度出。其實賈母即使不睡着，尤氏也說不下去了呵。高鶚的修改愈改愈錯，不但看上文不看下文，而且把《紅樓夢》極重要的暗示，對封建破落戶的暴露揭發當作一個沒說完、沒趣味的笑話來聽，可謂看朱成碧，顛倒黑白了。

六　大觀園地點問題

本書所說賈家的地點約在北京城西北部分。第四十三回，寶玉騎馬出北門，茗烟卻說，出了北門的大道，冷清清沒有可頑的，這很像德勝門。第五十七回邢岫烟說的「恆舒典」，在鼓樓西大街，亦近德勝門。地址都相符，大概沒有什麼問題，不過曹家在這地段是否有過住宅，那就很難說了。

說到大觀園，似乎賈宅的地點已經確定，大觀園所在的問題也隨着解決了。可惜並不這樣的簡單。這裏有三種的因素：（一）回憶，（二）理想，（三）現實。以回憶而論，可在北京，亦可能在南京。曹頫罷官以後儘管住在北京，但作者憶想他家的盛時，在金陵曾有一個大大的花園，這可能性依然很大的，亦即所謂「秦淮殘夢憶繁華」。袁子才所謂「大觀園即余之隨園也」，究竟是否謊話，亦不易確說。

以理想而論，空中樓閣，亦即無所謂南北，當然不完全是空的，我不過說包含相當的理想成分罷了，如十八回賈元春詩云：「天上人間諸景備，芳園應錫大觀名」，顯明表出想像的境界；否則園子縱好，何能備天上人間的諸景呢，而且京中的巨室豪門，附帶的園林每每不大，事實上亦很明白的。

以現實而論，曹家回京後，還過了一段相當繁榮的時期，則他們住宅有小小的庭園自屬可能。這就是真的大觀園，再說明白些，即大觀園的模型。地點隨着住宅當然在北京西城，何況，寶釵詩「芳園築向帝城西」，為最明確的內證。

這三種成分哪一種佔優勢呢？自然很難說。以我看來，現實的成分固然有，回憶想像的卻亦不少。如四十九回「琉璃世界白雪紅梅」，顯然出於虛擬、回憶或者想像。像近人周汝昌君所說，我覺得不很對。他說「亦並未言定非盆中所植」（《紅樓夢新證》，五〇六頁），櫳翠庵的紅梅，寶玉隔牆看見，決非盆景；且在五十回中說，折枝有二尺來高，橫枝有五六尺長，如何會是盆栽。像這樣拉扯，沒有什麼意義。不管成林也罷、成片也罷，十數株的紅梅映雪而開，久住北京的恐誰都沒有見過這樣境界，也等於說北京事實上不曾有過。至於偶然有一兩棵梅花短期間在地面上活了，這些珍奇之例，顯與本書敘述無關。若青苔翠竹，景物固似江南，但北京亦或有之，不足深論。

更有人以為大觀園名為大觀，其實並不太大，書中云云乃形容之詞。這果然也有些道理。不過假定它不大或很小，事實上也有困難，讓我且用粘滯的看法來看。據本書第十六回：

從東邊一帶，接着東府裏花園起至西北，丈量了一共三里半。

故老相傳，京師各城門間的距離為三里，我卻沒量過。書上卻說，大觀園從東到西有三里半。南北不知道，未必是見方三里半罷。就是這樣也很可以。假如偏西北角，該從西直門直抵德勝門；假如正北，又該從德勝門直抵安定門。這在北京城裏是個奇跡，彷彿把故宮給搬了個家。而且更有一點古怪的，十二釵朝夕步行往來其間，豈不都要累壞了麼？所以《紅樓夢》有些話真是所謂「荒唐言」，不讓我們穿鑿地來考證它。而且還有一說，寧府的花園在第十六回上曾再三地說併入大觀園了，如云：

先令匠役拆寧府會芳園的牆垣樓閣，直接入榮府東大院中。

這例最明白。可是在第七十五回上又跑出一個會芳園來了！

賈珍……備了一桌菜蔬果品在會芳園叢綠堂中……賞月。

您想，這如何能夠考證？又前回說天香樓在寧府花園中，建造大觀園時想必亦已拆改歸併了，但七十五回又說，「天香樓射鵠子」，則此樓還在，亦很奇怪。

反正大觀園在當時事實上確有過一個影兒，我們可以這樣說。作者把這一點點的影蹤，擴大了多少倍，用筆墨渲染，幻出一個天上人間的蜃樓樂園來。這是文學上可有應有的手腕。它卻不曾預備後人來做考證的呵。

作者明說荒唐言，我們未免太認真了。假如在北京城的某街某巷能夠找出大觀園的遺址來，在我個人自感很大的興味，但恐怕事實上不許我們有這樣樂觀的想法，所以我最近的意見還跟《紅樓夢研究》裏所說差不多少。

七 天齊廟與東嶽廟

即以現實的成分來說，亦不太簡單。如前篇所云《紅樓夢》中有些近真的地名，如寶玉出的北門是德勝門，如鼓樓西大街是北京真的街名等等。但本書並非只用一種筆法，如東西南北或如實而道，或指東說西，所以碰到了這些地方，讀者須用自己的常識來判斷。如看了一個西字便認為真西，看了一個東字便認為真東，有的地方講得通，有的地方便講不通了。

這兒舉一個例來說明：

第六十三回記賈敬的死，「令其子孫扶柩由北下之門入都」，這北下之門亦可說為德勝門，但我想西直門或者更像一點。京畿名跡多在西郊，賈敬可能在那一帶養靜。這「北」字已不能十分呆看，但還不很顯明。如第八十回敘寶玉「坐車出西城門外天齊廟來燒香還願」，這西城門明明白白是我現今所住的齊化門。其證明有二：

（一）天齊即東嶽。唐玄宗開元十三年，封泰山神為天齊王，見《詔書·禮儀志》。俗稱東嶽為天齊本此，即《西遊記》所謂齊天大聖殆亦從此設想。（二）依本書敘述天齊廟，正和今之朝陽門外東嶽廟相合。

寶玉天性膽怯，不敢看猙獰神鬼之像。這天齊廟本係前朝所修，極其宏壯，今年深歲久又極其荒涼，裏面泥胎塑像皆極其凶惡。（據脂硯齋庚辰本）

逛過東嶽廟的想必都會說光景宛然的罷。天齊廟既定為東嶽廟，則寶玉出的是朝陽門，而西門是東門的反語影射無疑。反過來看，有些關於方向的記載並不顛倒，例如四十三回的北門便是。若處處相反地講，則又跑到「前外」、「宣南」去了，說冷冷清清沒可頑的，豈非笑話。

我認為《紅樓夢》一書用筆靈活且多變化，決不可看呆了。看呆則這兒對了，那兒又錯了，弄得人到處碰壁，有走入迷魂陣的感覺。

八　陸游詩與范成大詩

小說摹寫人情，以能夠意趣生動引人入勝為貴，其中引用書卷不過是陪襯而已，文字每每跟原本稍有出入是無妨的。實不必改，亦不應妄改，且有時竟不能改。這兒以《紅樓夢》引陸放翁、范石湖詩句為例。

《紅樓夢》中有一個重要人物大家熟悉的而且對她為人究竟如何議論紛紛的，便是襲人。她的命名也很突出，書中再三表示，似乎有某種暗示，以致「紅學家」種種猜疑，或拆為龍衣人，或以諧音格讀為花賤人等等。她的命名三見本書，除第三回只說舊人詩句有「花氣襲人」四字，未引全句外，其他兩處第二十三回、第二十八回俱引全句，作「花氣襲人知晝暖」。第二十三回尤特別鄭重地表示出來。茲引如下：

賈政便問道：「誰叫襲人？」王夫人道：「是個丫頭。」賈政道：「丫頭不拘叫個什麼罷了，是誰起這樣刁鑽名字？」王夫人見賈政不喜歡了，便替寶玉掩飾道：「是老太太起的。」賈政道：「老太太如何曉得這樣的話？一定是寶玉。」寶玉見瞞不過，只得起身回道：「因素日讀詩，曾記古人有句詩云：『花氣襲人知晝暖』，因這丫頭姓花，便隨意起的。」

這樣重複地鄭重地說，似乎決不會得錯，而事實上這句七言詩卻偏偏有了個錯字。原詩見陸游《劍南詩稿》卷五十：

紅橋梅市曉山橫，白塔樊江春水生。花氣襲人知驟暖，鵲聲穿樹喜新晴。坊場酒賤貧猶醉，原野泥深老亦耕。最喜先期官賦足，經年無吏叩柴荊。（《村居書喜》）

原作「驟暖」不作「晝暖」，誤「驟」為「晝」，以二字音近容易搞錯之故。且「晝暖」的意境亦復甚佳，不減於「驟暖」。無意誤記麼，有意改字麼，亦不得而知。我們自應該說他引錯了古詩，但在《紅樓夢》上卻無須用古詩原文來硬改，這樣蠻幹對於《紅樓夢》怕沒有什麼好處的。

另外有一個引范石湖的詩的例子更比較複雜，同樣鄭重的提出，同樣有了錯字，而且這錯字決不能改，改了便會鬧笑話。偏偏真有人改了。

第六十三回邢岫烟引妙玉的話：

他常說，古人中自漢晉五代唐宋以來皆無好詩，只有兩句好，說道：「縱有千年鐵門檻，終須一個土饅頭」。

既然兩千年來只有兩句詩好，想其情形這兩句話總不會搞錯了罷，不幸偏偏又錯了。茲引范成大《石湖詩集》卷二十八：

> 家山隨處可行楸，荷鍤攜壺似醉劉。縱有千年鐵門限，終須一個土饅頭。三輪世界猶灰劫，四大形骸強首丘。螻蟻烏鳶何厚薄，臨風拊掌菊花秋。（《重九日行營壽藏之地》）

有「門限」與「門檻」之別。范詩有出處，不比「晝暖」、「驟暖」不過形容之詞，這個矛盾是尖銳的而不能調和的。分原典及小說兩方面來說：

（一）依原典論，必須作「鐵門限」，而且范詩作「鐵門限」本不會錯。范引用六朝的故事：智永以書法得名，賓客造請，門閾穿穴，以鐵固其限，故人號曰「鐵門限」，見《宣和書譜》。雖然引用，卻跟原典意思稍不同。詩意說身後之事，一個人保衛自身像千年不壞的「鐵門限」一般，但終究要埋在墳堆裏去的。

（二）依小說論，必須作「鐵門檻」，硬依原典來改便成為笑話。第一，我們白話只說

「門檻」而不說「門限」，曹改原詩是有他的理由的。第二，《紅樓夢》作者既特別喜愛這兩句，在別處還大用而特用，如第十五回「王鳳姐弄權鐵檻寺，秦鯨卿得趣饅頭庵」，這難道也能改為鐵限寺麼？況且六十三回賈寶玉還明說「怪道我們家廟說是鐵檻寺呢，原來有這一說」。

所以《紅樓夢》的鐵門檻、鐵檻寺是一回事、一句話，無論在哪裏都不能瞎改的。刻本如程甲、乙本以及道光王雪香本都還不曾改，到了光緒間石印《金玉緣》本便改了。

……只有兩句好，說道：「縱有千年鐵門限，終須一個土饅頭。」（注云：「此范石湖自營壽藏詩也，實為本書財色二字下大勘語，故為十五回對待題目，特用秦寶、熙鳳演之，遂為眾妙集大成也。一寺一庵名義到此方出，可見當日謀篇不是枝枝節節為之。」）

注者的確查了原書，惟其如此所以要改，亦惟其如此所以會錯。他既明白「作者的一寺一庵（鐵檻寺、饅頭庵）名義到此方出」，他亦明白「特用秦寶、熙鳳演之」，為什麼把六十三回所引詩句原作「鐵門檻」的給改了呢？改了，即跟「鐵檻寺」之「檻」名目不符，成為兩段，把本書血脈相通、神情一貫的好處給打了個折扣。

徵引原書一字不易，在做考證研究的工作上是值得稱讚和學習的。小說卻又當別論。小說必須意趣生動活潑，最怕掉書袋。當然，生動活潑，不一定要把書給引錯了；不過偶然錯了一兩個字，於文義無妨，即無關係，若有好處更不應妄改。《紅樓夢》把「門限」改為「門檻」，一字的差別，即活用了古詩，把它相當地白話化了融會入小說中，正是點石成金的妙手。依我揣想，大概是作者有意如此改寫，並非錯憶或筆誤。在這裏，我們該專對范石湖來負責呢，還是該對曹雪芹來負責？這必須首先考慮的。若《金玉緣》本的太平閒人，名為依證改字，殊失作者之意，不止大煞風景而已。幸而像這樣本子不甚流傳，現在通行本還作「鐵門檻」的多。

若說對付這樣問題原很容易的。注解附原文之後，引了原曲原句，其是非得失讀者一覽自明，何須謬改前文，成為蛇足呢。

九　姬子

第五十六回「敏探春興利除宿弊」有這麼一段文字：

探春笑道：「你這樣一個通人，竟沒看見姬子書。當日姬子有云：『登利祿之場，處運籌之界者，窮堯舜之詞，背孔孟之道。』」寶釵笑道：「底下一句呢？」探春笑道：「如今斷章取意，念出底下一句，我自己罵我自己不成。」……三人取笑了一回，便仍談正事。（據亞東排本）

姬子書到底是部什麼書呢，誰也說不上來。特別前些日子把這一回書選為高中國文的教材，教員講解時碰見問題，每來信相詢，我亦不能對。

這原來是一個笑話。上文寶釵先說朱子又說孔子，探春就說你這麼一個通人，竟沒看見姬子。拿姬子來抵制她，比朱子孔子再大，只好是姬子了。殆以周公姓姬，作為頑笑。至於這四句文章乃探春信口謅的，大意講做官做買賣的便得違反堯舜孔孟之道，本無下文。所以寶釵問她：「底下一句呢？」彷彿在說，你還編不編了？我看你怎麼編？果然沒有下文了。

探春再說下去，她亦不便肯定官僚買賣人而否定孔孟的，所以她說：「念出底下一句我自己罵我自己不成」。這個對話的意思原很明白，不想最近有人認為真有過這樣的書。

以下除掉我不知有這書一點以外，更舉幾點來說明這個：

（一）我所藏圖注《金玉緣》本，太平閒人注云：「閒人窮，藏書少，實未見姬子書。」看他語氣似乎說不知道，其實說壓根兒沒有呵。從前人知道是作者杜撰的。

（二）就中國書籍文字的常識看，百家諸子中決不可能有姬子這樣的名目；所以造出這樣的書名也不怕人誤會。周公雖姓姬，古代男子自來不以姓冠在名上。像「姬旦」這樣說法，六朝以後間或有之，卻違反古代原來的習慣。

（三）脂庚本與通行本文字稍稍不同，試節引一部在下方：

探春笑道：「你這樣一個通人，竟沒看見子書。當日姬子有云」……三人只是取笑之談，說了笑了一回便仍談正事。

比較前引有兩點不同：一、只作「子書」，是用口語，不作「姬子書」，這是對的，探春編造出姬子來，那就說姬子，也不該說姬子書。猶如我們引《莊子》即說《莊子》，不說莊子書。引《老子》、《墨子》、《列子》亦然，不說老子書、墨子書、列子書。這姬子書三

探春

字是不通的。二、普通本雖有「取笑了一回」之文，卻未明言上文是笑話，脂本卻明說「只是取笑之談」。若探春正經地引了一部子書上的話，豈非一點風趣都沒有，何笑話之有。這地方作者明明告訴我們不可認真，偏偏我們依然要認真。

此外本書還有一個類似的例，不妨一談。第三回有一部書叫做《古今人物通考》，恐怕也出於杜撰，茲引如下：

寶玉道：「《古今人物通考》上說：『西方有石名黛，可代畫眉之墨。』況這妹妹眉尖若蹙，取這個字豈不甚美。」探春笑道：「只怕又是杜撰。」寶玉笑道：「除了四書，杜撰的也太多呢。」

寶玉雖似明徵確引，探春已叫破了他：「只怕又是杜撰」。假如真有這書，寶玉大可駁回，他卻不，繞着彎兒說：「除了四書，杜撰的也太多呢」。既不說有，也不說沒有，口氣圓滑。這就是所謂「明明德以外無書」，寶玉一向的痴想；同時，在這裏默認或明認出於杜撰。我想，這或是作者想要編寫的一部書罷。

有人或者要問為什麼淨瞎搗亂，造書名？我回答，這是小說。若引的書，每部都有，那豈不成了圖書館的目錄卡片了。

十 賈政

近人考證《紅樓夢》的以寶玉即雪芹自寓，推算起來，雪芹的父親曹頫便該是書中人賈政，如胡適便屢次這樣說。（見《紅樓夢考證》及《考證紅樓夢的新材料》）他又引了甲戌脂本，在第二回「賜了這政老爹一個主事之銜……升了員外郎」的旁邊也有朱批：

嫡真實事，非妄擁也。（此「擁」乃「擬」字之誤）

他認為顛撲不破的證據。我覺得這樣看法，《紅樓夢》上賈家的世系即等於曹家的家譜了，這未免太呆板。現在從另外一個角度來看，《紅樓夢》中對賈政並無怨詞，亦無好感。若賈政是事實上的曹雪芹的父親，似乎不應該這樣寫。

（一）賈政跟寶玉是敵對的。寶玉每到賈政那裏去，一家人都替他擔驚受怕，等他平安回來方才放心，屢見本書。突出的像三十三回這樣的打法，彷彿要致之死命一般。這無論如何，不能說作者對賈政有好感。

（二）從給他取名這一點，即在貶斥。書中賈府的人都姓賈原不足奇，偏偏他姓賈名政。試想賈字底下什麼安不得，偏要這政字。賈政者，假正也，假正經的意思。書中正描寫這麼樣一個形象。

（三）讀者或者要問，賈政命名亦許偶合罷，何必諧音。《紅樓》作者他似乎也想到這點，所以用烘雲托月的辦法把賈政的身邊人都一古腦兒搬了出來，其姓名見於第八回，分列在下面，括弧內均係甲戌脂本評。

門下清客相公詹光。（妙，蓋沾光之意）
單聘仁。（更妙，蓋善於騙人之意）
管庫房的總領吳新登。（無星戥）
倉上的頭目戴良。（大量）
買辦錢華。（亦錢開花之意）

這是非常明白的。諧音格在白話小說裏通行，但《紅樓夢》人名並不大用這個的（不是不用），獨有賈政的貼近的身邊人管財務的人一系列地這樣寫法，豈無深意？況且詹光名曰沾光，我們在書裏卻也看不出他的沾光的行為；單聘仁，我們也看不出他善騙人的伎倆來；

跟《海上繁華夢》的計萬全、蕭懷策不同，又何必用這樣惡名加在他們身上呢？這沒有別的解釋，無非烘托出賈政之為假正罷了。

（四）當然，《紅樓夢》之惡賈政，並不單靠這諧音法來表現，應該有些具體的描寫。正面的話不多，多了便失去微文刺譏的作用，依然烘雲托月寫他的身邊人。《紅樓夢》人物中有一個人人惹厭個個搖頭的，便是趙姨娘，而這「政老」偏最寵愛這趙姨娘，可謂味在酸鹹之外。書中有周姨娘一角，若隱若現，似有如無，彷彿贅疣，這也專為襯托趙姨娘的，而趙姨娘被寵又為襯托賈政的為人而設。《論語》說「察其所安」。賈政所安如此，則賈政亦可知矣。

（五）第七十六回擊鼓傳花，花到賈政手中，作者偏給他開頑笑，叫他說個笑話，他只得說了一個怕老婆的故事。怕老婆也很容易描寫的，他卻說那個人舐老婆的腳，噁心要吐，描寫得很惡賴。這也十足地表出賈政的低級趣味來。

（六）寶玉每作詩，賈政總不肯讚好，甚至於「斷喝一聲」，似乎他總該對詩很有研究罷。但「大觀園試才題對額」一回，賈政雖屢說寶玉作得不好，自己卻隻字未題。第二回說賈政「酷喜讀書」，但通觀全書，賈政並無一文一詩一詞，我們常笑他，怕沒有別的能為，只會得斷喝一聲罷了。

從上列六點來看，賈政確是如此的。曹雪芹寫他父親的形象應該如此否，是另一個問題。反正《紅樓夢》對賈政有貶無褒，退多少步說，亦貶多於褒。再者，賈政的配偶王夫人，作者對她亦並無好感。如第七十七回她跟晴雯的一場惡鬥，百世之後，千載以下，同情王夫人呢，還是同情晴雯？我想，不用我來多嘴了。

我們的感想也就是作者的感想。作者，他要我們對「夢」中人採用這樣的態度，這樣的看法的。可惜程偉元、高鶚每不懂這樣意思，於所補後四十回對賈政既屢有好評，最後還讓寶玉給他磕了一個頭才去。即在前八十回中亦妄增字句，如第三十七回開首，賈政放學差，脂本非常簡單地說，程本卻加了數十字大恭維賈政一陣，說他「人品端方風聲清肅」等等，可謂痴人說夢了。

程、高固喜歡賈政，但這種看法卻也不從他二人起始的。在程刻以前甲辰第二回便給賈政加了上上的考語，說什麼「為人端正方直」（這話脂本也沒有），可見此話亦源流甚遠，已非一日了。

十一　賈赦

《紅樓夢》對在封建家庭佔統治地位的男人，一概都沒有好評，如賈敬、賈赦、賈政、賈珍、賈璉、賈瑞、賈蓉等，其中尤以對賈赦、賈珍貶斥為甚。如十三回記秦可卿之死，寫賈珍痛不欲生，如喪考妣，走路都扶着拐杖，形象的醜惡不必說了。賈赦更作惡多端，陷害良民，顯明的例見第四十八回：

誰知雨村那沒天理的聽見了，便設了個法子，訛他拖欠官銀子，拿他到衙門裏去，說所欠官銀，變賣家產賠補，把這扇子抄了來，作了官價送了來。那石呆子如今不知是死是活。老爺拿着扇子問着二爺說：「人家怎麼弄來了？」二爺只說了一句：「為這點子小事，弄的人坑家敗業，也不算什麼能為。」老爺聽了就生了氣，說二爺拿話堵老爺了。因此，這是第一件大的。還有幾件小的，我也記不清，所以都湊在一處，就打起來了。

賈赦為了想得一些玩好，勾結了賈雨村，利用官面的勢力，弄得老百姓家敗人亡。「石呆子如今不知是死是活」，平兒言外意，死多活少。這些行為直接雖出雨村，授意顯係賈赦。這段文字暴露封建大地主跟官僚狼狽為奸的實情非常明白，鬥爭的意味很尖銳。本回題曰：「濫情人情誤思游藝，慕雅女雅集苦吟詩」，似寫薛蟠、香菱；薛蟠出行，以便於香菱進園學詩入社，尤以香菱為主，原是一回很風雅的文章。其敘平兒跟寶釵說話，不過插筆而已。其實不是的，而且正相反。依我看，名為插筆反是正文，而正文反是陪襯。本回主要的目的，即攻擊賈赦。

賈璉也夠壞了，比起他父親來還好一些。他說：「為這點子小事，弄的人坑家敗業，也不算什麼能為。」賈赦的行為連他兒子都看不上眼，其惡可知。從這裏又可以看出，《紅樓夢》對人物的褒貶，含有相對性，即賈璉雖壞，比賈赦卻好；因此有些地方雖亦貶賈璉，在這兒因欲形容賈赦之惡，便不得不把賈璉提高了一步。這個筆法是很深刻嚴冷的。至如第四十六回「尷尬人難免尷尬事」，尷尬者，邪僻不正的意思。這回書裏深惡賈赦、邢夫人，人人皆知，無須多說了。

關於賈氏諸人，特別是男人的壞處，本書有一句歸總的話，讀者看了，便知作者之意。見於第四回之末：

不上一月，賈氏族中凡有的子侄俱已認熟了一半，……引誘的薛蟠比當日更壞了十倍。

上文說過薛蟠打死馮淵，是個殺人的凶手，這兒說「更壞了十倍」，試問再壞到哪裏去？好像有點兒不通，而賈氏諸人的壞亦可想了。

《紅樓夢》既表示得這樣明白，最奇怪的，後人偏有點兒喜歡賈赦。這個道理，我始終不大懂。如第七十六回，賈母吃飯一段，有人把這文字給修改了許多，彷彿上慈下孝一般，另見《紅樓夢校例》，這兒不說了。第二回賈赦在冷子興口中初見時，脂本、戚本都沒有考語，到乾隆甲辰抄本上便加上一句「為人平靜中和」。這「平靜中和」在古代乃上上的考語，卻無端加在賈赦身上，可謂不倫不類，妄謬極矣。偏有程偉元的初次排本（即程甲本）還依照甲辰之文，想來程偉元、高鶚也很喜歡這賈赦的。到了第二年排的程乙本，卻改為「為人卻也中平」，大約程、高二人想了一想，覺得這樣恭維賈赦未免太過了，所以又改回來一些。我平常每說程甲本勝於程乙本，為着程甲稍接近原本一點。但如程甲已經妄改了，程乙加以修訂，碰到這些地方，程乙反而比程甲會好一點，像這例便是。所以程甲、乙本的優劣是相對的，究竟誰優誰劣，必得有人仔細將兩本對勘過，才能夠水落石出呢。

十二　送宮花與金陵十二釵

《脂硯齋重評石頭記》甲戌本首有《紅樓夢》旨義云：

是書題名極多。《紅樓夢》是總其全部之名也。又曰《風月寶鑑》，是戒妄動風月之情。又曰《石頭記》，是自譬石頭所記之事也。此三名皆書中曾已點睛矣。如寶玉作夢，夢中有曲名曰《紅樓夢》十二支，此則《紅樓夢》之點睛。又如賈瑞病，跛道人持一鏡來，上面即鏨「風月寶鑑」四字，此則《風月寶鑑》之點睛。又如道人親眼見石上大書一篇故事，則係石頭所記之往來，此則《石頭記》之點睛處。然此書又名曰《金陵十二釵》，審其名則必係金陵十二女子也。然通部細搜檢去，上中下女子豈止十二人哉？若云其中自有十二個，則又未嘗指明白係某某，及至《紅樓夢》一回中亦曾翻出金陵十二釵之簿籍，又有十二支曲可考。

《紅樓夢》的許多異名在本書中皆有點睛之筆，以上引文已說明了。其論《石頭記》、《紅樓夢》、《風月寶鑑》都很對，惟對於《金陵十二釵》說得很拖沓，尚不得要領。我以為本書第七回「送宮花賈璉戲熙鳳」，即金陵十二釵之點睛也。這回薛姨媽說：

這是宮裏頭作的新鮮樣法堆紗的花兒十二枝。

即十二根金釵的另一寫法非常顯明，卻不是配給十二個人每人一枝，假如這樣點題固然醒豁了，卻未免太呆。

他給了六個人每人一對，這六個人是：迎春、探春、惜春、鳳姐、可卿、黛玉。拿了宮花的當然不成問題了，其不拿宮花的六個人又怎樣呢？我以為有三人是借筆法來間接地點破的，即寶釵、李紈、巧姐。

寶釵從不帶花。薛姨媽道：「姨娘不知道寶丫頭古怪着呢，他從來不愛這些花兒粉兒的。」但花兒本是她的呵。至於李紈、巧姐，周瑞家的雖不曾把宮花送給她們，卻在送花時走過她們住的所在。書上說：

便往鳳姐兒處來，穿夾道，從李紈後窗下過，隔着玻璃窗戶，見李紈在炕上歪着睡覺呢。（脂本）

脂評曰：「細極，李紈雖無花，豈可失而不寫者，故用此順筆便墨，間三帶四，使觀者不忽」。這是對的。又周家與鳳姐送花，事實上到了巧姐的房裏。書上說：

李紈

周瑞家的會意，忙躡手躡足往東邊房裏來，只見奶子正拍着大姐兒睡覺呢。周瑞家的悄問奶子道，姐兒睡中覺呢？也該清醒了。奶子搖頭兒。

似乎閒筆，實係暗地關合巧姐兒。脂評曰：「總不重犯，寫一次有【一】一次的新樣文法」，是關於李紈一種寫法，關於巧姐兒又是一種寫法，說得也很明白的。

如今總算起來，所謂「十二釵」跟這十二枝宮花有關連的已佔了四分之三，即九人；剩下三人：元春、湘雲、妙玉。湘、妙其時尚未出場，自無緣牽扯。迎、探、惜三春都有了，則元春雖然沒有，筆不到而意已到。況且什麼花兒不好送，偏要送宮花呢？又說「宮裏頭作的新鮮樣法」。原從元春那裏來的呵。其關合之法與前文寶釵云云實相類似。

大體說來，作者包括地、扼要地將這「十二釵」給點醒了。打破了呆板的每人一枝的方式，用筆變化而意無不周，可謂神妙矣。但又不止此，第七回全回，似乎用幾樁零碎事湊合的，我從前也這樣想，列舉大端如下：

（一）寶釵談冷香丸，（二）周瑞家的送宮花，（三）鳳姐寶玉到寧府初會秦鐘，（四）焦大醉罵。這許多事只是一意轉折，一氣呵成的。如冷香丸就跟這送宮花是分不開的。如「十二兩」、「十二錢」、「十二分」，共用了十一個「十二」；脂評曰：「凡用十二字樣皆照應十二釵」是也。以蜜糖為丸，以黃柏湯送，則先甘後苦；脂評曰：「末用黃柏更妙，可知甘苦二字不獨十二釵，世皆同有者」是也。至於送宮花跟賈璉、熙鳳之事以及寧府諸事，皆為不可分析的整體，所以末了借醉漢一呼，而全文振動，好像天氣悶熱久了，忽遇迅雷暴雨一般，豈不快哉？

作者在本回之初，自題云：

十二花容色最新，不知誰是惜花人。相逢若問名何氏，家住江南姓本秦。

這詩好極，把我這裏要說的都給他說盡了。足證冷香丸送宮花不特為十二釵之點睛，且為金陵十二釵之點睛，不然，他為什麼說「家住江南姓本秦」呢？可卿一人本書雖淡淡寫來，常在賓位，實為書中主人。即第五回太虛幻境的冊子曲子她均居末位，若當作顛倒敘次看，她實際上是首座亦未嘗不可。既兼釵、黛之美，即為釵、黛二人之合影，（書中秦氏從不與釵黛對話辦交涉，這點很可注意。）其當為十二釵之首，實無可疑者。此詩以可卿名氏領十二花容即此意耳。

【一】 有，同「又」。編者注。

十三　寶玉為什麼淨喝稀的？

這是版本校勘上的一個小插曲。第八回上，寶玉在梨香院飲酒，通行本大抵相同。引一七九一的程排甲本及一九五三的作家出版社的新本為例，以有正本作為參考。上文都記載着：

寶玉已是三杯過去了。

後來薛姨媽說：「姨媽陪你吃兩杯，可就吃飯罷。」但寶玉偏偏沒有吃飯。主要的文字這樣：

幸而薛姨媽千哄萬哄，只容他吃了幾杯，就忙收過了。作了酸笋雞皮湯，寶玉痛喝了幾碗，又吃了半碗多碧粳粥。一時，薛、林二人也吃完了飯，又釅釅的喝了幾碗茶。

這是非常奇怪的。我們且替寶玉算算這篇賬看。上文說「已是三杯過去了」，後來不知又喝了幾鐘【一】。照前引文，最後是吃了幾杯酒，又痛喝了幾碗酸笋雞皮湯，又吃了半碗多的碧粳粥，又釅釅的喝了幾碗茶，總有十幾碗了罷，比盧仝七碗茶還多。他為什麼老這樣喝稀的？實在不可解。有正本所記稍微少了一點，大概也因為他喝得未免太多了罷。錄有正之文：

幸而薛姨媽千哄萬哄，只容他吃了幾杯，就忙收過了。作酸笋鴨皮湯，寶玉痛嗑了兩碗，吃了半碗碧粳粥。一時薛、林二人也吃完了飯，又濼上茶來，大家吃了。

如酸笋雞皮湯（有正本作鴨皮是很可笑的），程本今本作「痛喝了幾碗」，有正本作「兩碗」；「半碗多粥」為「半碗粥」，「喝了幾碗茶」作「大家吃了」，不記數目字。這些地方比較起來，的確減去了不少，然而也還夠多的。

從上下左右來看，更覺奇怪。第八回上寶玉到梨香院，一進門薛姨媽便命人沏滾滾的茶來，後來寶釵又叫鶯兒倒茶來，又嗔怪她不去倒茶，可見寶玉總先喝過茶了。再看下文，茜雪捧上茶來又喝了半盞，然則他回房又去喝茶。李嬤嬤說過：「哪怕你喝一罈呢」，莫非他

【一】鐘，同「盅」。編者注。

寶玉

真想喝一罈麼？為什麼不吃乾飯呢？

假如說，寶玉養得嬌，東西吃得少，但也不該比弱不禁風的美人兒吃得更少更加嬌氣呵。書上明記釵、黛是吃了飯的，說：

薛、林二人也吃完了飯。

那麼，寶玉的不吃乾飯，分明是各本漏寫無疑了。解決的辦法很簡單，讓他吃些乾的不就結了。引脂硯齋甲戌己卯本之文：

吃了半碗飯碧粳粥。

庚辰本同，旁注兩字是後人加的，寫在括弧內：

吃了半碗飯（合些）碧粳粥。

依我們看，無論如何不該刪去「飯」字的，為什麼偏偏刪去「飯」字呢？這緣由從上引庚本可以想像得到。他們大約以為「半碗飯碧粳粥」文氣不順，或增「合些」兩字如庚本，或乾脆刪去飯字，成為「半碗碧粳粥」；或不乾脆刪去飯字，保留下面多一字的痕跡，成為「半碗多碧粳粥」。這都是不用新式標點之故。

我們現在看：

吃了半碗飯、碧粳粥。

是毫無問題了。雪芹當初不曾點斷，便鬧出笑話來。不過這個笑話一擱就二百年，也不大聽人說起，總算《紅樓夢》的好運氣。您要說是它的不幸，自然也隨您的便。

十四 曹雪芹卒於一七六三年

關於曹氏的卒年本不成什麼問題。在脂硯齋甲戌評本有了明文：

壬午除夕書未成，芹為淚盡而逝。

壬午是清乾隆二十七年，那年的除夕即一七六三年二月十一日。這批雖不能定為何人手筆，卻靠得住；因這個人跟曹氏的關係非凡密切，下文又這樣的寫道：

余嘗哭芹，淚亦待盡，每意（欲）覓青埂峰再問石兄，奈余不遇癩頭和尚何，悵悵。……甲午八月淚筆。

甲午八月乃一七七四的九月，以公曆計算在他死後十一年。

但近來卻有了異說。有人認為曹雪芹死於乾隆二十八年癸未。證據在雪芹的朋友，有個旗人叫敦敏的，他的《懋齋詩鈔》上有一詩《寄曹雪芹》，本詩雖不題年月，卻編在題癸未年的詩的後面，遂認這首詩也是癸未年作。既然癸未年尚有人送他詩，則曹氏決不能卒於壬午了。不過這個說法很懸虛。本詩既不題年月，安見得不是錯編在癸未年的詩後面呢？這也出於我的揣想，且不去講他。且述正面的理由。

第一，上引脂評沒有什麼可疑的，即主張新說的人也不完全否定它。壬午他雖認為癸未之誤記，（又怎麼知道他記錯了？）而除夕卻又說不錯，於是折衷為癸未除夕，即一七六四年的二月一日，新版《紅樓夢》就這樣寫着的。殊不知主張新說，必須把舊的推翻了才成。若東拼西湊，折衷為癸未除夕，這新說便站不住了。因為牽涉到另外一個證據。

第二，雪芹的另一個朋友叫敦誠的，有挽他的詩，題甲申年（一七六五）。詩云：

四十年華付杳冥，哀旌一片阿誰銘。孤兒渺漠魂應逐（前數月，伊子殤，因感傷成疾），新婦飄零目豈瞑。牛鬼遺文悲李賀，鹿車荷鍤葬劉伶。故人惟有青山淚，絮酒生芻上舊垧。

末兩句分明是隔了一年來上墳的口氣。「舊垧」即舊墳，《禮記》所謂「朋友之墓有宿草而不哭焉」。我們且把兩個說法比較一下。雪芹若卒於壬午除夕，葬於癸未，到甲申年有人做詩這樣說，正合式了，若移後一年便亂了。死在癸未的「年三十」，不得不葬於甲申；葬於甲申，當年有人去憑弔他豈非簇簇新新的新墳，為什麼要說「舊坰」呢？毛病出在不曾把敦誠的詩意看得明白，只依據敦敏的一首本未題年月的詩，這樣模糊影響的證據創為異說。這完全是不必要的。

因此我主張依據「脂評」，說曹雪芹卒於一七六三年；再用敦誠的詩「四十年華」往上推，即生於一七二三年。這樣說法就不會出大錯，因為詩上的「四十年華」也不宜十分呆看的。

十五　劉姥姥吃茄子

俗語北方鄉下人進城，說「劉姥姥進大觀園」。的確劉姥姥進大觀園，鬧過不少的笑話兒。且講一講她那天吃的茄子。從版本上看，有「茄鯗」「茄胙」的不同。大約各本均作「茄鯗」，獨有正本作「茄胙」，不僅名目不同，做法也完全兩樣的。先錄脂硯齋庚辰本之文：

賈母笑道：「你把茄鯗搛些喂他。」鳳姐兒聽說，依言搛些茄鯗送入劉姥姥口中，因笑道：「你們天天吃茄子，也嘗嘗我們的茄子，弄的可口不可口？」劉姥姥笑道：「別哄我了。茄子跑出這個味兒來了，我們也不用種糧食，只種茄子了。」眾人笑道：「真是茄子，我們再不哄你。」劉姥姥詫意道：「真是茄子，我白吃了半日。姑奶奶再喂我些，這一口細嚼嚼。」鳳姐兒來又搛了些放入口內。劉姥姥細嚼了半日，笑道：「雖有一點茄子香，只是還不像是茄子，告訴我是個什麼法子弄的，我也弄着吃去。」鳳姐兒笑道：「這也不難。你把才下來的茄子把皮劃了，只要淨肉，切成碎釘子，用雞油炸了，再用雞脯子肉，並香菌、新筍、蘑菇、五香腐乾、各色乾果子俱切成釘子，用雞湯煨乾，將香油一收，外加糟油一拌，盛在磁罐子裏封嚴。要吃時拿出來，用炒的雞瓜一拌就是。」劉姥姥聽了搖頭吐舌說道：「我的佛祖，到得十來隻雞來配他，怪道這個味兒。」

各本大致差不多。最近作家出版社本承亞東本之誤，把「用炒的雞、瓜子，一拌就是了。」這樣標點。把瓜子一拌又怎麼吃呢？這是非常可笑的，炒的雞瓜或炒的雞瓜子，即炒雞丁呵。

有正本則作「茄胙」，做法不同，節引如下：

鳳姐笑道：「這也不難。你把四五月裏的新茄包兒摘下來，把皮和穰子去盡，只要淨肉，切成頭髮細的絲兒，曬乾了，拿一隻肥母雞靠出老湯來，把這茄子絲上蒸籠蒸的雞湯入了味，再拿出來曬乾。如此九蒸九曬，必定曬脆了，盛在磁罐子裏封嚴了。要吃時，拿出一碟子來，用炒的雞瓜子一拌就是了。」劉姥姥聽了搖頭吐舌道：「我的佛祖，到得十幾隻雞兒來配他，怪道好吃。」

讀者要問這兩個做法哪個好吃，或者可以做，我非廚師傅不能解答這問題，依常識想來，哪一個都似乎沒法做，更別提好吃了。不過有正本的「茄胙」似乎更不能做。區區一茄子，乃切成頭髮細的絲兒，九蒸九曬，那連茄子的魂靈兒都沒有了。這還能夠「必定曬脆了」？茄鮝當然也不好做，但比茄胙稍近情一點。

它說的菜事實上既沒法做，就會牽扯到一個似乎嚴重的問題：即這樣是否妨礙了《紅樓夢》的現實性？我的回答，毫不妨礙。《紅樓夢》只是小說，並非食單食譜，何礙之有？照了小說去燒菜吃，這也未免太天真了吧。

菜既不能做，做了也未必能吃。他為什麼這麼寫？這是大有深意的。要知道，他在諷刺貴族生活的不近情理的奢侈。照茄鮝的說法，要用雞油、雞脯子肉、香菌、新笋、蘑菇、五香腐乾、各色乾果子、雞湯、香油、糟油、炒的雞瓜，這麼許多東西來配它，難怪劉姥姥搖頭吐舌地說：

> 我的佛祖，到得十來隻雞來配他，怪道這個味兒。

言外也並不怎麼佩服。作者之意蓋可見矣。

再看「茄胙」。上文說過，把柔軟的茄子切成頭髮一般細的絲，試問這是什麼手藝？又把它去九蒸九曬，試問成什麼了？這多麼荒乎其唐，鳳姐兒叫劉姥姥「嘗嘗我們的茄子」，也難怪劉姥姥說：

別哄我了。茄子跑出這個味兒來了，我們也不用種糧食，只種茄子了。

是的，「不種糧食，只種茄子」，老百姓吃什麼呢。這大有西晉惠帝「何不食肉糜」之意。《紅樓夢》原是非常現實的，而有時好像不現實。惟其貌似違反現實，更表現了高度的現實性。

十六《臨江仙》題詞

《紅樓夢》有些詩是作者自己留題本書的，如甲戌本有這一首就很好。

浮生着甚苦奔忙，盛席華筵終散場。悲喜千般同幻渺，古今一夢盡荒唐。謾言紅袖啼痕重，更有情痴抱恨長。字字看來皆是血，十年辛苦不尋常。

近來校治《紅樓夢》，追懷作者，輒有所感，為賦《臨江仙》調一詞，略附詮釋，以便省覽。

惆悵西堂人遠，（第二十八回，薛蟠、寶玉飲酒一段，甲戌本脂批：「誰曾經過，嘆嘆。西堂故事也。」庚辰本脂批：「大海飲酒，西堂產九台靈芝日也，批書至此寧不悲乎。壬午重陽日。」是西堂乃曹氏舊日書齋。）仙家白玉樓成。（用李賀故事。雪芹卒年才四十耳。）可憐殘墨竟縱橫。（第一回甲戌本脂批：「壬午除夕書未成，芹為淚盡而逝。」）茜紗銷粉淚，綠樹問啼鶯。（本書第五十八回：「杏子陰假鳳泣虛凰，茜紗窗真情揆痴理」，暗示書中主角寶黛將來的情形，詳見本人著《談紅樓夢的回目》之十三。）　多少金迷紙醉，真堪石破天驚。（作者以補天荒石自喻，信乎言大而非誇也。）要從生際見無生。（第一回曰：「自色悟空。」蓋種種風月繁華，只是多方比喻而已，所謂「假語村言」也。）千秋寧有待，（作者下筆有千秋之想，此願果酬於身後。）一夢與誰聽。（「一夢」已見前所引詩。又曰：「都云作者痴，誰解其中味」，則知音之少。作者已自知而自言之矣。）

頃承葉遐庵先生賜以和詞，文義雋雅，不勝拋磚引玉之感，並錄於下：

證憶怡紅淚墨，縈懷早燕新鶯。鏡花誰與計虧成。態濃心自遠，調苦曲難聽。　幻覺依然直覺，有生寧識無生。海枯石爛底須驚。忘言清磬斷，醒夢墜釵橫。

十七　香芋

本書第十九回寶玉講故事給黛玉聽，有這麼一大段，節引如下：

小耗道：「米豆成倉，不可勝記。果品有五種：一、紅棗，二、栗子，三、落花生，四、菱角，五、香芋。」……只剩香芋一種。因又拔令箭問誰去偷香芋。只見一個極小極弱的小耗應道：「我願去偷香芋。」……「我不學他們直偷，我只搖身一變也變成個香芋，滾在香芋堆裏。」……「我說你們沒見世面，只認得這果子是香芋，卻不知鹽課林老爺的小姐才是真正的香玉呢。」

北語「芋」、「玉」同音，作為諧謔。說了這半天「香芋」，香芋到底什麼東西？這不是芋頭（南方叫芋艿），而另是較小的一種。按「香芋」有兩說，一說即落花生。《本草綱目》卷七引《花鏡》：「落花生一名香芋」，這當然文不對題。上文已有了落花生。其二說見於《本草綱目拾遺》卷八：

土芋即黃獨，俗名香芋，肉白皮黃，形如小芋，一名土卵，與野芋不同。《群芳譜》：

「土芋，其根惟一顆，色黃，故名黃獨。」

《中國藥學大辭典》卷上土芋條下亦云，別名黃獨、土豆、香芋，肉白皮黃，可食用，則大略相同。本書所云香芋，大概就是這個了。

舊抄本這一段到底全作「香玉」，不寫出「芋」字來的，當另有緣故。雖寫香玉，意思還影射這個香芋說的。不然，就不能跟棗、栗、花生之類並列了。

十八　賈瑞之病與秦可卿之病

本書第十二回上記賈瑞之病：

（賈瑞）不覺就得了一病，心內發膨脹，口內無滋味；腳下如綿，眼中似醋；黑夜作燒，白日常倦，下溺遺精，嗽痰帶血，諸如此症，不上一年都添全了。於是不能支持，一頭跌倒，合上眼還只夢魂顛倒，滿口說胡話，驚怖異常。百般請醫療治，諸如肉桂、附子、鱉甲、麥冬、玉竹等藥，吃了有幾十斤下去也不見個動靜。倏又臘盡春回，這病更又沉重。

「倏又臘盡春回」承上「臘月天氣」而言；「又」者又是一個臘月也。其說賈瑞病了一年原很明白的，也向來不成問題。即近來發現脂硯齋己卯本、庚辰本等亦並作「不上一年」。近有人據不知名的晚近本子（據說是蝶薌仙史評本），妄改為「不止一月」。殊不知，（一）賈瑞本來是個小夥子沒有什麼病的，若心內發脹、口無滋味、腳如綿、眼似醋、黑夜作燒、白日常倦、下溺遺精、嗽痰帶血，這許許多多的病症，就醫學上談，不上一月萬無添全之理。（二）不到一個月如何能把肉桂、附子、鱉甲、麥冬、玉竹等藥吃了幾十斤下去？即使方劑開得重些，也斷不可能有這麼多。像這樣亂改，可謂愈改愈糊塗了。

不過賈瑞病了一年，而這一年書中無話，完全空白，確很古怪。這樣的寫法自有一種緣故，這關於秦氏之死。若不了解秦氏之病、之死，是不能夠了解賈瑞之病、之死的。換句話說，作者正為着秦可卿的緣故，才這樣寫賈瑞的。主要的是「時間證明」，告訴我們確過了一個年頭。

本書記秦氏之死費了很大的周折。說她沒有病，或有病而不重，不行；書中既不肯明說她是吊死的，那就必須有病，有重病才行。不然，一個人好端端地，忽然死去，於文義為「不詞」。但說她因病而死也不成，她原不是病死的呵。因此表面上必須寫她病得很厲害，如第十一回：

> 鳳姐兒低了半日頭，說道：「這個就沒法兒了，你也該將一應的後事給他料理，沖一沖也好。」尤氏道：「我也暗暗的叫人預備，就是那件東西不得好木頭，且慢慢的辦着罷。」

暗地兒須使她病好了，即使不好，也不致命了。本文借張大夫、鳳姐、秦氏本人屢說過了春分就可無礙。現既有一年之久，則歷春夏秋冬四季，病即使不好，也轉為慢性的了。但

這寫法卻萬不能明顯，稍一明顯，又將前文病得很厲害的空氣給衝散了。一言蔽之，在文字的表面上，必須病重與死相連；這樣，才能表示她好像是病死的。在文字的骨子裏，必須說她病見好而忽然死；這樣，才能表明她的確不是病死的，而以後全家的「納罕」、「疑心」等等才有所根據。一張嘴要說兩家話，好像是算學上的難題。因此用史家「附見」之法，而借重了賈瑞。過了一年這句話，不見於秦可卿傳裏，也不見於其他的地方，沒有其他的情事（所以成為空白），只附見於賈瑞傳中，而輕輕一筆帶過。

近人不識本書有明文的賈瑞病死，既確為一年，也不明白本書所暗示的秦氏非病而死，尤其必須一年，卻相信不可靠的、傳訛的本子來改本書，我認為這是錯誤的。

十九　記鄭西諦藏舊抄《紅樓夢》殘本兩回

近承鄭西諦（振鐸）兄惠借此本，即記所見。舊抄《紅樓夢》一冊，兩回。題「石頭記第二十三回第二十四回」，中縫每頁俱書《紅樓夢》，共三十一頁；每半頁八行，每行約二十四五字。本刻烏絲欄抄，首有「晰庵」白文圖記。

這本抄寫字跡工整，惟訛脫依然很多。如二十三回「梨香院牆下」（二十三回，一二頁上）用今本比照，脫落一大段，約二百五十字以上。若零碎的訛脫，且不去說它。

話雖如此，從異文比較來看，區區短篇卻盡有些特別處。以下分四點敘說：

（一）書中人名的不同。這不必有什麼關係，有些似乎不很好，但差異總是非常顯著的。如賈薔作賈義（二十三回，一頁上），賈芹母周氏作袁氏（同頁下），花兒匠方椿作方春，（二十四回，一五頁下。按「方椿」本是「方春」的諧音，這兒直把謎底給揭穿了。）秋紋作秋雯（一六頁上），檀雲作紅檀。書只有兩回，名字卻已不同了五個。

（二）名雖無異，而用法非常特別，如茗烟焙茗。原來《紅樓夢》裏，一個人叫茗烟又叫焙茗，雖極小事，卻引起許多的麻煩。大體講來，二十三回以前叫茗烟，二十四回起便叫焙茗。【一】從脂評抄本這系列來說，二十三回尚是茗烟，到了二十四回便沒頭沒腦地變成焙茗。我認為這是曹雪芹稿本的情形。程、高覺得不大好，要替他圓全。所以就刻本這系列來說，程甲本二十四回上明寫着「只見茗烟改名焙茗的」（九頁），以後各本均沿用此文。無論從抄本刻本，都可以分明看得出作者的原本確是二十三回叫茗烟，二十四回叫焙茗。

這抄本雖只剩了兩回，恰好正是這兩回，可謂巧遇。查這本兩回書一體作焙茗，壓根不見茗烟。我想這是程、高以外，或程高以前對原稿的另一種修正統一之法。就新發現的甲辰本看，又俱作茗烟，不見焙茗，雖似極端的相反，其修改方法實是同一的，均出程高「改名法」以外，可能都比程、高時代稍前。因假如改名之說通行以後，便可說得圓，並無須硬取消一名，獨用一名了。

（三）關於小紅（紅玉）的出場敘述，頗有不同，也分幾點來說：一、有正本第二十四回說：（賈芸）「只聽門前嬌聲嫩語的叫了一聲哥哥。賈芸往外瞧時，卻是一個十六七歲的丫頭……」（各本大略相同）我從前看到這裏總不大明白，小紅親切地「叫了一聲哥哥」的

【一】為什麼在二十四回上便叫焙茗，也稍微有點緣故。這回裏把寶玉的小厮一古腦兒開列出五個來：鋤藥、引泉、掃花、挑雲、伴鶴，只剩了孤零特出的茗烟，不在排行內，所以便作焙茗。這是曹雪芹的一忽兒這麼寫，一忽兒又那麼寫，他在舉棋不定，並非書中人寶玉要把小厮改名，所以程甲本這般的說法，似乎合理了，實在是錯誤的。我認為這些地方，讀者用常識來看，自然明白，並無需硬改為一致的。

不知是誰，下文又絕不見提起。在這殘本便作「只聽門外嬌聲嫩語叫焙茗哥」（二十四回，一一三頁上），說明了叫的是誰，比禿頭哥哥，似比較明白些。是否合作者之意，卻另一說。

二、小紅出場時的姓名，各本都用作者的口氣來敘述的。如有正本說：「原來這小紅本姓林，小名紅玉，只因玉字犯了林黛玉、寶玉，便都把這個字隱起來，便叫他小紅。」但這殘本，卻是在小紅嘴裏直接向寶玉報了名的，下文便也不再用作者的口氣來敘了。

那丫頭聽說，便冷笑一聲道：「爺不認得的也多，豈止我一個。我姓林，原名喚紅玉，改名喚小紅。……」（二十四回，一一七頁）

最特別的是二十四回的結尾一段。殘本文字簡短，又跟各本大不相同。如有正本「原來這小紅本姓林」以下至結尾，約有三百七十字，這本卻短得多，只有約一百四十字。茲抄錄於下：

原來這小紅方才被秋雯、碧痕兩人說的羞羞慚慚，粉面通紅，悶悶的去了；回到房中無精打彩，把向上要強的心灰了一半，朦朧睡去。夢見賈芸隔窗叫他，說：「小紅，你的手帕子我拾在這裏。」小紅忙走出來問：「二爺，哪裏拾着的？」賈芸就上來拉他。小紅夢中（此處脫去一字）羞，回身一跑，卻被門檻絆倒。驚醒時卻是一夢。細尋手帕，不見蹤跡，不知何處失落，心內又驚又疑。下回分解。（二十四回，一八頁下、一九頁）

這個寫法跟各本大不相同。特別是結尾很好，描寫她夢後境界猶在，以為帕子有了，細細去找；這彷彿蘇東坡的《後赤壁賦》結尾的「開戶視之，不見其處」，似乎極愚，卻極能傳神。從心理方面說，把白天意識下的意中人在夢中活現了；又暗示後文手帕確在賈芸處，過渡得巧好。我認為這樣寫法善狀兒女心情，不僅表示夢境恍惚而已。若一般的本子，如有正本：

那紅玉急回身一跑，卻被門檻絆倒唬醒，方知是夢。要知端的，下回分解。

便是照例文章，比較的平庸了。

（四）零零碎碎的異文，當然不能列舉，略引三條：一、綉鳳一把推開金釧，嘆道：「人家心裏正不自在，你還奚落他，趁這會子喜歡，快進去罷。」（二十三回，四五頁）這個推開金釧的人，各本俱作彩雲，不作綉鳳。二、《春夜即事》云：「露綃雲幄任鋪陳，隔岸罿更聽未真。」（同回，七頁下）「露綃」各本俱作「霞綃」；但「露綃」可能是錯字。「隔岸罿更」，脂庚有正俱作「隔巷暮更」，甲辰本作「隔巷暮聲」，程甲本作「隔巷蛙聲」。這當然也有些好壞，在這兒不能詳辨了。三、那丫頭穿着幾件半新不舊的衣裳，到是一頭黑鬖鬖的好頭髮，……（二十四回，一六頁下）黑鬖鬖，脂庚作「黑真真」，有正作「黑鬒鬒」，甲辰、程甲並作「黑鴉鴉」。

從上面說的看來，這飄零的殘葉，只剩了薄薄的一本，短短的兩回，卻有它鮮明的異彩。它是另一式的抄本，可能從作者某一個稿本輾轉傳抄出來的，非但跟刻本不同，就跟一般的脂評本系統也不相同。（甲辰本雖不題脂評，實際上也是的。）這是此本最特別之點。書既零落，原來有多少章回當然不知道，卻不妨武斷為八十回本。再者，書名《石頭記》，又稱《紅樓夢》，這也是舊抄本的普通格式。書無題記，年代也不能確知。其原底必在一七九一年程偉元排印本以前，也似乎不成問題了。草草翻閱，姑記所見，質之西諦，以為如何。

二十　增之一分則太長

從前有好文章一字不能增減之說，我不大相信，認為過甚其詞，說說罷了的。近校《石頭記》，常常發現增減了一字即成笑話，方知古人之言非欺我者。

如第二十一回「賢襲人嬌嗔箴寶玉」，脂硯齋庚辰本有一段：

襲人冷笑道：「我哪裏敢動氣，只是從今以後別進這屋子了。橫豎有人伏侍你，再別來支使我，我仍舊還伏侍老太太去。」

只說：「從今別進這屋子」，誰別進這屋子？似乎上邊缺一個字。再看有正本、程甲本。引程甲之文：

襲人冷笑道：「我哪裏敢動氣，只是你從今別進這屋子了……」

通行各本大抵相同（有正本亦有「你」字）。「只是你從今別進這屋子了」，意思雖比較清楚，這個「你」字卻大可斟酌。你看，襲人如何能叫寶玉別進他自己的屋子呢？豈非把和尚趕出廟麼？改為「我」字如何？如作「只是我從今別進這屋子了」也不通。襲人本在這屋裏，只可出去，無所謂進；應該說「只是我從今別耽在這屋子了」才對。但本書文字又不是那樣的。

有「你」字不通，換「我」字又不通，怎麼辦呢，乾脆不要這個字，像上引脂本云云就結了。這句話根本沒有主詞的。沒主詞不成句，一般文法上雖如此說，卻不能機械地用在文藝方面。

這裏不但無須主詞，且不能有主詞，一有主詞便呆了。襲人這句話的意思，確衝着寶玉來的。寶玉黑家白日跑到黛玉、湘雲的屋裏去，所以襲人說「從今以後別進這屋子了」，是氣話亦是反話，原當有「你」字的。不過在當時她的身份地位上，在本書的事理文義上，卻不能說「你」。說了你，便不是襲人告退，而是她攆寶玉了。因此含糊其詞，不說煞誰別進這屋子，好像寶玉，又好像她自己。說的是她自己指的卻是寶玉，極「手揮五弦，目送飛鴻」，靈活離合之妙。後人不知，妄增「你」字，雖只一字之差，卻有仙凡之別。

二十一 減之一分則太短

更有因減一字而鬧笑話的，也舉一個簡單明瞭的例子。如第十回「張太醫論病細窮源」有這麼一段：

旁邊一個貼身伏侍的婆子道：「何嘗不是這樣呢，真正先生說得如神，倒不用我們說的了。如今我們家裏現有好幾位太醫老爺瞧着呢，都不能說得這樣真切，有的說道是喜，有的說道是病，這位說不相干，這位又說怕冬至前後，總沒有個真着話兒。求老爺明白指示。」那先生說：「大奶奶這個症候，可是眾位耽擱了。要在初次行經的時候就用藥治起，只怕此時已全愈了。」（程甲本）

後來的刻本如程乙本、道光本均同。衝着婆子們說，則「眾位」云云當然指婆子。這不大好懂。那先生為什麼把秦氏患病給耽擱了的責任，都歸在婆子們身上呢？她們能夠管這個嗎？我從前看到這兒，總覺得有些彆扭似的。

再看有正本、脂庚本，這句話多了一個「那」字，作：

可是那眾位給耽擱了。

這就一點不錯了。「那眾位」者，指太醫院的大夫們，即張先生的同行也，言外自大有不滿之意，妙合醫生的口氣。若刪去「那」字指婆子說，不但不通得可笑，而且當面這樣說人也不妥當。

「那」字在文法上大概叫指示形容詞罷。有了「那」字和沒有「那」字，一般說來好像差別不多；在有些地方呢，進出卻很大，如這裏便是，斷斷乎刪它不得。

從這兩個簡單的例子來看，文章的確有一字不能增，一字也不能減的境界，並非前人故神其說，或誇誇其談。從校勘《紅樓夢》的工作裏，完全證明了這個，因而借用宋玉賦裏的話，題為「增之一分則太長，減之一分則太短」。

二十二　《紅樓夢》下半部的開始

在本書第五十五回開端，脂硯齋庚辰批本（此本現藏北京大學）有一節文字：

> 且說元宵已過，只因當今以孝治天下，目下宮中有一位太妃欠安，故各嬪妃皆為之減膳謝妝，不獨不能省親，亦且將宴樂俱免，故榮府今歲元宵亦無燈謎之集。

這似無關緊要、不甚精彩的文字，且跟上文亦不很符合。本書第五十三，「寧國府除夕祭宗祠，榮國府元宵開夜宴」；第五十四，「史太君破陳腐舊套，王熙鳳效戲彩斑衣」；兩回接連，是非常熱鬧紅火的場面，緊接本回卻說「榮府今歲元宵亦無燈謎之集」，好像過年過得很不起勁的光景。莫非作者忘了嗎？翻過一頁紙來立刻就忘，未免太怪了。

各本均缺，脂庚本獨有這一段，雖似閒文，實頗緊要，必須補入，分說如下：

（一）地位的重要。《紅樓夢》原書一百多回，上半部與下半部在哪裏分界？我以為應在五十四、五十五之間，即到第五十五回已入下半部。這一節文正在五十五回的開首，轉關的位置上。

上下半部應在這裏分界，須要說明。我們看五十三、五十四這兩回花團錦簇的文章實有極盛難繼之感。在本回已屢次暗示，例如：一、演戲是《八義觀燈》，以春秋時晉趙氏之破敗暗示賈氏。二、鳳姐說笑話，開頭非常熱鬧，子子孫孫的說了一大串，後來「冰冷無味」，她自己說：「年也完了，節也完了」。她的第二個笑話是聾子放炮仗，一哄而散。三、那天直到後半夜的「晚會」最後的節目是打蓮花落，滿台搶錢，（我疑心後來補書的，有說寶玉為乞丐，未嘗不受此文的暗示。）一言蔽之，這五十三、五十四兩回，是書中熱鬧的頂點，以後便要急轉直下了。

作者在五十五回開端即下這樣文字，顯然含有深意，並非他忘了，實係自己把前文給否定了，所謂繁華過眼、空花幻泡一般。要證明這個很容易：一、本書第一回，「好防佳節元宵後，便是烟消火滅時」，好像只指甄氏英蓮，實係統括全書。甲戌本脂評云「前後一樣」、「伏後文」是也。這後半部書便實寫這烟消火滅的實情。二、從五十五回起屬後半部，還有一個更好的證明。本書第二回，講金陵甄府，脂評云：「甄家之寶玉乃上半部不寫者」。這裏上半部下半部的分別有了明文。按五十四回前絕不提甄寶玉，講甄寶玉在五十六回。所以分界應放在五十五回上，毫無問題。大段落的區分決定，便可以明瞭作者特提這幾句話的緣由了。

（二）跟這個聯帶的，便有文章風格變異的說法。這彷彿音樂中的變調。戚本第五十五回有一總評甚好：「此回接上文，恰似黃鐘大呂後轉出羽調商聲，別有清涼滋味。」這個感覺是不錯的。我們讀到這裏好像「沉了下去」。《紅樓》後半淨是些清商變徵之聲，即再有繁華場面，如「怡紅夜宴」之類亦總不似從前，有些強顏歡笑，到了「品笛」、「聯詩」，無非哀怨，淒涼氣氛入骨三分。這是人人共有之感了。

（三）從形跡方面看，有章法上的結上啟下的關係。這裏明文消繳上文兩件事：一小事，一大事。所謂小事者，即第五十回「暖香塢創製春燈謎」；大事者，即第十七回「榮國府歸省慶元宵」。上文屢說要做了燈謎預備年下頑，到五十三、五十四回上寫過年雖很熱鬧，卻偏不曾頑這燈謎，似亦須有所說明。這還是小節，主要的是元春不再歸省了。原來元春去時曾說：「倘明歲天恩仍許歸省」（第十八回），直到第五十三回賈蓉還在那兒說：「再一回省親只怕也就淨窮了」。但從這回起卻把省親一事從此擱下不提。精確地說，本書所謂「極盛」，當指歸省而言，元春不復再歸，即是「難繼」，正如第十三回秦可卿托夢鳳姐時，所謂「瞬息繁華，一時歡樂，盛筵必散」。本書屢屢表出這個意思，如四十三回寫鳳姐做生日亦然。不過到了第五十四回上，便算真到了頂點，以後明明白白地走下坡路。所以這幾句不僅近結五十三、五十四兩回，並從五十回往前到四十三回，再往前到十七回，雖寥寥短語，而全篇筋脈俱動，上半部就此結住。

元春

至於「啟下」，更為明顯。如第五十八回，「誰知上回所表的老太妃已薨」，這句話現行各本都還有的。所謂「上回」，即五十五回，所謂「所表」，即「太妃欠安」也。脂庚本固合，各本俱不可通。照這些本子，又何嘗表過這位老太妃呵，豈非在那裏自己說夢話。這樣明白的錯誤，不用多說了。然即此可見這段文字的刪掉或殘缺，是不對的。

老太妃的死寫得如此隆重，恐有當時實事作為背景的，疑指康熙通嬪之死。因她是康熙的妃子，從乾隆時說來稱為老太妃，詳見《紅樓夢的著作年代》一文中。

在文章的佈局上，這樣一來便於賈母、王夫人比較長期離開榮府，生出種種嘈雜打岔的瑣事。各本在此沒法可刪改，也只好留着，卻忘了和上文已不接頭了。

二十三　秦可卿死封龍禁尉

本書敘秦可卿之死每多微言，已見《紅樓夢研究》。這兒談一個版本上的問題。第十三回「秦可卿死封龍禁尉」，照脂硯齋評看來，原作「秦可卿淫喪天香樓」，後來刪改本文，連目錄也改了，改得似乎不妥，我曾這樣說過：「秦可卿丈夫捐得龍禁尉，似乎也不應該說秦可卿死封龍禁尉呵。」文字上的毛病且不去說它。

首先要說，龍禁尉在滿清時代，並沒有這樣的官名，大約暗射乾清門侍衛之類。有些官雖可以捐，而「侍衛」這一種缺，皇帝貼身的近衛，向例不能捐的。書中說捐官已非事實，而且說死封龍禁尉，果然當真封了，也沒有什麼奇怪的。好頑在似乎並沒有封。我們且看本回的文字：

賈珍因想着賈蓉不過是個黌門監，靈幡經榜上寫時不好看，便是執事也不多，因此心下甚不自在。……戴權道：「……如今三百龍禁尉短了兩員……既是咱們的孩子要捐，快寫履歷。」

明說要捐這龍禁尉了。龍禁尉到底有多麼大呢？它的品級下邊也有明文：

起一張五品龍禁尉的票，再給個執照。

五品龍禁尉真就那樣的大、那樣的闊嗎？本是瞎說。後來，果然在靈幡經榜上寫了。在十三、十四兩回共有三處，自乾隆甲辰抄本、有正書局的戚序本、程偉元初次排印的本子以及各種坊本大都這樣寫着的；茲引較早的甲辰本：

靈前供用執事等物俱按五品職例。靈牌疏上皆寫天朝誥授賈門秦氏宜人之靈位。僧道對壇，榜上大書世襲寧國公冢孫婦，防護內廷御前侍衛龍禁尉，賈門秦氏宜人之喪。（十三回）

前面銘上大書誥封一等寧國公冢孫婦，防護內廷紫禁道，御前侍衛龍禁尉，享強壽賈門秦氏宜人之靈柩。（十四回）

這無論如何看不出任何錯處，五品封宜人，誰都知道的。但看脂硯齋乾隆己卯本、庚辰本，偏這三處的「宜人」都作「恭人」。若說明顯的筆誤、抄寫之誤罷，卻不能一連三處都錯，若說作者連三品恭人五品宜人都搞不清楚罷，他還寫什麼《紅樓夢》呢？況且脂本十三回「靈牌疏上」云云的上文也作按「五品職例」，上面方說五品，下面接寫恭人，可稱矛盾之至！難道他立刻就忘了嗎？

這明係特筆，在秦可卿這一段書上的特筆。恭人既是三品封，那麼誰是三品呢？本書卻有明文，即上文所說的履歷：

> 上寫着：「江南應天府江寧縣監生賈蓉，年二十歲。曾祖原任京營節度使，世襲一等神威將軍賈代化。祖丙辰科進士賈敬。父世襲三品爵威烈將軍賈珍。」（甲辰本）

原來這三品是賈珍的品級，卻無端移到秦可卿的靈牌、經榜、銘旌上去了。這個寫法，是沒情沒理的「硬來」，作者之意也就深切著明到了極處。他似乎要讓咱們相信，因為要擺闊、要好看、要面子才捐這個官的，其實滿不是那麼一回事。不管五品的龍禁尉也罷，三品的威烈將軍也罷，就該這樣排場的嗎？上文說過龍禁尉根本不能捐，捐官已是謊話；為了排場闊綽而捐官，更是謊而又謊。所以這品級即使寫對了，也並不真對；搞錯了，也沒有關係。作者卻借這個，故意賣個破綻給我們瞧。換句話說，作者雖把「淫喪天香樓」的文字刪去了，卻另外用一種筆法來寫這回書。校刊各本的人不明瞭這個，用官制的常識來衡量，簡單的改為宜人，自然一點不錯，表面上的破綻矛盾都消滅了，作者之意也因而不見。且對原意不免有所誤解，真好像捐了龍禁尉才能這樣闊綽，忘了如此寫來反而不通。即作者在這龍禁尉、三品封、五品封等處用的本是虛筆，雖然自相矛盾，反乎常識，倒不大要緊；後來各本使他合理化了，便坐實了。一用實筆，反與全篇發生真的矛盾。我們都想問，一個五品封的宜人，為什麼這樣闊？這也可以說雖誤不誤，不誤反誤之例，不過要多繞一些彎子才可明白罷了。

看《紅樓夢》一書，現實荒唐每相交錯，說現實便極現實，說荒唐又極荒唐，如用「膠刻」的方法來考證它，即處處發生障礙。這兒不過舉例來說明。作者寫秦氏之喪多微詞諷刺，並不止這一處，但這「一字之差」卻是畫龍點睛之筆。

二十四　葯官葯官藥官

本書裏藕官有一個情侶，叫做……。今本作什麼藥官。用吃藥來取名夠古怪的，莫非是芍藥花嗎？

芳官道：「他祭的就是死了的藥官兒。」「藥官是小旦。」「藥官兒一死。」（亞東一九二七排本，第五十八回，一七頁）

三處俱作「藥」。有正本呢，卻發現一件好玩的事，三處卻有了異文。

「他祭的是死了的藥官。」「藥官是小旦。」

俱作「藥」。但下文卻作「葯官一死」，不寫「藥」字了。

「藥」、「葯」本是兩字，但通俗每把這「葯」當作「藥」字的簡筆小寫用，這由來已久了。傳統的刻本石印本，如程甲本、道光本、光緒本，這三處文字俱作「藥」。舊抄本如甲辰本亦同。因為「葯」是香草，《楚辭．湘夫人》「辛夷楣兮葯房」。王逸注：「葯，白芷也。」她以香草為名，自比用很苦的「藥」來取名要合理些。有正本校者或抄寫者大約已在誤認「葯」為「藥」的俗體，改了兩個，還剩得一個沒有來得及改的「葯」。到亞東校者便更不客氣，一切校正清楚了。

作「葯」的固比作「藥」的好，但「葯」也是訛字。脂庚辰本正作「菂」。這「菂」字很好，「菂」是蓮子，與「藕」配合。這五十八回「杏子陰假鳳泣虛凰，茜紗窗真情揆痴理」，在《紅樓夢》全書非常重要。藕、菂二官的身世實為將來的寶、黛二人作影，已詳另篇。很明顯的，「菂」、「葯」字體相近，「菂」之誤為「葯」原係抄寫的形誤。同時「葯」為香草的一種，也還適合女子取作名字。後人卻並忘卻古字古誼，反認「葯」為「藥」之俗體。俗體要不得，不如把它改正了吧，於是再誤。始而傳訛，繼而妄改，自己以為合理，殊不知愈來愈錯。校理唐宋以來小說戲曲的人每將俗字改寫正體，這雖是對的，但也必須特加小心。你認為錯字的，它也未必準錯。即使是錯字，你也不一定能夠知道它究竟是哪一個字的錯。假如不知道清楚就去改，會不會愈改愈錯呢？我想，這是很可能的。

二十五　寶玉喝湯

整理古書工作的基礎應該是校勘。校勘工作沒有做好，其他的工作即如築室沙上，不能堅牢。如標點注釋都必須附着本文，若本文先錯了，更從何處去安標點下注解呢。這是最淺顯的事理。這兒舉本書一個最明白的例子來說明。

《紅樓夢》第五十八回，一般的本子都有這麼一段文字，茲引甲辰本之文：

一面又看那盒中，卻有一碗火腿鮮筍湯，忙端了放在寶玉跟前，寶玉忙就桌上喝了一口，說道好湯，眾人都笑道，菩薩能幾日沒見葷面，饞得這樣起來，一面說，一面端起來，輕輕用口吹着；因見芳官在側，便遞與芳官說道，你也學些服侍，別一味呆憨呆睡，口兒輕着些，別吹上唾沫星兒。（程甲本、道光王本、光緒《金玉緣》本、亞東排本大致相同。）

因不好標點，只簡單地斷了句。這段文字顯然有錯誤，再看脂庚本則不如此，引脂庚本略加校正如下：

（上略）寶玉便就桌上喝了一口，說「好燙」。襲人笑道：「菩薩能幾日不見葷，饞的就這樣起來」；一面說，一面忙端起，輕輕用口吹；因見芳官在側，便遞與芳官，笑道：「你也學着些伏侍，別一味呆憨呆睡，口勁輕着，別吹上唾沫星兒。」

這兩個系統的版本的主要差別有兩點：（一）寶玉所說「好湯」與「好燙」之異；（二）「襲人笑道」與「眾人都笑道」之異。先說（一）點：假如作「好湯」，文理固未嘗不通；但不過一碗火腿筍湯罷了，寶玉又何必說好湯。從下文看，細細地描寫吹那湯，可見這碗湯很燙。若湯不燙，又何必這樣你吹我吹的呢。作「燙」的自優。其所以致誤，則因二字形音俱近，容易纏錯。照古義說來，湯是開水，本來很燙的，燙可作為湯之俗體看；但卻不便應用於近代的白話小說上。音訛形訛之外，我還有一個說法，便是妄改，可能即從下文的饞字發生了誤解。要形容嘴饞，必須說「好湯」；會不會有人這樣想？殊不知說「好湯」固然十足地形容饞，說「好燙」也未嘗不形容饞，且更覺形象化哩。脂庚本評「畫出病人」，評得不錯。他急不及待去喝那湯，才燙了嘴呵，無怪下文襲人笑他嘴饞了。

就（二）點來說，牽涉文義更廣。表面地一看，作「眾人都笑道」也是非常不妥的。寶玉才喝了一口湯，那起丫頭們便群起而笑之，「你多們饞呵。」這情景已很奇怪。再看下去，上文既作「眾人都笑道」，下文的「一面說」乃承上之詞，當然還在指眾人，那麼「一面說，一面端起」（湯），誰端起呢？「一面說，一面端起」，聯絡之語，中間不能切斷的。端起來，輕輕地用口吹；誰吹？因見芳官在側，遞給芳官；誰遞？更教訓芳官一番話，誰教訓？若說全是某一個人，則書上沒有明文，而且文字連連絡絡的下去，無從中斷。我們不得不定為這惟一的文法上的主詞為「眾人」。「眾人」這個主詞管着一連串的動作：彷彿異口同聲地笑話寶玉，一齊端起湯來，一齊用口吹，一齊把碗遞給芳官，再異口同聲地去教導她。世上可有這事？若不是這樣，又應該哪樣？《金玉緣》本太平閒人夾評稍稍見到了這個，在「輕輕用口吹着」下評曰：「是誰吹？」「別吹上唾沫星兒」下評曰：「吹湯人未明指，而語氣恰是晴雯。」他曲為之說，假定為晴雯。書上既沒說，他從何處知道。總算他看到這點，亦可謂「讀書得間」了。

改從脂本，則文字平順，情事恰合。以襲人平日的地位，自不妨對寶玉略致嘲笑，一也；她自然地拿起湯來吹，二也；她把湯遞給芳官，教她怎麼吹，責備她還帶着一些招呼的意思，正合襲人的身份、行為和性格，三也。晴雯尖酸，這些話算她說的，不很恰當，可見太平閒人是猜錯了。本為襲人一人的事，文字連串，自無問題。

這致錯誤的原由，我揣想先把「襲人」誤作「眾人」；既曰「眾人」，便又加了一「都」字，成為今本這樣子。但作「眾人笑道」的版本現在並沒有，這無非空想，不必多說了。

錯誤的文字必發生矛盾，用舊式的句讀或竟不句讀，還可馬虎得過去；若加上新式標點，這矛盾立刻突出、尖銳化起來，使你不解決它不成。按今本的文字，不能切斷。切斷便沒有主詞，立刻發生這些事「誰幹」的問題。亦不能連連不斷，不斷只有一個主詞，又發生「一齊幹」的問題。無論啥事，大家一齊來。舉一實例，咱們且看亞東本（新近作家出版社本大致相同）：

寶玉便就桌上喝了一口，說道：「好湯！」眾人都笑道：「菩薩能幾日沒見葷腥兒？就饞的這個樣兒！」一面說，一面端起來，輕輕用口吹着；因見芳官在側，便遞給芳官，說道：「你也學些伏侍，別一味傻頑傻睡。嘴兒輕着些，別吹上唾沫星兒。」（第五十八回，一五頁）

分明眾人一起在吹，試問這碗湯寶玉他還喝不喝了。

這倒不怪今本標點得壞，因為照這文字，誰也無法標點得太好。基本上不是標點好壞問題，而是該不該、能不能標點的問題，也就是校勘上的問題，如本文開頭所說。

就標點而論，我也有兩句題外的話。自有新式標點以來，在文化事業上立功固多，造下的罪過、鬧出的笑話也實在不算少了。有了標點，使你看文章比較容易明白，有時卻使你更加糊塗起來，應了俗語所謂「你不說我還明白，你愈說我愈糊塗了」。我們不能因噎廢食，但下標點的必須特別小心，看書的人也須時時警覺，自求文義，別一味依靠這拐棍兒。有些古書用新式標點根本上有困難，在這裏不能多說了。

二十六　作者一七六〇年的改筆

第九回鬧學堂後段，記寶玉的話，從乾隆己卯（一七五九）到一九五三年的本子，大致均同。茲錄脂硯齋己卯本為例：

瑞大爺反派我們的不是，聽着人家罵我們，還調唆他們打我們。茗烟見人欺負我，他豈有不為我的。他們反打夥兒打了茗烟，連秦鐘的頭也打破，這還在這裏念什麼書。

直到晚近的本子都這麼寫着的，好像沒有錯。但看脂硯齋庚辰本（一七六〇）卻不如此。

大爺反倒派我們的不是聽着大家罵我們還調唆他們打我們茗烟連秦鐘的頭也打破這還在這裏念什麼書茗烟他也是為有人欺負我的不如散了罷。

仔細地看，方知此本之佳，而各本皆誤。尤有興味的，己卯本那樣，庚辰本這樣，表示這段文字是曹雪芹在一七五九年到一七六〇年之間改動的。他為什麼要這樣改動？想必因這裏寶玉的言語與上文事實必須相符之故。

先言各本之謬。如說「還調唆他們打我們」，但他們並沒打秦鐘和寶玉呵。又說「他們反打夥兒打了茗烟」，打茗烟事誠有之，不過並沒有大夥兒打。幾時群眾起來大打茗烟呵？照這敘述，似乎他們先要打寶玉秦鐘，然後茗烟進來幫寶玉，又打了茗烟，最後把秦鐘的頭也打破了。讀者試檢上文是這樣的麼？既不是這樣，豈非寶玉在那邊訛詐人，造謠生事，顛倒黑白嗎！無論如何，這跟書主人寶玉的身份和個性是決不相當的。

再言庚本之佳。復引前文，加以點句：

> 大爺反倒派我們的不是，聽着大家罵我們，還調唆他們打我們茗烟，連秦鐘的頭也打破，這還在這裏念什麼書。茗烟他也是為有人欺負我的。不如散了罷。

與前例相反，句句都符合事實的。「我們茗烟」四字連讀，我們茗烟者，對李貴而言，猶說咱們的茗烟也。上文所謂：

> 哪裏經得舞動長板，茗烟早吃了一下。

則說「打我們茗烟」，當然是事實。「連秦鐘的頭也打破」者，是他們也不曾安心打秦鐘，含有誤打誤撞的意思。如上文：

秦鐘的頭早撞在金榮的板上，打起一層油皮。

書上不說金榮的板子打着秦鐘，卻說秦鐘的頭撞在金榮的板上；所以寶玉這裏也只說「連秦鐘的頭也打破」了。連者，牽連之意。講起茗烟的闖禍來，他說：

茗烟他也是為有人欺負我的。

這句話文理雖不很好，意卻可通，而且也不壞。茗烟搗亂雖然不對，他也為有人欺負了他主人才這樣的。寶玉話中自有回護茗烟之意。末了說：「不如散了罷。」這句總結，有行為上的決定性，也斷不可少。若如各本「還在這裏念什麼書」，以僅僅商量口氣作結，還是不大夠的。李貴勸「哥兒不要性急」云云，針對這「不如散了罷」而發。

經過仔細分析，方知脂庚本此處絕佳，言言恰當，字字精嚴，口氣之間妙有分寸，合於當日寶玉的身份，也合於《紅樓夢》書主人的地位，其為作者最後定稿無疑矣。

二十七　林黛玉談詩講錯了

《紅樓夢》中文字有各本皆同，實係錯誤，又不曾被發現的。如第四十八回，香菱跟黛玉學詩，黛玉告訴她說：

> 平聲對仄聲。虛的對實的，實的對虛的。若是果有了奇句，使平仄虛實不對，都使得的。

好像不錯，實則大錯而特錯。當真做律詩，把虛字對實字，實字對虛字，豈不要搞得一塌糊塗？難道林黛玉這樣教香菱而《紅樓夢》作者又這樣教我們麼？這是承上文「平聲對仄聲」，句法順下，因而致誤。恕我不客氣說，恐非抄者手底之誤，實為作者的筆誤。語曰：「智者千慮必有一失。」此殆萬慮中之一失也。

我向來不贊成「以意改字」，但碰到有些情形又當別論。像這樣明顯的錯誤應當校正的。因為這兒發現的錯誤，不僅從做詩的實際分明看得出來，即從本書的文字說，也同樣的分明看得出來。

平聲對仄聲，當然仄聲對平聲了。虛的對實的，當然實的對虛的了。這還用說嗎？每樣一句就足夠了。試看平對仄，本書只有一句：「平聲對仄聲。」這是不錯的。但虛之對實偏是兩句：

虛的對實的，實的對虛的。

為什麼？一句不也夠了？下文以「平仄虛實」平列連稱，這兒偏用兩樣的句法，豈不表示情形本有點不同。平對仄，仄對平（恕我這樣嚕蘇地說），而實不對虛，虛不對實，所以平仄一句而虛實兩句，作者偶爾筆誤，忘記校正，事或有之，而文理未嘗訛謬，亦無冗贅，固無傷其日月之明。其原本當作：

虛的對虛的，實的對實的。

可謂毫無疑問的了。從《紅樓夢》的語法文法看，本來如此，則這樣的改法既不同用做詩的方法來硬扣，亦非以意改字，只是以《紅樓夢》來改《紅樓夢》。而且這樣性質的錯誤，若再不改正，未免對不起讀者了。

這條例子固最淺近；惟其淺近，更值得我們的注意，因往往會失之眉睫之間也。

二十八　曹雪芹畫像

曹雪芹的畫像，前聞陶憶園先生說，在上海曾看見兩種：（一）蔣家一直幅，（二）李家一手卷。後陶復晤蔣，蔣則云初未收藏此畫。李藏手卷，頃有照片流傳。據陶先生云兩幀相貌相同，自屬可信。畫像胖胖的，微鬚，眉梢下垂。裕瑞《棗窗閒筆》云：

> 聞前輩姻戚有與之交好者，其人身胖頭廣而色黑，善談吐，風雅游戲，觸境生春。聞其奇談娓娓然，令人終日不倦，是以其書絕妙盡致。

所記形貌，與畫像又相合，可以幫助證明此畫像的真實性。

李藏畫卷為王南石所繪，畫上卻未題「雪芹」字像，只有一標簽，書明悼紅軒小像，係後人所題，聞後尚有跋語甚多，均未得見。頃從葉遐庵先生處得讀李祖韓君致遐老一箋，述說畫像者及諸題跋，節錄於下：

曹雪芹像卷昔年曾經鴻題，後為友人借久不歸，致無法鈔錄。上次寄呈照片，係前為《美術週刊》所攝底片重印者。當時韓附有題識一則云：「此獨坐幽篁圖小像，乃王南石為雪芹所繪者。南石名岡，江蘇南匯人，黃本復弟子，乾隆庚寅年卒（見《畫史匯傳》）。近人謂雪芹生於康熙卒於乾隆三十年左右，果爾，則雪芹繪此像時當在晚歲矣。題詠有皇八子（有宜園印）、錢大昕、倪承寬、那齊、穆禮、錢載、觀保、蔡以臺、謝墉等，皆一時聞人。近時又經樊樊山、朱彊村、馮煦、褚德彝、葉恭綽等題跋，尤為可貴。」

其言雖不詳，然因此可知畫者生平、年代及題跋者姓名，此圖當非偽作也。

二十九　香菱地位的改變

香菱在《紅樓夢》是非常重要的一個人，她首先出場（第一回）作者特致珍重惋惜之意，名曰「英蓮」實「應憐」的諧音，與「嬌杏」之為「僥幸」相對待。「應憐」云云不僅對香菱一人說，實包括書中的十二釵，即大觀園中一切女子而言。如十二釵之「元迎探惜」即諧音「原應嘆息」，亦與「應憐」相同。作者之意非常顯明的。

還有一點，香菱有列在副冊或又副冊的問題，在一般本子都把她列在副冊之首。在脂硯齋批裏則有兩種不同的說法：一說在副冊，又一說在又副冊。這矛盾的情形表示作者對她的列入冊子當時也經過一番游移的。最後大約仍把她列入副冊罷。

這裏牽涉到《紅樓夢》一個比較基本的觀念，就是在封建家庭地位高的，它不一定是讚美；地位低的，它不一定是瞧不起。而且正相反，愈是佔高位的，愈貶斥得厲害；愈是地位卑微，愈對他表示同情。《紅樓夢》作者就用了這個方式來初步批判了封建家庭。因此提高身份不等於褒，降低身份不等於貶，似乎顛倒，實很深刻，後來續書如高鶚的後四十回，因為同情平兒，鳳姐死後便說把她扶正。這充分地表明了他不懂得曹雪芹的意思。

現在談到香菱地位改變的問題。香菱有姨娘的身份，見於本書第十六回鳳姐的話：

也因姨媽看着香菱模樣兒好，還是末則，其為人行事卻又比別個女孩子不同，溫柔安靜，差不多的主子姑娘也跟他不上呢。故此擺酒請客的費事，明堂正道的與他作親。

這比襲人、平兒她們的身份總要高一點。但到了第八十回上卻把香菱的境遇寫得非常的不堪，成為一個被虐待的小丫頭了。

今夜令薛蟠和寶蟾在香菱房中去成親，命香菱過來陪自己先睡。先是香菱不肯。金桂說，他嫌髒了，再必是圖安逸，怕夜間勞動伏侍。……薛蟠……忙又趕來罵香菱「不識抬舉，再不睡，就要打了」。香菱無奈，只得抱了鋪蓋來。金桂命他在地下鋪睡。香菱無奈，只得依命。剛睡下便叫倒茶，一時又叫捶腿，如是一夜七八次，總不使其安逸穩臥片時。

香菱受夏金桂的壓迫折磨而死，在第五回冊子上原有「自從兩地生孤木，致使芳魂返故鄉」這樣明文的，續書人不了解，以致搞錯了。這早已說過，不在話下。（《紅樓夢研究》，四四、四五頁）她的地位忽然猛跌，表面上似乎因金桂的欺凌，實際上並不如此簡單，主要的還是薛蟠的態度驟然變了。何以驟變，則與寶玉有關。細看本書，其中蛛絲馬跡歷歷可循。

第四十八回「濫情人情誤思游藝，慕雅女雅集苦吟詩」，作者費了許多的力量使香菱進了大觀園。在脂硯齋庚辰本有一段長批說明這創作時心理的經過，這分明是作者自己批的。他費了這麼大的氣力，難道果真只為讓香菱學作詩嗎？恐怕沒有那麼風雅呵。主要的要寫這「呆香菱情解石榴裙」。這第六十二回原是很可注意的一回書。《金玉緣》本護花主人評曰：

寶玉埋夫妻蕙並蒂菱，及看平兒鴛鴦梳妝等事，是描寫意淫二字。香菱叫住寶玉紅了臉，欲說不說，只囑裙子的事，別告訴薛蟠，臉又一紅，情深意厚，言外畢露。

大某山民評曰：

香菱換裙時有人在側，佯教寶玉背過臉去，及襲人既走，即來拉手，以後臉紅脈脈，至半晌方云裙子的事。其蝶婗之痕，西江不能濯也。

試引本回最末一節文字：

香菱復轉身回來，叫住寶玉。寶玉不知有何話說，扎煞着兩隻泥手，笑嘻嘻的轉來，問作什麼。香菱紅了臉，只管笑，嘴裏卻要說什麼，又說不出口來。因那邊他的小丫頭臻兒走來，說二姑娘等你說話呢。香菱臉又一紅，方向寶玉道：「裙子的事，可別和你哥哥說就完了。」說畢，即轉身走了。寶玉笑道：「我可不瘋了，往虎口裏探頭兒去呢。」

拿這一段文章和上文所引諸評來參看，知道他們原說的不錯，不過也還沒有說得很透徹，因這裏又在搞微詞曲筆了。表面一看似無問題，再看去便覺得不通，必須細看細想，方知作者用意的深刻。我們試想：香菱為什麼要叮囑寶玉這些話？難道不叮囑，寶玉真就會告訴薛蟠：我曾如何如何調戲你的愛妾嗎？這在情理之外，絕對不可通的。難怪寶玉說：「我可不瘋了。」

這話得分「事理」和「文理」兩面來看。就「事理」說，不但無此必要，而且這樣寫法根本上不通。就「文理」來說，又必須這樣，才能表示寶玉、香菱的關係，如評家所云是也。這「事理」跟「文理」是矛盾的，而作者恰好通過這矛盾來說出他的真意所在。這裏原有個破綻的。惟其有破綻，才便於讀者的覺察，並非當時說話真正如此。質直言之，寶玉跟香菱有必須瞞着薛蟠的事。

再說薛蟠一邊。薛蟠號為「大傻」、「呆霸王」，其實這個人的性格很不單純，這裏暫不能詳說，只提出一點來。薛蟠是非常嫉妒，而且時時刻刻害怕寶玉偷他的愛妾，所以香菱進園是一個重要的關鍵。及她再出園，薛蟠的態度馬上就變了。好像香菱直被夏金桂逼死，其實何嘗如此。薛蟠真喜歡香菱，難道不會「寵妾滅妻」麼？

這兒恕我提起一段怪文，一段老話，趁這機會我對《紅樓夢研究》修正一點，因這段文字原係《紅樓夢辨》的舊文：

戚本雖也有好處，但可發一笑的地方卻也不少。如高本（即程刻本）第二十五回，「賈政心中也着忙，當下眾人七言八語……」文氣文情都很有貫串，而戚本卻平白地插進一段奇文，使我們為之失笑。

賈政等心中也有些煩雜，顧了這裏丟不了那裏。別人慌張自不必講，獨有薛蟠更比諸人忙到十分了，又恐薛姨媽被人擠倒，又恐薛寶釵被人瞧見，又恐香菱被人臊皮，知道賈珍等是在女人身上做工夫的，因此忙的不堪；忽一眼瞥見了林黛玉風流婉轉，已酥倒那裏。當下眾人七言八語。……

不但文理重沓，且把文氣上下隔斷不相連絡。評者反說「忙中寫閒，真大手眼，大章法！」這也是別有會心了。（八九頁）

在這裏我不贊成戚本（脂本也如此），對於脂評也不贊成，像這樣的說法是淺薄的。因為那時不曾聯想到薛蟠、香菱、寶玉等人的複雜微妙的關係，只覺插進這一段怪文不大通順。現在看這段怪文仍有這樣的感覺，不過認為作者原稿的確如此。這裏說明「又恐香菱被人臊皮」，又明說「知道賈珍等是在女人身上做工夫的」。「賈珍等」，只一個「等」字便包括寶玉在內了。其實以《紅樓夢》而論，寶玉是書主人，賈珍雖領銜反是陪客。此句若改為：「知道寶玉是在女人身上做工夫的。」便明白曉暢之至了。不過這樣過於現露了，又非作者之意。必須將前後文統看，方知這段怪文大有用處，不該刪去的。

香菱地位的降低是作者的特筆。他為薄命女兒抒悲，借香菱來寫照。就身份而論確是貶；然而這個貶正是作者對她同情最多、最深切的地方，又最容易引起讀者同情的地方，這就是褒。所謂褒，不一定封王封妃；所謂貶，不一定作婢作妾，甚至於可以反過來說。至於假如把她列入又副冊呢，其理由相若，也決不是貶。看十二釵冊子，以為「正」最重要，「副」次之，「又副」又次之，這是從形式上看問題。譬如晴、襲二人都在又副冊，試問《紅樓夢》中人物還有比她倆更煊赫的麼。香菱若與之同列，其重要並不減於她為副冊的首座。作者一度想把她列入又副冊，恐怕是這個原由罷。

三十　曹雪芹自比林黛玉

近來人都相信曹雪芹以書中人寶玉自寓生平，甚至於有想得過分，講得過火的，彷彿書主人賈寶玉一舉一動都代表曹雪芹似的。這樣的說法，非但是錯誤，不能解決什麼，而且不必要，還會生出更多的麻煩來。我在《紅樓夢簡論》裏曾經談過一點，這兒只提出「曹雪芹為什麼也可比林黛玉」那樣的問題，來破除這類迷惘的見解。

我曾說過書中人誰都可代表作者的一部分，卻誰都不能代表他的全體；又說假如寶玉的《芙蓉誄》有資格收入曹雪芹的文集，那末黛玉的《葬花詩》豈不同樣同等有這樣的資格麼？因此有人拿林黛玉來比曹雪芹，作者且以之自比，似乎很奇怪，實在一點不奇怪。所以覺得奇怪，只為咱們被「自傳說」所惑，一死兒把作者曹雪芹拴在賈寶玉的身上哩。

脂硯齋甲戌本第一回在「滿紙荒唐言，一把辛酸淚」上眉批：

> 能解者方有辛酸之淚，哭成此書。壬午除夕，書未成，芹為淚盡而逝。余嘗哭芹，淚亦待盡。

「芹為淚盡而逝」一句，再明白沒有了，評者拿雪芹來比書中人林黛玉。按「還淚」之說見於第一回，茲錄庚辰脂本之文：

那絳珠仙子道：「他是甘露之惠，我並無此水可還。他既下世為人，我也去下世為人，但把我一生所有的眼淚還他，也償還得過他了。」因此一事就勾出多少風流冤家來陪他們，去了結此案。那道人道：「果是罕聞，實未聞有還淚之說。」

「淚盡」之說見於第四十九回：

黛玉拭淚道：「近來我只覺心酸，眼淚恰像比舊年少了些的，心裏只管酸痛，眼淚恰不多。」寶玉道：「這是你哭慣了心裏疑的，豈有眼淚會少的。」

若其他黛玉每哭哭啼啼都不引了。「欠淚的淚已盡」是林黛玉有名的故事，為什麼拿她比雪芹呢？不但此也，甲戌本第一回另有兩條脂評，更進一步地表現了這個。

知眼淚還債大都作者一人耳，余亦知此意，但不能說得出。

黛玉
改琦

眼淚還債只有作者一人知道，可見這事與作者有非常密切的關係了，這且不說。其另一條似更有關係，在「絳珠草一株」本文旁，夾批云：

點紅字。細思絳珠二字豈非血淚乎。

這不但把林黛玉來比曹雪芹，簡直用「絳珠仙草」來比。你怎麼知道？按「血淚」之說見於甲戌本開首題詩：

字字看來都是血，十年辛苦不尋常。

血淚云云明為作者真實的自敘。絳珠即血淚的影射，其可以比曹雪芹，不但應該這樣，而且是惟一可能的合理的比喻，即上文所謂「知眼淚還債大都作者一人耳」。

或者有人會說這都是批者的話，作者自己似乎不曾這樣說。他有血淚，林黛玉亦有血淚，但他幾時把黛玉跟自己拉扯在一塊呢？不錯，這是批者的話。但這樣的話已分明代表了作者的意思，把「血淚」跟「絳珠」合起來看，決不算胡拉扯，這姑且都丟開。實在，作者自己也這樣說了。如上引「字字看來都是血，十年辛苦不尋常」已是作者的話，尤值得注意的是上邊的兩句詩：

謾言紅袖啼痕重，更有情痴抱恨長。

這分明上一句說林黛玉，下一句指自己。翻成白話，即「莫說美人愛哭，情痴的人亦復如此」。雪芹自己既這樣說了，那「甲午八月」的評稱為「淚盡而逝」，不管是脂硯還是畸笏吧，反正深得作者之意。若雪芹沒有這樣的意思，沒有這樣說過，則脂硯、畸笏之流如何能把書中的女子來比雪芹呢？

上文歷歷證明「的確已如此」，下文說「為什麼要如此」，這樣寫法有什麼意義。我認為這問題的解答也很必要的。

「還淚」之說本是寓言，作者藉此發發牢騷而已，既非真有那麼一回事，依小說裏情事來講也很不通的。據書上說，絳珠要報神瑛的恩，所以把眼淚來還他。但還了淚，神瑛有什麼好處呢？沒有。像《紅樓夢》裏林黛玉這樣的哭哭啼啼，寶玉是非常的糟心。最後她「淚盡夭亡」，當然更糟。以之報恩，無乃顛倒。可是這非但是神話，且是虛而又虛之筆，用筆雖虛，感慨卻是真實的。主要的意思畢竟只是：

滿紙荒唐言，一把辛酸淚。都云作者痴，誰解其中味。

謾言紅袖啼痕重，更有情痴抱恨長。字字看來都是血，十年辛苦不尋常。

即另一脂評所謂：

以頑石草木為偶，實歷盡風月波瀾，嘗遍情緣滋味，至無可如何，始結此木石因果，以泄胸中悒鬱。古人云：「一花一石如有意，不語不笑能留人」，此之謂耶？

這裏說明「木石因果」並屬他自己而言。石既如此，木亦當然。雪芹以黛玉自寓只在這一點上，不過「奪他人的酒杯澆自己的壘塊」，並非處處肉肉麻麻將美人來比自己，像後來才子佳人鴛鴦蝴蝶派的小說一般。這一點我最後必須鄭重說明的。不然，才脫了一重魔障，又掉到另一個迷魂陣裏去了。

三十一　梨園裝束

《紅樓夢》雖是現實主義的名著，其中非現實的部分卻也很多。為什麼這樣，我想到的有兩層：（一）浪漫主義的成分；（二）因有所違礙，故意的迴避現實。這兩層也不大分得開的，皆所謂「荒唐言」是也。不明白這個，呆呆板板考之證之，必處處碰壁。譬如它的官制非明非清，它的稱呼非滿非漢，它的飲食未必好吃，它的活計未必好做等等。這兒舉一例子，請看北靜王爺的打扮。

話說寶玉舉目見北靜王水溶，頭上帶着潔白簪纓，銀翅王帽，穿着江牙海水五爪坐龍白蟒袍，繫着碧玉紅鞓帶。面如美玉，目似明星。（第十五回）

清朝「王爺」的裝束嗎？不是的。那又是什麼？原來這是晚明阮鬍子的一身打扮，當時人訝為梨園裝束的。夏完淳《續幸存錄》曰：

阮圓海誓師江上，衣素蟒，圍碧玉，見者詫為梨園裝束。錢謙益家妓為妻者柳隱，冠插雉尾，戎服，騎入國門，如明妃出塞狀。大兵大禮皆倡優排演之場，欲國之不亡，安可得哉？

素蟒袍，碧玉帶，真夠漂亮的呵。阮鬍子既云偷自梨園，而曹雪芹偏給北靜王穿上，豈無深意。像這樣的「流傳有緒」，真是「備致嘲諷」。

《紅樓夢》一書如看呆了，認真了，果然不對；若以為失真，便懷疑它的現實性，那是更錯。其實作者自己說得最明白：

滿紙荒唐言，一把辛酸淚。

真與非真，當作如是觀。以非現實的荒唐無稽之言來表示真情實感的辛酸之淚，這是本書的特徵，種種筆法由此而生，種種變局由此而幻，而種種誤會曲解亦由此而起。我常說《紅樓夢》是中國有文字以來的一部奇書，讀者聽者恐不免稍稍疑惑，或以為賣藥的自誇藥靈，過甚其詞；或以為空言讚美不很切實，殊不知我確有此感，只言詞笨拙，不能形容其百一罷了。

三十二 寶玉想跟二丫頭去

《紅樓夢》多用虛筆。所謂虛筆者，指既不必符合事實，且似於書中的情理亦不允愜，或過重，或過輕，或所言在此而所感在彼，……總之他不願意分明地說，如實地說的。為什麼要這麼寫？動機各各不同，高低總有他的理由。如第五回說寶釵對黛玉渾然不覺，而寶釵決不會不覺。第十五回說饅頭庵因發麵而得名，其實何嘗是那麼一回事。第六十二回末，香菱對寶玉說不要告訴薛蟠，事實上寶玉本不會說的，香菱決無須叮囑，作者有意要告訴我們罷了。第六十九回說，大夫因尤二姐的貌美着迷而用錯了藥，事實上是鳳姐買囑的。以上各例，有些已另文說明。

亦有後人不知虛筆的用處而妄改的，這兒舉第十五回的二丫頭為例：

只見迎頭二丫頭懷裏抱着他小兄弟，同着幾個小女孩子說笑而來，寶玉恨不得下車跟了他去，料是眾人不依的，少不得以目相送，爭奈車輕馬快，一時展眼無蹤。

再看程甲本，則作：

> 卻見這二丫頭懷裏抱了個小孩子，想是他的兄弟，同着幾個小女孩子說笑而來，寶玉情不自禁，然身在車上只得以目相送，一時電卷風馳，回頭已無蹤跡了。

似乎刻本改對了【二】，實在改錯了。就事理說，寶玉恨不得下車跟了她（二丫頭）去，這不大通，而且也不對。寶玉看了個鄉下丫頭就想跟了她去，不可能這樣的，難怪後人要把它改了。不過這是虛筆，特用過重之筆來表示寶玉之傾倒備至。不但此也，嚴格說來，寶玉也未必就這樣，只是作者對於田莊生活的樸素自然辛勤勞苦，有所愛好，有所憧憬罷了。我認為這有關於本書的思想性，非常重要的，還想多說幾句。

這一段關於村莊的記敘描寫，抄本刻本差別很多，這差別表示思想的問題。除上引文外，對照引錄如下，有關係的文句均為圈出。

> （一）同入一庄門內，早有家人將眾庄漢攆盡，那村庄人家無多房舍，婆娘們無處迴避，只得由他們去了。那些村姑庄婦見了鳳姐寶玉秦鐘的人品、衣服、禮數、款段，豈有不愛看的。（脂庚本）

同入一庄門內，那庄農人家無多房舍，婦女無處迴避。那些村姑庄婦見了鳳姐寶玉秦鐘的人品、衣服，幾疑天人下降。（程甲本）刻本將貴家豪橫的情形給刪了，反而誇張地說勞動人民對富貴人的羨慕為「幾疑天人下降」。

（二）寶玉聽了因點頭嘆道，怪道古人詩上說，誰知盤中餐，粒粒皆辛苦，正為此也。（脂庚本）

程本刪一「嘆」字，將重事輕報。

（三）寶玉聽說便上來擰轉作耍，自為有趣。只見一個約有十七八歲的村庄丫頭跑了來亂嚷：「別動壞了」。眾小廝忙斷喝攔阻。寶玉忙丟開手，陪笑說道：「我因為沒見過這個，所以試他一試。」那丫頭道：「你們哪裏會弄這個。站開了，我紡與你瞧。」秦鐘暗拉寶玉笑道：「此卿大有意趣。」寶玉一把推開笑道：「該死的，再胡說，我就打了。」（脂庚本）

【一】這是甲辰抄本改的，程本依甲辰本，而通行刻本又依照程本。因程本較習見，故以為例。

寶玉便上炕搖轉作耍。只見一個村妝丫頭約有十七八歲走來，說道：「別弄壞了。」眾小廝忙喝住了。寶玉也住了手，說道：「我因不曾見過，所以試一試頑兒。」那丫頭道：「你們不會，我轉給你瞧。」秦鐘暗拉寶玉道：「此卿大有意趣。」寶玉推他道：「再胡說，我就打了。」（程甲本）

刻本將二丫頭的「亂嚷」改為較有禮貌的「說道」；小厮的「斷喝」改為較輕的「喝住了」。寶玉「陪笑」，刻本以為大可不必，不許他陪笑。二丫頭說「站開了」，乃命令口氣，脂評曰「三字如聞」，刻本大約亦以為對貴人失禮罷，將它刪去。秦鐘有調戲她之意，寶玉說「該死的」，亦刪去了。

從上三個例子比較看來，再合了以前所說，作者對農村的人民和他們的生活，至少，的確很羨慕，而且表示相當的尊敬，卻被甲辰抄本、程甲本以下胡亂刪改壞了。

由此可知，寶玉想跟了二丫頭去，不必有其事，不可無此說；似乎不近情理，實在大有情理。虛筆的用處在這裏可見一斑了。

三十三　談《紅樓夢》的回目

引言

《紅樓》一書薈萃中國文字的傳統優異，舉凡經史詩文詞曲小說種種筆法幾無不具，既攝眾妙於一家，乃出以圓轉自在之口語，發揮京話特長，可謂摹聲畫影，盡態極妍矣。未知來者如何，若云空前誠非過論。即以回目言之，筆墨寥寥每含深意，其暗示讀者正如畫龍點睛破壁飛去也，豈僅綜括事實已耶？作者自己借書中人說過，試引其文：

寶釵笑道：「世上的話到了鳳丫頭嘴裏也就盡了，幸而鳳丫頭不認得字，不大通，不過一概是市俗取笑。更有顰兒這促狹嘴，用《春秋》的法子，將市俗的粗話，撮其要，删其繁，再加潤色，比方出來一句是一句。……」（第四十三回）

竊欲以之轉贈此書，若論回目尤為切至。明知管窺一豹，所見甚陋，似有所會，亦泚筆記之，聊供同人談笑之助。舉例詮明，取其較為醒豁耳。

(一)總括全書不必粘合本回之例

第一回「賈雨村風塵懷閨秀」。

這在本書已有說明：

然閨閣中本自歷歷有人，萬不可因我之不肖，自護己短，一併使其泯滅也。……雖我未學，下筆無文，又何妨用假語村言敷演出一段故事來，以悅人之耳目哉，故曰「賈雨村風塵懷閨秀」。（新校脂本第一回）

所以第一回之目，乃全書的提綱，簡單說來，作者用假語村言的寫法來懷念當日的情人女友，並不必粘定本回甄士隱、賈雨村兩個人的事跡。若切定本回說，情事反而不合。賈雨村既不曾懷念金陵十二釵，他不過看中嬌杏丫鬟罷了，實無所謂「懷」，所懷更非「閨秀」。且嬌杏這角色根本上是虛的，用諧音的名字暗示倘來富貴無非僥幸而已。所謂「偶然一着錯，便為人上人」，微文刺譏溢於言外。不然，嬌杏偶因回顧雨村，居然做了夫人，正是不錯之極了，何錯之有。今本作「偶因一回顧」，想必也因為這個緣故。

（二）虛陪一句之例

第二回「賈夫人仙逝揚州城，冷子興演說榮國府」。

回目兩句，有一句虛，一句實的。第一、第二兩回為全書總綱。首回說甄士隱去了，即真事隱去；次回記賈雨村談話，即假語村言，事實不過如此。但若照此寫去，每回只有一句。且「賈雨村風塵懷閨秀」既已見前，本回就得設法迴避，所以改用冷子興出面。其實榮府諸事雖從冷子興講來，而本回最主要的議論即古人所謂「間氣鍾靈」，卻出於賈雨村之口，其中自有深意。並非雨村有此說法，實係作者有此意見。不然，雨村在這回書既對寶玉一流人有這樣透闢的了解，但從第三回雨村到京後和榮府人交往，只賈政賞識他，雨村既不了解寶玉，寶玉又很厭惡雨村，好像作者忘卻前文，失於照應。其實不然，賈雨村好比一隻棋子，作者好比下棋的人，一會把它這樣用，一會那樣用，根本無所謂前後不符。

本回既僅此一事，而單句不成回目，只得陪上一句「賈夫人仙逝揚州城」。冷子興已在賓位【二】，林夫人尤虛而又虛，所以本文只有「不料女學生之母賈氏夫人一疾而終」這樣十五個大字，即說黛玉居喪，亦非常簡單。【三】在第一、第二兩回所用的筆墨完全跟以後兩樣。看第三回寫林黛玉什麼光景，就明白了。

第十四回「林如海捐館揚州城」當與此同例。不過下一句「賈寶玉路謁北靜王」亦係隨文點綴，而且寶玉謁北靜事，大部見於第十五回，又稍不同。

（三）文字未安可見初稿面目之例

第七回「送宮花賈璉戲熙鳳」。

第十三回「秦可卿死封龍禁尉」。

關於這兩回，我從前曾說過：

言賈璉戲熙鳳者乃作者初稿，（可能文字和今本不同，因為《紅樓夢》本由《風月寶鑒》改寫，文字是相當猥褻的。）猶第十三回本作「秦可卿淫喪天香樓」也，言周瑞嘆英蓮者乃是作者改稿，猶十三回之改作「秦可卿死封龍禁尉」也。其有語病亦相若，周瑞的老婆固不能省文作周瑞，秦可卿的丈夫捐得龍禁尉，似乎也不該就說秦可卿死封龍禁尉呵。這可見有

些回目，都是未定之稿，作者也在改來改去之中。（《紅樓夢研究》，二〇〇頁）

現在我的意思也差不多。先談第十三回，奇怪的地方並不在秦可卿封龍禁尉，而在她不曾封龍禁尉。龍禁尉五品職，書中有明文，應封宜人，而舊本皆作封恭人（作「宜人」出於後人妄改）。恭人是三品，不合於賈蓉的五品龍禁尉，倒合於賈珍的三品威烈將軍的品級，可謂奇文。作者難道糊塗到連三品恭人五品宜人這樣的常識都沒有了？這是不可想像的。說明白了，「死封龍禁尉」正頂着原來「淫喪天香樓」的缺，完全是一回事；不過原本明書，所以回目亦明；改本刪去文字自不得不改回目，卻從回目與本文的違異處微示其意作為暗筆，如此而已。換句話說，作者雖取消「淫喪天香樓」這事，卻並不曾改變他的作意。本回怪筆甚多，即為此，前人亦多點破，不重提了。

再看七回「賈璉戲熙鳳」，我認為這是《風月寶鑑》的舊回目。雖然「脂評」這樣說：

> 阿鳳之為人豈有不着意於風月二字之理哉，若直以明筆寫之，不但唐突阿鳳聲價，亦且

【一】脂硯齋甲戌本評：「此人不過借為引繩，不必細寫。」

【二】同書：「故一句帶過，恐閒文有妨正筆。」

無妙文可賞；若不寫之，又萬萬不可；故只用柳藏鸚鵡語方知之法，略一皴染，不獨文字有隱微，亦且不至污瀆阿鳳之英風俊骨。所謂此書無一不妙。

余所藏仇十洲幽窗聽鶯暗春圖，其心思筆墨已是無雙，今見此阿鳳一傳，則覺畫工太板。

但這可能已是進步的改寫。想像這第七、第十三回的原文，色情描寫顯露，很有點像《金瓶梅》。後來删去「天香樓」之文，卻借「筆法」點破一二；戲熙鳳一回則用了「暗春」的寫法。（這樣寫法當然好一些，如脂評所說。）第十三回之目改了去，第七回沒有改，作者也想改的，想改得更暗一點，甚至於做了像「周瑞嘆英蓮」這樣不大通順的文字，從這裏可以揣測作者的心情。其結果沒有改成，好在亦無大礙，就至今留下了。

「送宮花」與「戲熙鳳」，照今本看來，兩事偶然湊合，並沒什麼關連，但原本是否有大大的不同也很難說。可惜《風月寶鑒》的舊文已不可見了。以上這些話，揣想的成分原很多，不過供「談助」而已。

（四）名字互見之例

第十二回「賈天祥正照風月鑒」。

第三十回「椿靈畫薔痴及局外」。（脂庚本）

一人的名字，或見本文，或見回目。如賈瑞在本文始終只稱賈瑞，並不見賈瑞字天祥之文，但回目上卻出了一個「賈天祥正照風月鑒」。這所謂互文見義，似沒有特別提出的必要，不過卻也有因此引起可笑的誤解的。

如齡官這個人書中只叫齡官而已，亦沒有其他名字，如有正本回目作「齡官畫薔」，一點不錯。但其他各本都不如此：

椿靈畫薔（脂庚辰本、甲辰本）

椿齡畫薔（程甲、乙本）

程本還鬭合了一個齡字，庚、晉兩本作「椿靈」，與齡官一名竟若不相干，豈她名椿靈又叫齡官耶？可能當初真有這麼一回事，故作者隨筆記之，在本文與回目中參互出現。若今傳戚本作「齡官」自妥，不過要知道舊本並不如此，作「椿靈」或「椿齡」的都不算錯。頗疑原作「椿靈」，程、高改寫了一個字。

這名字互見正與「賈天祥」一回同例，不過彼回大家似乎看得順眼，不覺得有問題，而這回齡官的名字便發生了笑話。如《紅樓夢索隱》便從「八千齡為椿」這個典故上，疑心齡官，書上雖說她是個小女孩，實際上是個老頭兒，影射清初的范承謨。因他被耿藩拘囚，在牢獄的牆壁上畫來畫去，寫出大篇的文章。這雖是有名的故事，但如此捏合，亦可謂想入非非，疑神見鬼了。

（五）與本文相違，明示作意之例

第十五回「王鳳姐弄權鐵檻寺，秦鯨卿得趣饅頭庵」。回目說王鳳姐弄權在鐵檻寺，秦鯨卿得趣在饅頭庵，地點再明白沒有了。但看本文並不如此，饅頭庵與鐵檻寺是兩個地方，明說：

> 這饅頭庵便是水月寺……離鐵檻寺不遠。

鳳姐弄權的事實與尼姑淨虛勾結，得賄三千兩都在饅頭庵，與鐵檻寺無干，書中敘述得又很分明。回目上怎麼說她弄權鐵檻寺呢？關於這點，我覺得從前人已說得很透徹，無須我多講，引《金玉緣》本十五回總評：

> 鳳姐弄權，因淨虛而攬張、李之訟，乃饅頭庵事，何嘗在鐵檻寺，乃上半回云弄權鐵檻寺，醉語耶？睡語耶？殊不知饅頭庵即是鐵檻寺。寫一弄權之鳳姐，則凡為鳳姐者無不送入饅頭矣。寫一鐵檻寺，則送大殯而入鐵檻寺者亦無不送入饅頭矣。何必既到饅頭方弄權耶？抑既到饅頭又從何而更弄權耶？甚矣鐵檻之限人也。

意思很不錯，文字或稍欠醒豁。文章上只能說「王鳳姐弄權鐵檻寺」，決不能說弄權饅頭庵。弄權饅頭庵雖切合事實，在意義上卻大大的不通。一個人到了土饅頭裏還「弄權」麼？若問饅頭庵裏可以「得趣」麼，那你得問秦鐘去。鐵檻、饅頭雖說明是兩地卻只代表一個概念，即是「縱有千年鐵門檻，終須一個土饅頭」。引第六十三回之文：

> 「他（妙玉）常說，古人中自漢晉五代唐宋以來皆無好詩，只有兩句好，說道：『縱有千年鐵門檻，終須一個土饅頭』，所以他自稱檻外之人。」……寶玉聽了如醍醐灌頂，嗳喲了一聲，方笑道：「怪道我們家廟說是鐵檻寺呢，原來有這一說。」

已明點這是本書主要作意之一。因此，回目的乖互，不但有意，且有深意。他故意賣個破綻，讓咱們知道、覺得。那些貪財納賄、為非作歹、害人自害的傢伙或者會回頭猛省罷。

事實上怕不見得會，不過作者一片婆心，為塵俗痛下針砭，已算盡到心了。

這回本文裏還有一個特點，不妨附帶一談，便是多用虛筆。從饅頭庵一名水月寺，表示這無非鏡中花、水中月。既名為水月，即無所謂地點的問題，無所謂是一是二是三，（《金玉緣》總評：「不出鐵檻，便是水月，便是饅頭，一而三，三而一也。」）也無所謂合與不合，這都好像痴人說夢。作者有時非常狡獪，會楞說謊話。如本回說：

原來這饅頭庵就是水月寺，因他廟裏做的饅頭好，就起了這個渾號。

照書直講，饅頭庵的得名，因尼姑們發饅頭發得好，請問作者，真格的這樣，還是騙我們的？我想他或者會微笑罷。《紅樓》一書虛筆甚多，讀者不可看呆了，在這裏不過舉一個例罷了。

（六）後人分回擬改目錄不妥之例

第十七、十八合回「大觀園試才題對額，榮國府歸省慶元宵」。

這例表示回目不很易做，作者有時尚且為難，教咱們來搞，一定會搞糟的。

如上引脂庚本雖不分回，這目錄卻沒有毛病。各本分回之後，擬改的目錄始終沒有妥貼【一】。這可以見得回目的確有些不好做。我在《紅樓夢研究》（八二頁）上曾說戚（即有正）高（即程）二本分回的不同。

戚本之第十七回，較高本為短，以園遊既畢寶玉退出為止，所以回目上只說「怡紅院迷路探曲折」。至於黛玉剪荷包一事，戚本移入第十八回去。高本之第十七回，直說到請妙玉為止，關涉元春歸省之事，所以回目上說「榮國府歸省慶元宵」。這兩本回目所以不同，正因為分回不同之故。我們要批評回目底優劣，不如批評分回底優劣較為適當些。高戚兩本底分回我以為戚本好些。

雖說戚本比高本稍好一些，實在有些半斤對八兩。先引兩本十七、十八兩回之目於下：

第十七回

大觀園試才題對額，榮國府歸省慶元宵（高）

大觀園試才題對額，怡紅院迷路探曲折（戚）

【一】 貼，舊同「帖」。編者注。

第十八回　皇恩重元妃省父母，天倫樂寶玉呈才藻（高）
慶元宵賈元春歸省，助情人林黛玉傳詩（戚）

原來這兒有兩種的改法：（一）把十七、十八合回之目整個兒給了第十七回，而在第十八回上另做了一個，例如高本。（二）把合回目錄兩句拆散，把第一句給了第十七回，第二句稍變其形（慶元宵賈元春歸省，即榮國府歸省慶元宵。）給了第十八回，例如戚本。雖改法似乎不同，卻犯了同樣的毛病：重複。高本的重複，一望可知不用說了；戚本字面上雖不重見，而事實上亦係複出。他們在怡紅院迷路之事，即逛大花園的一部分。而且寶玉到怡紅院後也題了「紅香綠玉」匾額，這難道不是「大觀園試才題對額」麼？此外兩本又同犯一種毛病，即大觀園之賜名本在十八回，而十七回先出了目錄；戚本十七回的目錄更多了一個怡紅院，也在第十八回才定了名的；這雖然無大關係，卻也是個小錯。一言以蔽之，都不妥當。

是戚、高二本改的不好嗎？這也不盡然。這一段書的分回原有一個基本的困難，我甚至猜想作者當時也感到了這個，所以直到他臨死，這兩回始終沒有分家（庚辰在曹雪芹死前兩年）。從十七回到十八回這大塊文章只有兩回事：（一）寶玉題園中各處的匾額，（二）元宵節元春歸省。所以原本這十六個字：「大觀園試才題對額，榮國府歸省慶元宵」是情真理當，千真萬確的。若分作兩回書，十七回得上句，十八回得下句，而在第十七回上出大觀園也不大好，事實如此而已。每回只一句不成回目，必須配上一句。配上一句呢，即毛病百出，非重複即瑣細。如戚本第十七回之「怡紅院迷路探曲折」，即兼重複瑣細之病，若亞東初排本作「疑心重負氣剪荷包」，更覺傷於瑣碎。這段書在分量上過重，原該分做兩回的，但實際上只是一大回書。我們將來的校本仍擬從脂庚合回，不獨可存原稿之真，且各本的目錄都不好，亦無所適從。假如容易出詞，雪芹早已分了回，寫好回目了。作者尚且為難，你我如何能成。

（七）句似未工，意義卻深之例

第二十五回　魘魔法叔嫂逢五鬼，通靈玉蒙蔽遇雙真（甲戌本）

　　　　　　魘魔法姊弟逢五鬼，紅樓夢通靈遇雙真（庚辰本）

這兩個舊的回目殆都出於作者之手，甲戌本所作似乎是初稿，而庚辰本所作是再稿，改稿是應該要好一些，不過文字反不如初稿之醒豁，所以後來各本如程甲乙本、王刻本俱從甲戌本，只有正本從庚辰本。這兩稿的優劣有稍稍一談之必要。

先就對偶來說，兩稿都不夠工穩，而「蒙蔽遇雙真」與「叔嫂逢五鬼」尤其對不上。「蒙蔽」如何能對「叔嫂」呢？自不如用「通靈遇雙真」對「叔嫂逢五鬼」還工一些，但這是末節，丟開不論。

就意義來說，兩稿原也差不多，文字顛倒一下罷了。所謂「紅樓夢」者即夢幻境界，即所謂「蒙蔽」。不過「通靈玉蒙蔽遇雙真」者，有通靈被僧道救護之意，而「紅樓夢通靈遇雙真」，則意思很圓渾，包括甚廣。以下就這點來說。

這句目錄好像對偶既不很工，文義也很朦朧晦澀，「紅樓夢」三字寫入回目也很有點兒特別。仔細想來，此句卻佳。請看這一段文字：

那和尚接了過來擎在掌上，長嘆一聲道：「青埂一別，展眼已過十三載矣。人世光陰如此迅速，塵緣滿目，若似彈指，可羨你當時的那段好處：天不拘兮地不羈，心頭無喜亦無悲。卻因煅【二】煉通靈後，便向人間覓是非。

可嘆你今日這番經歷：粉漬脂痕污寶光，綺櫳晝夜困鴛鴦。沉酣一夢終須醒，冤孽償清好散場。」（脂庚辰本）

此即所謂「紅樓夢通靈遇雙真」也。蓋大荒頑石與雙真本有夙緣，自從歷劫投胎，幻形入世，被多少粉侵脂涴，閱幾許離合悲歡，今忽在茜紗如烟的夢境中重見故人，誠不禁感慨系之矣。持誦使其復靈，不過小說家關目，說說而已，不關宏旨。主要的是這一段感慨，作者寫入回目有深情，因不能以文字形跡求之。如曰對或未工，句或未醒，雖亦似有理，畢竟搔不着癢處也。

（八）用典寓意之例

第二十七回「滴翠亭楊妃戲彩蝶，埋香冢飛燕泣殘紅」。

寫寶釵撲蝴蝶、黛玉詠葬花詩，是很風流旖旎的一回書，而回目上卻又見煞風景的特筆。不說寶釵而曰楊妃，不說黛玉卻云飛燕【二】，既非記實，亦不關合本文，顯明地有關於本書的微旨。原來作者對十二釵（廣義的）表面上似褒多於貶，實際上非褒而不貶，而且有時貶斥得很厲害。

環燕以喻佳人，從傳統的某種意義上說並非讚美之詞。如李太白的《清平調》以飛燕比楊妃，本不是什麼好話，相傳把貴妃都給惹惱了。以本書而論，寶玉將寶釵比楊妃，寶釵冷

【一】煅，舊同「鍛」。編者注。

【二】各抄本、程甲乙本、王刻本均同。改作「寶釵戲彩蝶，黛玉泣殘紅」，大約是很晚的事。我藏的光緒己丑石印《金玉緣》本已經改了。

笑了兩聲：「我倒像楊妃，只是沒個好哥哥好兄弟可以做得楊國忠的。」見第三十回。對於寶釵有微詞，原不消說得。惟以飛燕比黛玉僅在這裏一見。大約作者對釵黛晴襲之間確乎有些抑揚的，只不如後來評家那樣露骨罷了。

在回目只此一條，本文裏和這個可相提並論的，見於第五回：

案上設着武則天當日鏡室中設的寶鏡，一邊擺着趙飛燕立着舞的金盤，盤內盛着安祿山擲過傷了太真乳的木瓜……

這全然胡說，全非好話，比回目又顯明得多多。甲戌本脂評卻說：

設譬調侃耳，若真以為然，則又被作者瞞過。

評者也在瞎說。讀者縱低，何至於「真以為然」。說為「設譬調侃耳」，明明重事輕報。設譬固然，而又何調侃之有，後邊又另有一條脂批：

一路設譬之文，迥非《石頭記》大筆所屑，別有他屬，余所不知。

他何以亦不知？究竟是怎麼一回事呢？大約作者覺得太顯露了，就借「脂批」來掩護一下；作者不願叫破的，自然脂硯齋也不肯把它說漏了。脂評作用如何，且不詳論。不管怎樣，這兩條脂評還不如甲戌本後人所加的墨筆眉批。

> 歷敘室內陳設皆寓微意，勿作閒文看也。

以沒有關礙，實話實說，反有一二中肯處。

以上是關於書法的比擬。至將釵黛一起抹殺這樣奇怪的議論，則見於第二十一回寶玉擬《莊子·胠篋篇》：

> 焚花散麝，而閨閣始人含其勸矣。戕寶釵之仙姿，灰黛玉之靈竅，喪滅情意，而閨閣之美惡始相類矣。彼含其勸則無參商之虞矣，戕其仙姿無戀愛之心矣，灰其靈竅無才思之情矣。彼釵玉花麝者，皆張其羅而邃其穴，所以迷惑纏陷天下者也。

雖似戲發牢騷，殆暗伏後文線索。寶玉這種心思，當然代表了作者的一部分。他一方面極端崇拜女兒，一方面又似一個「憎惡女性者」。這樣矛盾的心情，往往表現在《紅樓夢》

裏，不過有明暗之別，讚美在明處，憎惡在暗地，造成了戀愛的至上觀，也造成了戀愛的虛無觀。情榜云：「寶玉情不情」，大概指此等地方說，故事發展下去，隨着客觀條件的推移，暗的一面會漸漸地表面化起來，等到毀滅性佔了優勢，那「懸崖撒手」一回就跳出來了。嘗疑寶玉之出家並非專為黛玉之死，如今程、高續書所云，惜原本既不可見，那亦無從談起了。

（九）與本文錯綜互明之例

第四十四回「變生不測鳳姐潑醋，喜出望外平兒理妝」。依回目看，文義明清，這第二句「喜出望外平兒理妝」，當然是平兒為了寶玉給她理妝才喜出望外的。從本文看恰好相反，乃寶玉為平兒理妝而喜出望外也。引脂庚本之文：

寶玉因自來從未在平兒前盡過心，且平兒又是個極聰明極清俊的上等女孩兒，比不得那起俗蠢拙物，深為恨怨。今日是金釧兒的生日，故一日不樂，不想落後鬧出這件事來，竟得在平兒前稍盡片心，亦今生意中不想之樂也。因歪在床上心內怡然自得。忽又思及賈璉惟知以淫樂悅己，並不知作養脂粉，又思平兒並無父母兄弟姊妹，獨自一人供應賈璉夫婦二人，賈璉之俗，鳳姐之威，他竟能周全妥貼，今兒還遭塗毒，想來此人薄命，比黛玉猶甚。想到此間便又傷感起來，不覺洒然淚下。

所謂「亦今生意中不想之樂」，則「喜出望外」應當屬於寶玉，再明白沒有了。本文這麼說，回目偏那麼說，是鬧彆扭？還是回目的文字欠通？都不是的，此正錯綜互見之妙。蓋寶玉固然喜出望外，平兒亦然；不過寶玉之喜在明處，故見本文，而平兒的心理作者並不曾多寫，只不過如此一表：

平兒今見他這般，心中也暗暗的掂掇，果然話不虛傳，色色想的周到。

正面再多說下去即不大好，故只在回目暗暗一點。詳不必重，略不必輕。平兒之喜出望外或且過於寶玉。回目雖簡，仍為主文，書文雖詳，反是虛筆，固不必說什麼背面傅粉法，亦是「空裏傳神，閒中着色」也。《紅樓夢》一意有多少方面層次，一筆可當多少筆用，隨處皆是。

又第四十六回「尷尬人難免尷尬事，鴛鴦女誓絕鴛鴦侶」，好像兩句蟬聯而下，指鴛鴦不肯做賈赦的妾說，實際上都暗示鴛鴦與寶玉的感情。所謂「誓絕鴛鴦侶」者，即本書所謂：

鴛鴦

我這一輩子，莫說是寶玉，便是寶金、寶銀、寶天王、寶皇帝，橫豎不嫁人就完了。

指寶玉而言，並非指賈赦。賈赦與鴛鴦本不得稱鴛鴦侶或鴛鴦偶。《金玉緣》本評曰：「所云誓絕，乃絕此人」，這是不錯的。此亦係借回目叫醒本文，不過回目與本文相合，並非錯綜互見，與前例稍有不同耳。

(十)主文在賓位不見回目之例

第四十八回「濫情人情誤思游藝，慕雅女雅集苦吟詩」。這回說兩段事：(一)薛蟠出門遊歷，(二)香菱入園學詩，並見於回目，可謂沒有什麼問題。兩事之中，上一事係陪襯之筆，只為下一事作因。庚辰本有一段長評，說得最明白：

細想香菱之為人也，根基不讓迎探，容貌不讓鳳秦，端雅不讓紈釵，風流不讓湘黛，賢惠不讓襲平，所惜者青年罹禍，命運乖蹇，是為側室。且雖曾讀書，不能與林湘輩並馳於海棠之社耳。然此一人豈可不入園哉？故欲令入園，終無可入之隙。籌畫再四，欲令入園，必呆兄遠行後方可。然阿呆兄又如何方可遠行？曰名不可，利不可，正事不可，必得萬人想不到，自己忽一發機之事方可，因此思及情之一字及呆素所誤者，故借「情誤」二字生出一事，使阿呆游藝之志已堅，則菱卿入園之隙方妥。回思因欲香菱入園，是寫阿呆情誤，因欲阿呆情誤，先寫一賴尚華，實委婉嚴密之甚也。(脂硯齋評)

仔細看來，本回的最重要的意義非但不在薛蟠出門，而且不在香菱進園，而另有所在。當薛蟠去後香菱方要入園，中間有一橫插筆，碰見平兒，從平兒口中說出賈赦、賈雨村與石呆子的事，暴露賈家的如何勾結官府，欺壓良善，迫害人命，用筆非常犀利。作者借了賈璉來罵賈赦：

> 為這點子小事，弄得人坑家敗業，也不算什麼能為。

賈璉本來夠糟的，卻被他父親給抬起來了。作者甚言賈赦之惡，連他兒子都看不過。又借平兒來罵賈雨村：

> 平兒咬牙罵道：「都是那賈雨村什麼風村，半路途中哪裏來的餓不死的野雜種，認了不到十年，生了多少事出來。……誰知雨村那沒天理的聽見了，便設了個法子，訛他拖欠官銀

子，拿他到衙門裏去，說所欠官銀，變賣家產賠補，把這扇子抄了來，作了官價送了來。那石呆子如今不知是死是活。」

「不知死活」不過一句冠冕些的好聽話，其實他早已死了。這是本回的主文，卻當作插筆書用，作者有意或無意地這樣做，都可以諒解的。既擱在賓位，便亦不出回目。若上引脂評，雖委宛動人卻不得要領，讀者自應分別觀之。須知本書不但作者時時給我們當上，評者也會幫着作者使咱們上當呵。

（十一）詞藻表現意境之例

第四十九回「琉璃世界白雪紅梅，脂粉香娃割腥啖膻」。

意，意義；境，境界，用詞藻來表現它，詞藻並非空設。

本書雖現實意味很濃，但現實性不排斥想像。通過了想像，與它融會，表現了更高度的現實。如「琉璃世界白雪紅梅」氣魄何等開闊，景象何等清淨，沾滯在北京有無這樣的風景一點來討論，怕沒有什麼用處的。北京縱然沒有，中國之大豈能沒有，這就夠了，決不能說作者違反了現實。

作者生平雖多住在北京，看他的朋友贈詩，有「秦淮殘夢」、「揚州舊夢」等句，他非但到過江南，而且有些陳跡往事，何況他家三代為江寧織造，所以《紅樓》一書實將南北的人情風物，冶合為一個整體。書記賈府的「末世」當在北京，本書又名「金陵十二釵」。（金陵指廣義的江南，並非專指南京。第二回林如海出場，稱為「本貫姑蘇人氏」，甲戌本評曰：「十二釵正出之地，故用真」。可見金陵包括蘇州，即江南之代用語也。）其為江南佳麗可知，何嘗只是梳兩把頭的旗下貴女呢。再說，這「金陵十二釵」一詞跟「秦淮八艷」有些彷彿的。

人物如此，風景可知。像大觀園這樣的園林豈北京本地風光所能範圍。看元春題詩：「天上人間諸景備，芳園應錫大觀名」，至少是全國性的，而且是理想性的。所謂「琉璃世界」顯然受了佛教西方極樂世界的暗示。有人對我說，《紅樓夢》一書不但有南邊的空氣，江南的情趣也很重，他舉黛玉引詩「留得殘荷聽雨聲」為例，（北京當然有荷花荷葉，不過這就情趣說。）我想這是對的。此外還有一條可以幫助說明大觀園為南北園林的綜合，即有正本第四十九回的目錄作：

白雪紅梅園林集景，割腥啖膻閨閣野趣。

作者明知北方不可能有這樣風景的，所以才說「集景」，若非會合南北風光，何謂集景呢。

女兒們大吃鹿肉，野意野趣，固甚風流灑脫，但以「割腥啖膻」對「白雪紅梅」，兩兩相形，作者寧無微意？就借黛玉說道：

罷了，罷了，今日蘆雪庵遭劫，生生被雲丫頭作踐了。我為蘆雪庵一大哭。

至於說了，旋即抹去，慣弄狡獪，固《紅樓夢》之長技也。

（十二）字義深隱，倉卒【一】難明之例

第五十七回「慧紫鵑情辭試忙玉，慈姨媽愛語慰痴顰」。

寶玉為什麼叫「忙玉」？奇怪得很，怕是錯字罷。我說，非但不錯，而且很好。這事說來話長，我也經過一些曲折才得到這樣的結論的。本節標目曰「倉卒難明」，並不敢說別人

【一】卒，同「猝」。編者注。

難明，這指我自己說的。

各本大抵均作「試莽玉」，也有作「試寶玉」的。一般的意見，認為「莽玉」不錯，我最初也這樣想的。我的想法有三步：（一）認「忙」為「莽」之誤。（二）從版本上知道「忙」字不錯，那「莽」字自然錯了。（三）經過談論，才知道「忙玉」之所以為佳，且非它不可；莽玉的何以不通。這思想轉折的經過在這裏自不能詳說，只把我最近見到的說出來。

先假定為「莽玉」，得問寶玉莽在哪裏？本回說他摸了紫鵑一把，難道就算他魯莽嗎？還是他曾面向黛玉求婚呢？這些解釋顯然不通，只有一個解釋：寶玉實心眼兒，魯莽地輕信紫鵑的讕言致大發痴病，故稱為莽。這才比較可通。然而這「莽」的形象，均發生在紫鵑試他以後，並不在受試以前。寶玉工於體貼女兒們的心情，二百年來，可謂通國皆知，未試以前，何嘗莽呵。紫鵑要試他的心，自有不得不試的緣故。紫鵑若早知他這樣心直情多，給了一根針當作棒棰看，如本回所示，也就不必試了。

把莽玉撇開，才能夠明白忙玉之忙的真意。「忙」是未試以前的寶玉形景，這字是有來歷的，見第三十七回寶釵給下的考語：

你的號早有了，「無事忙」三個字恰當得很。

咱們讓寶釵來做注解，再好沒有了。寶玉不又叫「富貴閒人」（亦見三十七回），何忙之有？寶釵回答得好，「無事忙」。語含諷刺，精絕妙絕。懂得這「無事忙」三字之形容寶玉如何傳神，則忙玉之所以為忙玉，自然迎刃而解，無須多說了。

蓋寶玉之為人，雖一往情深而波瀾千尺，偶遇佳麗，便要瞎張羅一起的，如游蜂浪蝶，處處拈花惹草。怡紅公子這樣的忙忙碌碌的生涯，若釵若黛均平日深知。寶釵已謚之曰「無事忙」，而黛玉尤不放心。紫鵑的不放心，當然是黛玉的不放心。紫鵑之試玉雖非黛玉授意，她也是體貼了黛玉的心才這樣幹的，回目所以曰「慧紫鵑」。不然，闖這樣大禍，應當說莽紫鵑才對，何慧之有？

簡簡單單只有一兩句話。惟其為貌似泛愛不專之「忙玉」，才有一試之必要，若確知其為情有獨鍾之「莽玉」，壓根就不消試得。故忙之一字非凡貼切，莽之一字絕對不通。

話可又說回來，把賈寶玉喚作「忙玉」，骨子裏雖精絕，表面上夠怪的，若非體會全書，僅就本回看來，自容易疑為「莽」之音誤，亦不足深病。我從前也這樣想過的。幸而脂庚本上文字分明，證據確鑿，不然，怕誰也會搞錯的。這亦可見《石頭記》文字很不易讀。「忙」字用得這樣古怪，顯出於原稿；若非作者，誰也想不到這樣古怪的用法的。

（十三）似一句自對各明一事，實兩句相對以上明下之例

第五十八回「杏子陰假鳳泣虛凰，茜紗窗真情揆痴理」。

這一回目似乎本句自對，如以「假鳳」對「虛凰」，「真情」對「痴理」，一句說明一事；實際上並不如此，上下兩句相對，主要的對偶，以「假鳳」對「真情」（真對假是《紅樓夢》的主要觀念），而上句之義已包於下句之中，下句之義即由上句而來，彷彿又像詩中的流水對。即以對偶論，亦交互錯綜，變幻之至。當然不止此，上段述藕官與菂官的同性愛，所以說「虛」說「假」，但寶玉對女兒們的情戀是真的，所以說「真情」、「痴理」。翻成白話，即以虛假的戀愛明真實的感情道理。就回目的本身說，不過這樣簡簡單單一句話罷了。若講到本文如何寫，卻很繁複，以下預備多引原文，非如此不能明瞭。因本回在《紅樓夢》裏是特別重要的一回，尤其八十回後的原稿「迷失」了，關係就更大——牽涉到黛玉死後，寶玉究竟取怎樣一個態度的問題。

先要詳察本回登場扮演的角色，書上載明：

將正旦芳官指與寶玉，將小旦蕊官送了寶釵，將小生藕官指與了黛玉。

這似乎也看不出寶、黛、釵三人的關係。他並不曾將小生指給寶玉，而把兩個旦色分給釵、黛呵。這樣一來便成笨伯，豈是《紅樓夢》文字。將蕊官指給寶釵，這一句是老實的，將芳官給寶玉，藕官給黛玉，這兩句是巧妙的。先要把這三個登場角色正變的情形分別清楚了，才可以讀下去。

本回上半雖係虛幻之情，空靈之筆，而開首寫「杏子陰」一段感慨甚深，關注全書，已非泛泛，試抄這一段：

寶玉便也正要去瞧林黛玉，便起身拄拐辭了他們，從沁芳橋一帶堤上走來，只見柳垂金線，桃吐丹霞，山石之後一株大杏樹，花已全落，葉稠陰翠，上面已結了豆子大小的許多小杏。寶玉因想道，能病了幾天竟把杏花辜負了，不覺到「綠葉成陰子滿枝」了。因此仰望杏子不捨。又想起邢岫烟已擇了夫婿一事，雖說是男女大事不可不行，但未免又少了一個好女兒，不過兩年便也要綠葉成陰子滿枝了。再過幾日這杏樹子落枝空，再幾年岫烟未免烏髮如銀紅顏似槁了，因此不免傷心，只管對杏流淚嘆息。正悲嘆時，忽有一個雀兒飛來落於枝上亂啼。寶玉又發了呆性，心下想道：這雀兒必定是杏花正開時，他曾來過，今見無花，空有枝葉，故也亂啼。這聲韻必是啼哭之聲，可恨公冶長不在眼前，不能問他。但不知明年再發時，這個雀兒可還記得飛到這裏來與杏花一會了。

情文相生，自係妙筆，雖指邢岫烟說，實在豈只她一人。但咱們卻不知這故事怎樣發展下去，怎樣用人物來表現這感慨。看他又這樣說：

正胡思間，忽見一股火光從山石那邊發出，將雀兒驚飛，寶玉吃一大驚。

我們不禁也吃一大驚，下敘藕官燒紙不用說了。寶玉幫助藕官斥退婆子之後，便問藕官究竟是怎麼一回事。

藕官因方才護庇之情感激於衷，便知他是自己一流的人物，便含淚說道：「我這事除了你屋裏的芳官並寶姑娘的蕊官，並沒第三個人知道。今日被你遇見，又有這段意思，少不得也告訴了你，只不許再對人言講。」又哭道：「我也不便和你面說，你只回去背人悄問芳官就知道了。」說畢，佯常而去。

這一段話有很重要的一點，說「除了芳蕊並無第三人知道」；又說「背人悄問芳官就知道了」。蕊官是她（當作他）戀愛的對象，芳官又是什麼呢？這裏應當看做芳官與藕官即一人的化身。這樣就把這上面迷惘的公式給解決了一大半。下文接說：

寶玉聽了心下納悶，只得踱到瀟湘館瞧黛玉，益發瘦的可憐，問起來比往日已算大愈了。黛玉見他也比先大瘦了，想起往日之事不免流下淚來，些微談了談，便催寶玉去歇息調養。寶玉只得回來，因記掛着要問芳官那原委，偏有湘雲、香菱來了。

這段看黛玉的文字似乎閒筆、插筆，都不是的，實係正文，看完本篇就明白了。以下穿插了許多情節，到最後寶玉才有機會問了芳官：

芳官笑道：「你說他祭的是誰，祭的是死了的菂官。」寶玉道：「這是友誼也應當的。」芳官笑道：「哪裏是友誼，他竟是瘋傻的想頭，說他自己是小生，菂官是小旦，常做夫妻，雖說是假的，每日那些曲文排場皆是真正溫存體貼之事，故此二人就瘋了，雖不做戲，尋常飲食起坐兩個人竟是你恩我愛。菂官一死，他哭的死去活來至今不忘，所以每節燒紙。後來補了蕊官，他們倆一般的溫柔體貼。我也曾問過他，得新棄舊的。他說，這又有個大道理，比如男子喪了妻，或有必當續弦者，也必要續弦為是，便只是不把死的丟過不提，便是情深意重了。若一味因死的不續，孤守一世，妨了大節，也不是理，死者反不安了。你說可是又瘋又呆，說來可是可嘆。」寶玉聽說了這篇呆話，獨合了他的呆性，不覺又是歡喜又是悲嘆，又稱奇道絕，說：「天既生這樣人，又何用我這鬚眉濁物玷辱世界了。」

看他這樣「稱奇道絕」，「獨合了他的呆性」，藕官的意思顯明代表了寶玉的意思。她跟菂官的關係，顯明是寶黛的關係，她跟蕊官的關係，顯明是黛玉死後，釵玉的關係。咱們平常總懷疑，寶玉將來以何等的心情來娶寶釵，另娶寶釵是否「得新棄舊」。作者在這裏已明白地回答了我們：嗣續事大必得另娶，只不忘記死者就是了。這就說明了寶玉為什麼肯娶寶釵，又為什麼始終不忘黛玉。作者圓滿地將這「假鳳泣虛凰」來表現這「真情揆痴理」。揆者量度之意，即人世一切的道理，必須要用感情來量度它，回目上說得再明白沒有了。不過寶玉之情雖屬真情，而寶玉之理只是一種痴理而已。

這已夠分明了，譬如把登場人物改排一下，尤一目了然。

藕官給了寶玉，蕊官給了寶釵，菂官給了黛玉。

上文說過，果真這樣一個代表一個，未免太呆板、太顯露了。作者因此稍稍移動了一下：蕊官一句不動，把藕官的替身芳官給了寶玉，而藕官本人反在黛玉處，她情侶菂官早死了。如此一變換便有錯綜離合之妙，頓覺文有餘妍題無剩義。

回看「杏子陰」一段明似寫景，已到正文，其無端棖觸，寄意甚深。「綠葉成陰子滿枝」固然可嘆，「烏髮如銀紅顏似槁」尤其可嘆，殊不知還有「茜紗窗下我本無緣，黃土隴中卿何薄命」哩。「茜紗窗」三字不見正文，這裏用來對「杏子陰」好像拼湊，其實不然，不但叫起七十八回《芙蓉誄》、七十九回寶黛對話（修改《芙蓉誄》），筆力已直貫本書的結尾。

書雖未完，卻也可從此想見不凡了。

正文已入神品固不待言，即以回目論，用心之深，嘆觀止矣。

（十四）不見全書，回目點破之例

第六十三回「壽怡紅群芳開夜宴，死金丹獨艷理親喪」。

本書狀美人，有虛實明暗種種寫法，不及備說，卻有一個最特別的寫法須一表的，即尤氏之是否美及其如何美，全書一概沒有，只在本回上用「獨艷」點明。記得從前曲園先生曾談及《紅樓》，說尤氏是很美的，想必也根據這回目罷。

前文曾說，詳不必重，略不必輕，回目之文必不會長，正當作如是觀。萬綠叢中一點紅，原非常突出；以「獨艷」對「群芳」又是很有分量的。且尤氏之美，從她的得姓亦可以知道。本書六十六回寶玉講起二尤，「真真一對尤物，他又姓尤」已明點出來。二尤如此，則尤氏可知矣。

像這樣的筆法，的確有點像《春秋》了。作者小題大做，難道專為寫尤氏的美貌？當然別有用意的。

我以為本書是以《風月寶鑒》和《十二釵》兩稿湊合的。《風月寶鑒》之文大都在前半，卻也並非完全在前半部。若寶玉、秦氏，鳳姐、賈瑞，秦鐘、智能等事固皆《寶鑒》舊文，但下半部也是有的，如賈敬之死只尤氏理喪以及二尤的故事，疑皆《風月寶鑒》之文。仔細看去，文章筆路也稍微有些兩樣，不知是我神經過敏否？

「死金丹獨艷理親喪」實和「王熙鳳協理寧國府」遙遙相對。敘賈敬之死與秦氏之死，對文還多，茲不詳列。《紅樓夢》有一個人物，老在暗地裏，非常隱晦的，即賈敬是。如賈赦、賈珍之惡不言可知，賈政之假正經亦不言可知，惟獨賈敬不大引人注意，作者卻在《紅樓夢》曲文裏給點破了，所謂「箕裘頹墮皆從敬」，將賈氏一門種種罪惡歸獄於賈敬，文筆深冷之至。尤其應該注意，此句用合傳法寫在秦氏曲中，殆所謂上樑不正下樑歪歟？脂評雖說得是，後人卻盡有不解的，認為賈敬有什麼錯呵？【二】亦可見深隱之筆，每不被時人所知。若體會了這句話，則本回及以下各回便迎刃而解了。

僅就尤氏之美着想，自未得作者之心，卻也算找着了一條線索。區區一尤氏，其為美惡皆屬尋常，何必深文。既有深文豈無微意，再思再想，就明白了。

（十五）回目直書，正文兼用曲筆之例

第六十九回「弄小巧用借劍殺人，覺大限吞生金自逝」。

尤二姐之死，一曰「殺人」，二曰「自逝」。到底她自殺還是被殺呢？緣鳳姐有必死二姐之決心，故歸獄鳳姐，稱為「殺人」，老當之至。

回目跟正文彷彿《春秋》經傳的關係。這裏回目用直筆，正文兼用曲筆。如殺人之法為「借劍」，而「借劍殺人」書中有的。

鳳姐……用借劍殺人之法，坐山觀虎鬥。等秋桐殺了尤二姐，自己再殺秋桐。

似乎並無曲直之異，卻正相符合了。不過二姐之死並非完全由於受秋桐的氣，被她所害，主要的由於胎被打下了。書上說：

況胎已打下，無可懸心，何必受這些零氣，不如一死到還乾淨。

其記打胎之事，多遮掩之筆，荒唐之文。如胡君榮之來也，只說：

【一】 甲戌本脂評：「深意他人不解。」又曰：「是作者具菩薩之心，秉刀斧之筆，撰成此書，一字不可更，一字不可少。」己卯本此句作「箕裘頹墮皆榮王」，歸罪於榮國府的王鳳姐，後人妄改可笑。

誰知王太醫亦謀幹了軍前效力，回來好討蔭封的。小廝們走去，便請了個姓胡的太醫名叫君榮。

果真這樣，是小廝們走去便請了來麼？最大的關鍵在於藥誤。書上又這樣記胡醫的糊塗，才用錯了藥：

尤二姐露出臉來，胡君榮一見，魂魄如飛上九天，通身麻木，一無所知。

今人假如這樣寫小說，我想醫生工會要提抗議的，難道真見了美色，即一無所知嗎？況且賈璉已說過：

已是三月庚信不行，又常作嘔酸，恐是胎氣。

本家這樣明說，醫生雖庸，何至置若罔聞。況胡醫既戀二姐之色，以常情論，用藥必更鄭重，何至於違反賈璉之意，一死兒用定了虎狼藥呢。

到後來闖下了禍，賈璉查問，不過這樣說：

急的賈璉查是誰請了姓胡的來的。一時查了出來便打了半死。

到底查出了下落沒有呢？如果查不出來，為什麼查不出來呢？

這很顯明，這大段的敘述虛頭很多，事實上有大謬不然者。請胡君榮的小廝乃鳳姐授意的，而胡醫堅決用打胎的藥殆出於鳳姐的賄囑。胡醫雖庸，但這兒與庸或不庸無關；他雖姓了胡，與糊塗不糊塗亦無關，循文細誦即可明瞭。鳳姐害人的行為書多明敘，這兒忽改用暗場，必有深意。況在五十一回目錄先出「胡庸醫亂用虎狼藥」，好像胡醫一向這樣亂七八糟的，他用錯了藥打下胎來不足為奇，千里伏線，早為本文佔了地步。

打胎之事關係尤二姐之死，卻不見於回目；回目所謂「借劍殺人」，包括胡醫用藥在內可知。回目上既已明說二姐被鳳姐殺害，正文改用暗場什麼緣故？難道回護鳳姐麼？再看本文這一段就明白了。

鳳姐比賈璉更急十倍，只說：「咱們命中無子，好容易有了一個，又遇見這樣沒本事的大夫。」於是天地前燒香禮拜，自己通陳禱告，說：「我或有病，只求尤氏妹子身體大愈，再得懷胎生一男子，我願吃長齋念佛。」

她要吃長素念佛，保佑尤氏妹子生男，咱們信不信？下文接說：

賈璉眾人見了，無不稱讚。

明明真人面前說謊話哩。荒唐肉麻到如此，作者豈有不感覺之理，蓋藉以形容鳳姐之惡耳。若上邊不用暗場，這一段文字便安插不下了。不但本回如此，即六十八回鳳姐騙賺尤二姐，句句通文達道，口口聲聲自稱奴家，正亦此意。

須知回目用直筆者，斷鳳姐之毒辣；正文用曲筆者，狀鳳姐之虛偽；言非一端，各有所當，實為互明，並無兩歧。甚言鳳姐之惡，已情見乎詞，非但不曾替她回護，而且進一步去批判她。

（十六）敘次先後顛倒之例

第七十九回「薛文龍悔娶河東獅，賈迎春誤嫁中山狼」。

按回目薛蟠之娶在前，迎春之嫁在後。本文呢，先敘迎春將嫁，寶玉感慨賦詩，後碰見香菱，說出薛蟠娶親一事，其敘述程序恰好先後相反。

迎春

以上十五例的說明，大都出於我個人的看法，本節完全依據庚辰本「脂評」，且有作者自評之可能。原文抄寫訛誤極多，略以意校正，引錄如下：

此回題上半截是「悔娶河東獅」，今卻偏連「中山狼」倒裝，工（致）細膩寫來，可見迎春是書中正傳，阿呆夫妻是副。賓主次序嚴肅之至。其婚娶俗禮一概不及，只用寶玉一人過去，正是書中之大旨。

這文大體上還算明白。我想有些問題大家會提出的，既然正文的「賓主次序嚴肅之至」，那末回目為什麼顛倒敘次呢？是否把這賓主次序搞亂了呢？若作「賈迎春誤嫁中山狼，薛文龍悔娶河東獅」豈不符合正文，一切都對了麼？這些疑問，如不細看本書也很難回答。我以為回目應當肯定的。

第一，回目依據本事而來，不能改寫。按本回的故事雖迎春待嫁在先，薛蟠之娶在後；但金桂河東獅吼之威本回之末已見大凡，而七十九回書上於迎春只言其將嫁，未言其已嫁，更別提誤嫁什麼中山狼了。其事見於第八十回。事實既先河東獅而後中山狼，回目自然不得不如此，無所謂錯誤。

第二，脂評所謂「賓主」，雖從次序說，也並不限於次序，更有文章風格的關係，所謂

「工致細膩寫來」。用這樣的風格來表示「主位正傳」，並非先主後賓這形式所能束縛的。既然這樣，回目的先薛蟠而後迎春，並不會搞亂這賓主關係可知。

第三，就回目說，上下句法的先後排列，非即重輕的區分。以本書而論，如第二、第三、第十、第五十八、第七十八回重點均在下一句。此外，還有重點在上一句的，也有不分輕重平列的。回目本不以上下句分「輕重」，自亦無關於「賓主」了。

以上說明，回目正文雖次序互倒，而意不相違。脂評裏更有一些值得注意的話，稍費解釋。如曰：

> 今卻偏連「中山狼」倒裝。

按「中山狼」事不見本回，而回目逆探下文連類書之，故曰「偏連」。「偏連」者，本不連而把它連起來也。何謂倒裝？「倒裝」者，無論就回目、就本文看，迎春誤嫁事均在後，今卻將其待嫁情形先作一冒放在薛蟠將娶以前，故曰倒裝。此外還有一句：

> 只用寶玉一人過去，正是書中之大旨。

文理似欠通順，意卻甚精。寶玉到紫菱洲一帶徘徊瞻顧，另有脂評云：「先為對竟（境）悼顰兒作引。」這裏方見作者真意。阿呆夫妻其非正傳不必說了，即迎春之為正傳，脂評雖這般說，還是相對的虛筆，直引起寶玉追懷黛玉，才是真正的正傳呵。所謂「書中大旨」指此而言，若阿呆之與二木頭，河東獅之與中山狼，亦伯仲之間耳，又何必斤斤較量其孰為賓主耶？

是脂評雖佳，每多虛筆，卻藉此看出作者寫定本書，安排回目，的確費了一番苦心。有好幾回書，至今猶缺回目，則當時下筆鄭重可知。今日雖作閒談，亦談何容易。以上諸例若有一二中肯處，也只好算蒙對了罷。

餘文

引言提到的熟故事恕我引用全文。《宣和畫譜》曰：

張僧繇嘗於金陵安樂寺畫四龍不點目睛，謂點則騰驤而去。人以為誕，固請點之。因為落墨，才及二龍，果雷電破壁，徐視畫已失之矣。獨二龍未點睛者在焉。

回目的作用也彷彿如此，只未免說得過於神奇耳。

要了解回目的做法，先要了解回目的三種最基本最簡單的情況：（一）文字總比較簡短，（二）上下兩句相對，（三）與正文有密切的關係。根據這三點來說：從（一），須用最精簡的文字，於是有了「煉字」和「用典」；從（二），須用駢偶的文字，於是有了「對比」與「相因」的寫法；從（三），須與正文發生配合的作用，卻不一定重複，於是有了「離合」與「錯綜」。當然也還有別的，就一時想到的說來如此，這些都從回目的基本性質上來的。

第一點尤為突出。回目大都沒有幾個字，如何能容納拖沓的文章呢？因此有必要，也更容易接受中國文字精簡的古老傳統。所謂「凝煉」、「緊縮」在詩詞中例子很多，不用說了。在近古的小說戲劇裏卻比較少用，因為這裏需要的是口語流暢。若過分凝煉，便會妨害了流利之美，減弱了普及的功能。但《紅樓夢》在白話小說為異軍突起，非其他小說可比，它綜合了、發展了中國文字語言的一切長處而自成一家，所以兼備凝煉與流暢之美，即在正文中已往往有之，在回目裏凝煉的狀況尤其顯著。

「煉字」、「用典」同為文字的精簡，而稍稍不同。典故每把一個整的故事緊縮成幾個字，暗示當更多一些。如本篇第八例「環燕」即用典之例。十二例「慧」、「忙」、「慈」、「痴」，十三例「假」、「虛」、「真」、「痴」，十四例「獨艷」，並煉字之例。此外本篇未及載的，如第四十二回「蘅蕪君蘭言解疑癖，瀟湘子雅謔補餘香」，今本多作「補餘音」。補餘香似乎費解，而含蘊卻深。所謂「同心之言，其臭如蘭」，香字從此翻出，示釵、黛二人之交誼漸深，補餘音好像易懂，其實意義反不明確。這是煉字和用典的混合型。

第二點是回目兩句之間的關係，如第十一例以「割腥啖羶」對「白雪紅梅」；第十四例以「獨艷」對「群芳」，即是「對比」；第五例始於鐵檻終於饅頭；第十三例以「假鳳虛凰」明「真情痴理」，即是相因。自然，第五例「鐵檻」、「饅頭」欲作為對比看亦未嘗不可，隨文立說，無須拘執也。

第三點是回目與正文的關係在本篇中比較多，如第一例賈雨村所懷乃丫鬟嬌杏，而回目上書閨秀；第五例王熙鳳在饅頭庵弄權而回目稱鐵檻寺；第十三例本文不見「茜紗窗」，第十回本文不言尤氏美，而回目俱特筆點明，並皆「離合」之例。如第四例名字互見；第九例「喜出望外」，回目指平兒說，本文指寶玉說；第十五例直書曲筆之異；第十六例事實敘次的不同，雖情形各別，並為「錯綜」之例。

本篇偶舉十六例，在全書回目的比重上，不過百分之二十左右，以上概括得也很不完備，聊表大意而已。以回目論回目，固有這些情形，此外《紅樓夢》本身也另有一種情形必須一表的，即有過多的微言大義。引言中曾拿它來比《春秋》經，讀者或未必贊成，不過我確是那樣想的。以綱目來比，則回目似綱，本文似目。以《春秋》來比，則回目似經，本文似傳。上邊所舉回目的特點，大都可以在《春秋》經上去找的。就與本文離合這一點來說，與《春秋》經傳的關係十分相似。如《左傳》上明說趙穿弒靈公於桃園，而經文承晉史董狐之舊，書趙盾弒其君。本篇第十四例以「獨艷理親喪」貶斥賈敬，第十五例以「借劍殺人」歸獄鳳姐，用筆深冷，實私淑《春秋》，得其神髓。蓋作者生值專制淫威之朝，出身封建禮法之家，追憶風月繁華，歷盡淒涼境界，悼紅軒削稿，黃葉村著書，豈獨情深，實茹隱痛，固未嘗不以石破天驚古今第一奇書自命，雖托之於小說，亦只可托之於小說，妄揣其心，實有不甘於小說者，於是微言間出，幻境潤翻，讀者或訝其過多，殊不知伊人自有其衷曲，所謂「滿紙荒唐言，一把辛酸淚。都云作者痴，誰解其中味」；又云：「字字看來都是血，十年辛苦不尋常」，誠慨乎其言之矣。殘墨未終，淚盡而逝，於今百世之下識與不識皆知《紅樓夢》為奇書，宿願之償在於身後，作者自可無憾於九原。然而知人論世，談何容易，若茲野人芹獻，君亦姑妄聽之可耳。

三十四 記吳藏殘本（一）

近承吳曉鈴先生借閱所藏鈔本《紅樓夢》四十回，原係八十回本，今缺四十一回以下。有乾隆五十四年序，出程高排本三年以前，誠罕見之秘笈也。是否乾隆時原抄固亦難定，但看本文的情形，以原抄論殆無不可。抄者非一手，乃由各本湊合而成者。

這兒先談它的序文。作序者乃杭州人舒元煒字董園。他和他弟弟舒元炳同來北京趕考。藏校這抄本的卻另是一人，舒應他的請而寫這篇序，故自稱為「客」，稱那人為筠圃主人（筠字殘半，以意揣補）。序文是駢偶的濫調，而且很長，不能全錄，摘出有關係的幾條。其弟有《沁園春》一詞題《紅樓夢》，亦敷衍故事而已，無甚精彩。

（一）他告訴我們，當乾隆五十四年（一七八九）還只有八十回的《紅樓夢》。

惜乎《紅樓夢》之觀止於八十回也，全冊未窺，悵神龍之無尾，闕疑不少，隱斑豹之全身。（舒序）

重展卷，恨未窺全豹，結想徒然。（舒《沁園春》）

（二）筠圃所藏亦只有八十回，而且這八十回是拼湊起來的。

於是搖毫擲簡，口誦手批，就現在之五十三篇特加讎校，借鄰家之二十七卷合付鈔胥。……返故物於君家，璧已完乎趙舍。（若先與當廉使並錄者，此八十卷也。）

（三）但《紅樓夢》原本是一百二十回，在這序裏有兩條。如說：

漫云用十而得五，業已有二於三分。

即八十回得了百二十回的三分之二。下接說：

從此合豐城之劍，完美無難；豈其探赤水之珠，虛無莫叩。

即擬用四十回將八十回配全，而且很有希望的。至於全書應該是一百二十回，序上有明文：

核全函於斯部，數尚缺夫秦關。

「秦關百二」原典出於《史記．高祖本紀》【二】，「百二」本是一百和二的意思，但「秦關百二」已是成語，流俗沿用自不必拘。此百二即一百二十之簡稱。

詳述這第三段，因這話是很重要的，乾隆末年相傳《紅樓夢》原本一百二十回，這跟我以前所想到所說過的稍有不同。從他的說法有顯明的兩點：

（一）跟我們所說的不甚相合。我根據脂硯齋評，認原本八十回後還有三十回，合成一百十回（詳見《紅樓夢研究》），但他卻說有一百二十回。

（二）跟程偉元的話有些相合。程甲本程偉元序：

然原目一百二十卷，今所傳只八十卷，殊非全本。即間稱有全部者，及檢閱，仍只八十卷，讀者頗以為憾。不佞以是書既有百廿卷之目，豈無全璧。

我從前以為這是程、高二人的謊話，現在看來並非這樣。

乾隆末年雖有《紅樓夢》百二十回的傳說，我們以前的說法不必因之推翻，卻需要一些修正和說明。可以有下列三種不同的揣想：

（一）百二十回即百十回的傳訛，因相差不過十回而已。（二）曹雪芹可能有過百二十回的計劃，後來才有這樣的傳說。以《石頭記》之洋洋大文，用三十回來結束全書，的確也匆促了些。（三）從雪芹身後（一七六三）到程本初行（一七九一）這十八年之中，有人續作四十回合於前回，冒稱原著，卻被程偉元、高鶚給找着了。程序所謂：

> 爰為竭力搜羅，自藏書家甚至故紙堆中，無不留心。數年以來僅積有廿餘卷，一日偶於鼓擔上得十餘卷，遂重價購之，欣然翻閱，見其前後起伏尚屬接筍，然漶漫殆不可收拾。

也非謊言，可能是事實，不過他買了個「統貨」罷了。這樣便搖動了高續四十回的著作權，而高的妹夫張船山云云，不過為蘭墅誇大其詞耳。程偉元所云：

> 乃同友人細加釐剔，截長補短，抄成全部。

【一】《史記．高祖本紀》載田肯之言：「秦形勝之國，帶河山之險，縣隔千里，持戟百萬，秦得百二焉。」集解索隱本有兩說：（一）秦二萬人足當諸侯百萬人；（二）百二，倍之意，即秦兵百萬可當二百萬人用。

當然指的是高鶚。但他究竟寫了多少，現在無法知道。以上所云也不過是我的懸想，尚留待海內學人論定。

書本是八十回，下半遺失，剩了四十回，回目應該是全的。但後人因書不全，有了完全的回目反而不好，遂將回目中間扯去五頁，只剩第一至三十九，第四十回用原來第八十回的目錄張冠李戴着。

回目的異文：如第三回「托內兄如海酬閨師」；第九回「戀風流情友入學堂，起嫌疑頑童鬧家塾」；第二十回「林黛玉巧語學嬌音」；第二十五回「通靈玉蒙蔽遇雙仙」，都和各本不同。差得最多的還是第十七、十八回和第八十回。我們知道，第十七、十八脂本合回，作者原來未分；第八十回脂本無目，從這幾回差得那麼多，可見這本也出於脂本，來源很古的。

第八十回作「夏金桂計用奪寵餌，王道士戲述療妒羹」，和通行本、有正本均不同。第十七回下作「榮國府奉旨賜歸寧」，第十八回作「隔珠簾父女勉忠勤，搦湘管姊弟裁題詠」，亦和各本不同，而十八回之目差得尤多。因這不僅是回目之異，且有分回的不同。原來脂本並不分回，因此後來各本分回以己意為之，如通行的程刻本系統和有正戚本，其十七、十八回目均互異。回目所以不同，正因分回不同之故，我在《紅樓夢研究》（八二頁）曾經說過。

以十七回作標準，有正本最短，到寶玉出園為止，不包括黛玉剪荷包等事，所以它的目錄作「大觀園試才題對額，怡紅院迷路探曲折」。程本長了一些，包括預備歸省，到請妙玉為止，所以它的目錄下句作「榮國府歸省慶元宵」，似乎與十八回的上句「皇恩重元妃省父母」重複。程高之意，大約以為十七回乃歸省之準備，故就榮國府說；十八回為歸省之實現，故就元妃說，似不怎麼妥當，卻也無可如何。

這殘本回目的異文已如上引，它的分回跟上兩類都不同。第十七回特別的長，直敘到元春回家，石頭大發感慨為止，故目錄下句有「賜歸寧」之文。第十八回從元春進園開始，遂有「隔珠簾父女勉忠勤」之說。總括地說，這三種本子的目錄都相當地配合了本文，很難說哪一個最好。不過殘本分回自成一格，可見這本確在程高排印以前，與戚本相先後，其時《石頭記》尚在傳抄中，未有固定的面貌，可以自由改動的。——雖然有些地方是妄改，詳見下文。

談到本文的異同，自非短文所能列舉，王佩璋同學已將全書校錄了，這兒擬就第一回和第五回又第十三十六回談一談。

第一回記甄士隱看見太虛幻境的牌坊，上有七言對聯，看《紅樓夢》的大概都記得，即「假作真時真亦假，無為有處有還無」。卻不道這本偏是五言：

色色空空地，真真假假天。

有人說大約從城隍廟裏的「是是非非地，明明白白天」偷來的，殆非《石頭》原作。這且不去說他。尤特別的到第五回上賈寶玉遊太虛幻境，看見對聯，又改回七言的原詞，難道幻境換了楹帖嗎，當然不是的。

這事證明這殘本並非一個整的抄本，乃是雜湊而成。舒序已明說，而且第五回抄寫的筆跡，亦跟第一回至第四回的迥別，尤為明證。

第十三回記秦可卿的死，本有個老問題，即「無不納罕，都有些疑心」，脂本、程甲本都作「疑心」，而程乙本以來改作「傷心」，這問題算已解決了。這本不但作「疑心」，在下面還多出一句話來：

彼時合家無不納罕，都有些疑心，說他不該死。

這不見得是作者的手筆。但強調這「疑心」兩字，說秦可卿決不是病死的，卻不失作意。這又證明妄改作「傷心」，時間比較晚，大約從程乙本開始（一七九二）。有正本作「傷心」，疑亦非戚本之舊，可能近人根據刻本改的。後來的嘉慶道光本並作「傷心」。但這傷心兩字並沒有能夠統一起來，到光緒間石印《金玉緣》本又作「疑心」，且附一條很好的夾注（《紅樓夢研究》，一七七頁）。從這裏看出，晚近的本子反而回頭有些地方跟原本接近，可見《紅樓夢》的版本流傳，無論在前半部或後半部，其情形都是非常複雜的。

此外這第十三回還有一個特點，古怪且近乎荒謬的異文特別的多。這個本子原近戚本，但在這回差得很多，姑錄數段以供談助，不再多費筆墨了。

如太監戴權來祭秦氏，賈珍趁勢花一千二百兩銀子給賈蓉捐了一個五品龍禁尉，戴權走時，賈珍送他。

> 戴權在轎內躬身笑道：「你我通家之好，這也是令郎他有福氣造化，偏偏遇的這們巧。」

在轎內躬身，說賈家與太監通家之好；賈蓉才死了媳婦而反說他有造化，這都是奇怪的。

又如賈珍求鳳姐協理寧府這一大段，文字很特別，又添了許多，而且不見好。

> 賈珍笑道：「嬸嬸意思侄兒猜着了，是怕大妹子勞苦了。若說料理不來，我保管必料理的來。他料理的便是錯一點兒，別人看着還是不錯的。……嬸嬸不看侄兒，也別看侄兒媳婦現在病着，只看死了的分上罷。況且侄兒素日也聽見說他們娘兒兩個很好，又很疼侄兒媳婦的。」（鳳姐）便向王夫人道：「大哥哥說的這們懇切，太太就依了罷，省的大哥只是着急。」王夫人悄悄的問道：「你可能麼？」鳳姐道：「有什麼不能的，學着辦罷咧。外面的大事大哥哥已經料理清了，不過裏頭照管照管，便是我有不知道的，再請示太太就是了，難道太太不

賞我主意麼。」王夫人聽他說的有理，又兼着寶玉在傍邊替賈珍說了幾句，王夫人便不則聲。

王夫人又說：「我方才不是不肯叫你大妹妹管理事件，但恐他年輕不懂事的原故。豈有一家子有事反不張羅，必定還等你再三求嗎。你心裏到別不好思想。」賈珍道：「侄兒知道，嬸嬸的算計周到。」便向袖中取了寧國府的對牌出來，命寶玉送於鳳姐。

這些文字與今本差異很多，讀者亦必一目了然罷。

又如第十六回的結尾「秦鐘之死」，通行刻本與有正本不同，我在《紅樓夢研究》上（八六、八七頁）曾說過。程排以下各刻本只寫眾小鬼抱怨都判膽怯為止，下邊接一句「畢竟秦鐘死活如何」，就算完了。到第十七回開場，秦鐘已死了，也就是說他始終沒有醒過來。有正戚本在眾鬼抱怨都判以後卻多了一段：

都判道：「放屁，俗語說的好：『天下官管天下民』，陰陽並無二理，別管他陰，也別管他陽，沒有錯的了。」眾鬼聽說，只得將他魂放回，哼了一聲，微開雙目，見寶玉在側，乃勉強嘆道：「怎麼不早來，再遲一步也不能見了。」寶玉攜手垂淚道：「有什麼話，留下兩句。」秦鐘道：「並無別話，以前你我見識自為高過世人，我今日才知自誤了。以後還該立志功名，以榮耀顯達為是。」說畢，便長嘆一聲，蕭然長逝了。

後來知道這也就是脂本的原文。看這殘本第十六回的結末，眾鬼埋怨都判，也有下文，既不同刻本；而文字很特別，又不同脂戚本，引錄如下：

「……他是陽，我是陰，怕他也無益。」此章無非笑趨勢之人，陽間豈能將勢利壓陰府麼？然判官雖肯，但眾鬼使不依，這也沒法，秦鐘不能醒轉了。再講寶玉連叫數聲不應，定睛細看，只見他淚如秋露，氣若游絲，眼望上翻，欲有所言，已是口內說不出來了，但聽見喉內痰響若上若下，忽把嘴張了一張，便身歸那世了。寶玉見此光景，又是害怕，又是心疼傷感，不覺放聲大哭了一場。看着裝裹完畢，又到床前哭了一場，又等了一回，此時天色將晚了，李貴、茗烟再三催促回家，寶玉無奈，只得出來上車回去。

這樣看來，本回記秦鐘的最後，便有了三種格式：(一)沒有下文，次回說他已死，當然不曾醒過來(刻本)；(二)雖有下文，都判卻拗不過眾鬼，也不曾醒過來(吳藏殘本)；(三)眾鬼服從都判，放秦鐘還陽，還跟寶玉說了一些話(脂本、戚本)。自當以脂本為正，程本妄刪，殘本卻是妄改而已。

三十五 記吳藏殘本(二)

一七九一程本以前,流傳的抄本,就現存材料而言,大約有兩種:一種是正統的脂硯齋評本,有正戚本也可勉強附在這類;又一種也根據脂本,刪去評語,隨意改竄的,如甲辰抄本、鄭藏殘本兩回、吳藏殘本四十回皆是。這些改竄,極大部分沒有什麼道理。譬如鄭藏本將賈薔改為賈義,便不大好懂,蓉薔這一輩取名都從草字頭,若賈薔作賈義,莫非那些人用仁義禮智信來排行的麼。這例說明這些抄本雖然珍貴,好處卻很少,校《紅樓夢》時也不能依它定字的。又知道程、高整理《紅樓》,雖非原稿之真,卻從此有了一個比較可讀的本子,二百年來使本書不失其為偉大,功績是很大的,即有過失,亦功多於罪,有人漫罵程、高,實非平情之論。

閒話休題,言歸正傳。從上文所舉第一、第十三、第十六各回,其如何妄改,可見一斑。雖然妄改,所依據的卻是脂本。如上言回目不同,也可以看出。即如脂本本來矛盾的地方,它也沒改,尤為顯證。鳳姐本有一女叫大姐兒,後來在四十二回,劉姥姥命名為巧姐兒,誰都知道,原不成問題的,但脂本前回偏說她有兩個女兒,一個叫巧姐兒,一個叫大姐兒，而且說了不止一遍，兩見本書（第二十七、二十九回）。這本亦同。可見它的底本，的確也是個脂本。

至於為什麼要妄改，也不好懂，妄改大約沒有理由，假如有理，便也不成其為妄改了。這兒舉一些可笑的零碎例子：

如第一回「錦衣紈褲【一】之時」，作「綢褲」；第七回尤氏說：「先派兩個小子送了這秦相公家去」，作「小孩子」；第十二回王夫人道：「就是咱們這邊沒了，你打發個人往你婆婆那邊問問」，作「婆婆家」；第十六回「號山子野者」，者字本是虛字，下文作「又有山子野制度」，原不誤。此本作「又有山子野者制度」，他似乎認為有個人真叫山子野者；第十八回寶玉作詩想不起典故來，「便拭汗道」，此本作「拭淚」，寶玉急得哭了。這些都是非常可笑的。

又如第十一回鳳姐問秦氏的病說：「你公公、婆婆聽見治得你好，別說一日二錢人參，就是二斤也能夠吃得起」，改成「二兩」，未免寒酸；在第十四回鳳姐協理寧府，吩咐道：「這四個人在內茶房收管杯碟茶器，若少一件，便叫他四個人賠」，又作「四十個人」，闊綽得沒有情理；又第三回寫黛玉的形容，有名的句子如「似蹙非蹙的籠烟眉，似喜非喜的含情

【一】褲，同「絝」。編者注。

目」，卻改為「眉彎似蹙而非蹙，目彩欲動而仍留」，也並不見好。

此外有因脫誤而鬧笑話的。如第十四回追薦秦氏，以缺了：

正伏章申表，朝三清，叩玉帝。禪僧們行香。

十六個字，變為「那道士們放焰口」了。

第十九回寶玉到花自芳家，原作：

花自芳忙出去看時，見是他主僕兩個，唬的驚疑不止，連忙抱下寶玉來，在院內嚷道：

「寶二爺來了！」

抄者把「抱」字誤寫作「跪」，於是變為：

花自芳忙出去，看見他主僕兩個，唬的驚疑不止，連忙跪下。寶玉來在院內，嚷道：

「寶二爺來了！」

這情形夠古怪的了。

所改詩句亦往往錯誤，如第二十三回寶玉初進大觀園，賦春夏秋冬即事四首，其《春夜》云：「隔巷蟆更聽未真」。亂點蝦蟆，本形容更鼓，是虛說，各本已多誤。此本作「蛩蟆更深聽未真」，變成蝦蟆跟蛐蛐在春天一塊兒叫了。其《秋夜》云：「沉香重撥索烹茶」，改作「沉吟趺坐索烹茶」，寶玉一進大觀園就打起坐來了。

以上所舉雖東鱗西爪，很不完全，而妄改的情形已可見大凡。所以這些「異文」不過是「異聞」而已，對我們校訂《紅樓夢》文字的工作，用處不很多。

一九五四，三，二十二病中

三十六　記嘉慶甲子本評語

我近來得到一部嘉慶年刻本《紅樓夢》，凡百二十回，上寫着「藤花榭原版耘香閣重梓」，並題明「近有程氏搜輯」云云，可見離程刻不遠，下署「甲子夏日」，當是嘉慶九年（一八〇四）的本子。這本上有許多評語，不知何人手筆，最末有「光緒十四年三月既望古越朱湛錄於襄國南窗下」，這是抄錄批語者的姓名。這些評語都跟後來《金玉緣》本的太平閒人、護花主人、大某山民的評不同，想是嘉道年間人寫的。

這些評語也不太好，每把後四十回與前八十回混合了講，但他看本書卻很細，是忠實於《紅樓夢》的。現在從這本上摘錄一些較好的來一談。

（一）第一回：「當此日，欲將已往所賴天恩祖德，錦衣紈褲之時，飫甘饜肥之日，背父母教育之恩，負師友規訓之德，以致今日一技無成半生潦倒之罪，編述一集以告天下，知我之負罪固多，然閨閣中歷歷有人，萬不可因我之不肖，自護己短，一併使其泯滅也。」批曰：（以下所引都是眉批，夾行批另注出。）

九十五字作一句讀，惟《左傳》、《史記》有此長句。

按《紅樓》開首一段實為全書總批，彷彿自序性質，其中多長句。依我看，幾乎一二百字可作一長句讀。此批頗好。

又同回石頭說話，批曰：

石言載在《春秋》，並非故作奇筆。

這合上例又說明了《紅樓夢》與古史有一種關連。

（二）《紅樓夢》上還有一個老問題經過多人提出，即第二回說生元春後次年生寶玉，與下文元妃省親時說，雖為姊弟有如母子，明顯地衝突；所以有的抄本、刻本如程乙本都往往改了。改得也不見得妥當。這原是很難的。且不去說他。這書批道：

次年二字誤，妙在冷子與口中演說。彼不過陪房之婿，未得其詳耳。

嘉慶本偏重於程甲本。這兒用冷子興傳訛的說法，替作者圓謊，似乎也不見別人說過。雖未必是，亦可姑備一說。

（三）第七回焦大醉罵，本書特筆，極力暴露封建大家的醜惡。焦大在這裏代表了作者的意思。也有兩條批語：

作者所欲言，借醉漢口中暢言之。

「有天沒日」四字屈曲之甚，此詩人忠厚之遺也。

（四）《紅樓夢》寫衣服，每避免真正的滿洲服裝，當時有所違礙，不得已耳。如記北靜王的一身打扮是梨園裝束，明朝阮鬍子的打扮，已見另文。但書上亦有用真的地方，不過寫得很隱約。如第十一回鳳姐在寧府天香樓看戲，批道：

上樓提衣是旂（旗）裝

雖只寥寥七字卻很搔着癢處。「款步提衣上了樓」，這描寫穿旗袍貴婦人的行動是非常形象化的。

（五）第十四回「享強壽賈門秦氏宜人之靈柩」，批曰：

計賈蓉年二十歲（見第十三回），秦氏不過二十上下耳。享強壽三字虛誕假借已極。此正是作者妙處。

他懂得《紅樓夢》多用虛筆，也是很好的。按「四十曰強，而仕」，見於《禮記》。

（六）第十五回本書有這麼一段：

老尼道：「……張家連傾家孝敬也都情願。」鳳姐聽了笑道：「這事倒不大，只是太太再不管這樣的事。」老尼道：「太太不管，奶奶可以主張了。」鳳姐笑道：「我也不等銀子使，也不做這樣的事。」淨虛聽了打去妄想，半晌嘆道：「雖如此說，只是張家也知我來求府裏，如今不管這事，張家不知道沒工夫管這事，不希罕他的謝禮，到像府裏連這點子手段也沒有的一般。」鳳姐聽了這話，便發了興頭，說道：「你是素日知道我的，從來不信什麼陰司地獄報應的……」

這裏好像看不出有什麼可批的。他卻批得很好。在「張家連傾家孝敬也都情願」句上批曰：

吃緊語，投其所好。

在下文總括地眉批曰：

其實發興頭在傾家孝敬句，老尼巨猾，知鳳姐不肯便發興頭，故將不希罕謝禮句替他撇清，再將沒有手段句一激，使鳳姐發興頭原不為謝禮起見也者，而鳳姐喜矣，故曰便發了興頭也。

鳳姐「發興頭」雖是事實，寫得卻很空靈。批者說得分明，她原在聽了張家肯傾家孝敬便發興頭了，書上偏不這樣，把它按着，留到下文老尼激發後再點出，似乎鳳姐好勝負氣，並非一味的貪財，給她留了一些地步，用筆實中有虛，於老辣中見微婉。評得極是。像這按語，未免蛇足矣。

（七）《紅樓夢》脫胎《西廂記》，而加以靈活的運用，評者亦有一處指出。第十六回記黛玉奔喪後回來，寶玉看見她。

寶玉心中忖度黛玉，越發出落的超逸了。

夾行批云：

《會真記》，穿一套縞素衣裳，合評精細固也，然尚說出縞素來。此但從寶玉心中忖度，用「超逸」字、「越發」字，不覺黛玉全身縞素，活現紙上。《紅樓》用筆之靈，往往如此。

脫胎非抄襲之謂，這也是很好的舉例說明。作者寫到這裏，恐怕的確會聯想到雙文的一身縞素衣裳，不過正惟其想到了，更得迴避它。下「超逸」二字得淡妝之神而遺其貌，正是作者的置身高處，非世俗的笨伯文抄公可比。這是談《紅樓夢》的傳統性時不該忽略的一點。

（八）談到大觀園也有很好的批，不過他沒有發揮，他的意思亦未必跟我的完全一樣。近來頗有人注意大觀園所在的問題，或來問到我，我每每交了白卷。大觀園雖也有真的園林做模型，大體上只是理想。所謂「天上人間諸景備」，其為理想境界甚明。這兒自不能詳說，且看批語。在第十七回上：

只見正面現出一座玉石牌坊……寶玉見了這個所在，心中忽有所動，尋思起來，倒像在哪裏見過的一般，卻一時想不起哪年月日的事了。

批曰：

可見太虛幻境牌坊，即大觀園省親別墅。

其實倒過來說更有意義，大觀園即太虛幻境。果真如此，我們要去考證大觀園的地點，在北京的某某街巷，豈非太痴了麼？

（九）我常常談到《紅樓夢》多用虛筆。上文第五節批語已說秦氏「享強壽」是虛誕的。第二十八回上寶玉、薛蟠等喝酒行令，蔣玉菡酒令用了「花氣襲人知晝暖」，妓女雲兒告訴他這是寶玉丫鬟的名字。批曰：

雲兒偏知道，奇極。非雲兒真知道也。文法必如此方見生動。

這也是明通的話，當然也可以呆說：安見得雲兒不知道呢？不過寶玉的丫鬟的名字，雲兒實無知道的必要，文章到此必須叫醒；若用薛蟠、寶玉等人說出，便覺呆板耳。

（十）本書有許多對話是很尖銳，甚至於有些尖刻的。如第三十回寶釵說怕熱，寶玉就拿她比楊妃。寶釵冷笑了兩聲，便說：

我倒像楊貴妃，只是沒一個好哥哥好兄弟可以做得楊國忠的。

批曰：

語妙天下。元春現是貴妃，寶釵即以楊國忠比寶玉也。

這好像沒說什麼新鮮的，我們也可以懂得，只「元春現是貴妃」一句便坐實了《紅樓夢》的現實性和批判性。寶釵當真以楊國忠比寶玉，也就是作者之意如此。無論以楊妃比寶釵，以飛燕比黛玉是貶（第二十七回），即以楊國忠比寶玉也是貶，以《一捧雪》的嚴家來比賈氏也完全是貶（第十八回）。《紅樓夢》對賈府，對賈寶玉，對十二釵之首座釵、黛，十二釵之殿軍可卿，這樣的否定，我覺得現在這通行的自傳說，實在有重新考慮的必要。

（十一）主張自傳說的每以曹頫做員外郎，賈政也做員外郎，又引脂批「嫡真實事」，證明賈政即曹頫，賈寶玉即曹雪芹。這是比較有力的。但就《紅樓夢》本書來看，對賈政、王夫人並無真正讚美之詞。如第三十七回賈政「端方清肅」等語也是後人加的。《紅樓》作者似並不怎麼喜歡賈政、王夫人公母倆。還是雪芹對他的爸爸、媽媽感情不好呢？還是壓根兒不這麼一回事？這個問題暫時不易解決。

批書人對賈、王也都沒有好感，得作者之意否自當別論。對於賈政的，我引兩條：

王夫人護持寶玉，每將太君擋頭陣，此時用此數語恰合，豈知政老提起老太太，索性要繩來勒死寶玉。世之不孝不慈，而自附於道學先生者，可以鑒矣。（第三十三回）

本文是這樣的：

王夫人哭道：「寶玉雖然該打，老爺也要保重。且炎暑天氣老太太身上又不大好，打死寶玉事小，倘或老太太一時不自在了，豈不事大？」賈政冷笑道：「倒休題這話。我養了這不肖的孽障，我已不孝，平昔教訓一番，又有眾人護持他（夾批：「明明是說老太太」），不如趁今日結果了他的狗命，以絕將來之患。」說着便要繩來勒死。

後來王夫人說到「夫妻分上」，賈政方長嘆一聲向椅子坐了，淚如雨下。批曰：

然則非看老太太分上饒寶玉，仍看夫妻分上饒寶玉，賈政果何等人耶？

說明賈政（假正）是封建社會的假道學，很明白的。其他不滿賈政的話也很多，茲不詳引。

關於王夫人的，我也引兩條。在第三十回上稱王夫人「是個寬仁慈厚的人」，眉批曰：「四字賦之。」又本回總批曰：

王夫人不能教子但遷怒於使婢。當時金釧跪求有「見人不見人」之語，明明示以必死；況其時金釧所云並無大過，也卒忍心攆逐。作者特下「寬仁慈厚」四字，讚之乎抑譏之耳（疑乎字之誤）？

他解釋「寬仁慈厚」是反語，雖稍迂曲，但其治王夫人、金釧之獄，我想公平的。我們決不能說作者不站在金釧、晴雯這一面，卻站在王夫人一邊去。這不僅在感情上，且有思想上的問題。

（十二）第三十二回「訴肺腑心迷活寶玉」，回末總批：

肺腑之言寶玉至此不得不訴，然千萬不可盡訴，盡訴則黛玉必至大翻，與上兩次犯複；否則終不能以禮自持，墜入小家氣象。作者於此千思萬算出「你放心」三字來，刻骨銘心，毫不着跡。黛玉不嫌唐突，佯不明白。又算出「皆因不放心」一段文字來，肺腑之言盡訴而仍不着跡。黛玉以「知道了」三字收之。寶玉肺腑之言尚留一半，卻對襲人訴之，奇奇妙妙，令人不可思議。

這說得不錯。有眉批一條意思重複，不錄。

（十三）第四十一回寫劉姥姥不認識八哥，稱為「黑老鴰子長出鳳頭來」，似乎形容稍過，批者認為這是現實的。

余館於吳川時，同事姚君蓄八哥，懸廊下，有挑夫數輩來，均指為老鴰子，然後知北方鄉里人都不認識八哥也，然後知《紅樓》文字，都是真情實理，無一筆扯謊取笑也。

《紅樓夢》每虛實互用，虛便極虛，實便極實。這評也說着了一面。

批者大約是南人，從有些地方不解北語看出，如第四十六回邢夫人對鳳姐說：「也有叫你去的理，自然是我說去。」這本不誤，「也有」云云是反語。批者不解，卻說：「也字疑是那字」，可見他對北語的了解，也還不如我。但關於北京風土的也有兩條。

第五十一回，「那是五兩的錠子」，批曰：

都中通用松江銀，每錠五兩，細甚。

第六十八回，「吩咐他們殺牲口備飯」，批曰：

京腔謂雞為牲口。

雖講得不錯，這「京腔」二字用法頗奇，批者無疑是個南方人。

（十四）第四十三回「不了情暫撮土為香」，焙茗代寶玉祝告一段，批云：

焙茗滑賊，早窺寶玉之心事，與《會真記》紅娘代鶯鶯祝告一樣筆墨。

這又是摹仿《西廂》。紅娘代祝，見《西廂》第三折「酬韻」。

（十五）批語也有很細的。如第四十七回薛蟠挨打以後，本文作：

忽見葦坑傍邊，薛蟠的馬拴在那裏。眾人都道：「好了，有馬必有人。」一齊來至馬前，只聽葦中有人呻吟，大家忙走來一看。

批云：

人在葦中，如何尋得着，先聽葦中有人呻吟，妙矣。人在曠野，葦中呻吟如何聽得見，先看見薛蟠的馬在那裏。尤妙。文心之細，無一筆草率也。

（十六）也有似乎說着，卻仍被作者瞞過的。如第五十一回，胡君榮診治晴雯，看見她的指甲一段，批曰：

此即看尤二姐之胡君榮也，使見指甲便回過頭來，若見全面，又要魂飛天外矣。

胡醫色迷是真，批得不錯。但尤二姐之死，胡醫實受鳳姐的賄囑，並非由於見了全面，魂飛天外，用錯了藥。作者有意在本回「胡庸醫亂用虎狼藥」，埋伏一根，好像庸醫應該如此。見色而迷尤不足怪，其實滿不是這麼一回事。所以我說，在這兒評家又被作者瞞過了。

（十七）亦有因版本錯誤而妄批的。如第七十一回寶玉聽賈政回來「又喜又愁」，這嘉慶本很特別，作「又喜又悲」（道光本仍作愁），這悲當是錯字，而批者云：

子聞父歸，喜且有餘，悲於何有？父歸見子，又有傷感之意。骨肉之間不應至此。孟子所謂「離則不祥莫大焉」，可於賈政父子驗之。

說賈政父子關係的疏遠雖然不錯，但根據這「悲」字，卻是錯的。這例比較簡單，更有版本之誤加上理解之誤而妄批的。如本書第五十四回：

賈母又命寶玉道：「你連姐姐妹妹的一齊斟上，不許亂斟，都要叫他乾了。」寶玉聽說答應着，一一按次斟上了。至黛玉前，偏他不飲，拿起杯來，放在寶玉唇邊，寶玉一氣飲乾。黛玉笑說：「多謝。」寶玉替他斟上一杯。鳳姐兒便笑道：「寶玉別喝冷酒，仔細手顫，明兒寫不的字，拉不的弓。」寶玉道：「沒有吃冷酒。」鳳姐兒笑道：「我知道沒有，不過白囑咐你。」

批曰：

鳳姐排擯黛玉，於此見端。

這不但嘉慶本如此，即晚出的《金玉緣》本亦評曰：

薛姨、寶釵曾同勸寶玉吃冷酒，今用鳳姐勸之，直是群攻黛玉。

這都受了程、高續書的影響，造成釵鳳結黨群攻黛玉的觀念，不必說了。其他又有版本上的問題。他們似都認為寶玉喝了黛玉的殘酒、冷酒，其實不是的。

先說當時的情形，賈母本叫寶玉，姐妹的酒一齊斟上，寶玉按次斟上了，當然都是熱酒。莫非獨不給黛玉斟麼？黛玉不喝叫寶玉代飲的，正是他剛才斟的熱酒。寶玉一氣飲乾，又替她斟上門杯，實在斟了兩杯酒。所以這「寶玉替他斟上一杯」，「替他」之上應該有個「又」字，以有正戚本為正，它作：

寶玉又替他斟上一杯

而各本每脫此字。【二】缺了「又」字，便變為寶玉喝的是黛玉以前未喝的冷酒（其實這杯冷酒早已倒掉了），而這次新斟的才是熱酒（其實第二杯了）。因為版本的錯，引起誤解；因為誤解，致有妄批。上文說過，還有對本書理解的錯誤，不完全由於版本。

因此下文鳳姐說，寶玉別喝冷酒，用意很深。寶玉回答，沒有吃冷酒，這是事實。鳳姐還說，我知道沒有，不過白囑咐你。既知道沒有，為什麼白囑咐呢？諷刺之妙，含蓄之深，殆非如一般評家所言，這兒不能詳說了。

（十八）第五十五回探春理家時，平兒來說：

「奶奶說，趙姨奶奶的兄弟沒了，恐怕奶奶和姑娘不知舊例。若照常例，只得二十兩。如今請姑娘裁度着，再添些也使得。」探春早已拭去淚痕，忙說道：「又好好的添什麼。」

批曰：

恐怕不知舊例，奶奶和姑娘並說；裁度添些，單請姑娘。鳳姐之意，明明只照舊例，不得增添。所謂『若不按例，難見你二奶奶』，探春早已逆料及之。讀者偏有議探春待生母太刻者，未知探春有不得不然，探春之於趙姨尤不得不然也。

【一】 脂庚辰本此句作：「黛玉笑說多謝，寶玉寶玉（二字點去）替他斟上一杯。」重出寶玉兩字。疑庚本「寶玉」之下有一「又」字傍注，而抄者以為這「又」字代「寶玉」兩字的，遂寫為「寶玉寶玉」了。

我想，這話是對的。

關於探春理家還有一條。第五十六回總批：

歷朝有言利之臣，則國脈已傷；治家而搜括小利，則元氣將絕。大觀園係元妃行幸之所，原宜隨時修理，謹敬封鎖。茲奉命將姐妹們各住一院，既不令佳人落魄，又不使花柳無顏，而乃因賴大家花園中出息，搜括大觀園中微利，此探春之敗筆也。作者並不說破一字，下文五十九回特寫「嗔鶯叱燕」一篇，以見氣象之難堪。大觀園從此日形蕭索矣。

他以為本回係貶探春。第五十六回總批說她「榮府人材完璧，而作者猶不滿之，故接寫興利除弊一篇，以著白圭之玷」，意尤明顯。得作者之意否，卻大有商量之餘地。「大觀園從此日形蕭索」，固是事實，而賈府傾頹之勢已成，歸罪探春不亦稍過。況五十六回目錄作「敏探春興利除宿弊，賢寶釵小惠全大體」（亦有作「識寶釵」者），似係讚美，並非貶斥。雖回目與本文有互見之例，但本文裏也看不出貶詞來，他所謂「並不說破一字」是也。所以這不過評者的一種看法而已。下半部文章從這裏開始，大觀園中因此生出多少是非，卻是真的；若說是探春的過失，恐作者未必有這樣的意思。

（十九）在第五十六回「甄賈寶玉」有批語四條還好。甄家女人說：「今兒太太帶了姑娘進宮請安去了」，批曰：

進宮請安也有貴妃在內。此書但寫賈貴妃，不提甄貴妃，真即是假，暗藏得妙。

又說：「我們看來，這位哥兒性情，卻比我們的好些」，批曰：

要說性情一樣，偏說性情好些；惟說性情好些，正說性情一樣。用筆之妙，天仙化人。

寶玉夢見甄家的丫鬟罵他「臭小子」一段，批曰：

就借寶玉肚裏的話罵寶玉。

這也說得對，連罵人的話都是寶玉自己的。又如：

榻上的忙下來拉住笑道，原來你就是寶玉，這可不是夢裏了。寶玉道：「這如何是夢？真而又真的。」

批曰：

明明是夢，偏說不是夢，然則世之明明非夢者，實無一不是夢也，此《紅樓夢》之所以命名歟。

寫甄、賈二姓如鏡花水月，賈家有什麼，甄家必有什麼。賈家有貴妃，甄家也有貴妃，便是這個道理。甄貴妃者，豈有其人，不過賈元春的影子而已。其寫甄、賈寶玉，身外有身，亦同倩女離魂一般。甚至於甄家罵寶玉，亦若出寶玉口中。這種寫法，跟程、高續書寫甄寶玉大不相同。評者未必了解此點，但上引四條相當的好。

（二十）第六十二回：寶玉、平兒、寶琴、岫烟四人同生日。

湘雲拉寶琴、岫烟說：「你們四個人對拜壽，直拜一天才是。」探春忙問：「原來邢妹妹也是今日。我怎麼就忘了。」

有批語兩條：

次說岫烟同日，苟非湘雲說出，亦置之不問矣，隱見世態炎涼，周旋疏忽。

「忘了」二字是明明知道的。岫烟已從賈府過帖，與薛蝌定親，與寶琴親姑嫂同辰，焉有不知之理？

下文記探春忘了黛玉的生日。批曰：

但記寶釵，不記黛玉，以襯出本日但知寶琴，不知岫烟。探春十二釵中之表表者，亦不免隨人冷暖耶？此皆作者不滿探春處。

作者未必不滿意探春，但人情冷暖卻是真的。

（二十一）第六十二回：「湘雲道：『寶玉二字並無出處，不過是春聯上或有之，《詩》、《書》紀載並無，算不得。』香菱道：『前日我讀岑嘉州五言律，現有一句說此鄉多寶玉，怎麼你倒忘了？』」批曰：

作者於此固寫湘雲已醉，不然，《尚書》「分寶玉于伯叔之國」，《春秋》「竊寶玉大弓」、

「得寶玉大弓」，如何說《詩》、《書》紀載並無。

這條說「寶玉」在經典上有出處，話雖不錯，未免拘泥了。湘雲此時並無醉態，說湘雲已醉亦不合。這全是虛筆。《詩》、《書》記載雖有「寶玉」，湘雲楞說沒有也無礙。如她說春聯上或有之，其實又何以見得春聯上有寶玉呵。這也不甚可解，不過隨便說笑而已。即如香菱引岑嘉州詩來駁她，若改引《春秋》「陽虎竊寶玉大弓」如評家所云，豈不大煞風景麼？小說貴機趣天然，風神諧暢，直掉書袋，便落俗套。如《鏡花緣》後半部令人不耐，即此緣故耳。

（二十二）第六十三回，芳官先唱「上壽」，唱了一句即被打回去，改唱「邯鄲掃花」。批曰：

是戲子習氣，卻是即景生情，偏打回去，寫出當時絕無拘泥，另有一番雅興。

此齣名「掃花」。此回係群芳開宴，且各佔花名，第一簽即唱此曲，已寓一掃而空之意。

「上壽」是伶工俗曲，卻很吉祥，改唱「掃花」，腔格細膩卻很蕭瑟，過渡處妙在使人不覺。

此夕芳官未掣花名籤，此曲當暗示她的結局，評家指出群芳消散，亦是。

（二十三）第六十八回鳳姐到尤二姐處，她的打扮：

只見頭上都是素白銀器，身上月白緞子襖，青緞子掐銀線的褂子，白綾素裙。

批曰：

賈璉與賈敬從堂，服繫緦麻，無此純素之禮，況此時百日已過，何素之有？此係鳳姐要重賈璉家孝一層之罪，故意用此欺人法。

照服制講，的確用不着這樣。鳳姐彷彿穿的是公公的服，對賈璉的從堂伯父何須如此。批語以為欲重家孝故意欺人，亦似有理。其實文章必如此寫來方才有神。鳳姐此日之對尤二姐，完全一團殺氣，自非這樣穿章【一】打扮不可。接着下文所謂：

【一】穿章，方言，穿着的意思。編者注。

眉彎柳葉，高吊兩梢；目橫丹鳳，神凝三角。

肅殺神情活現紙上矣。批語云云，似尚隔一層。

（二十四）還有一些駁正本書錯誤的。如第二十三回鳳姐說：「若是為小和尚小道士們的那事」，批曰：

和尚應作尼姑，道士應作道姑。

話雖不錯，但和尚道士本是通稱，未為不可，若改作「小尼姑小道姑」云云，反而顯得彆扭了。

有駁得較有風趣的。如二十九回鳳姐說：「把那些道士都趕出去」。夾批云：

道士都趕出去，誰打平安醮。

同回「小道士也不顧拾燭剪」；又說：「一手拿着蠟剪，跪在地下亂顫」。夾批云：

蠟剪已不顧拾，此時何得又有此。

看筆跡這是另一人所批，時間大約較晚。【一】

亦有雖見到，但無關宏旨的。如二十八回寶玉在王夫人處吃飯一段，批曰：

此次賈母吃飯，何以王夫人、鳳姐均不伺候，且探、惜春等均在王夫人處。此是疑團，不敢強解。

亦有不了解程、高續書而批的，如第十五回批曰：

下文水月庵饅頭庵分，此處合而為一，疑有誤。

【一】　此書的批語大部分均一種筆跡，即朱淇所錄。此外另有一種筆跡，即批「不顧拾燭剪」者，批的卻很少。最顯明的在第五十一回，蒲東寺、梅花觀懷古兩詩批曰：「後二首第一是帳須，第二是團扇。」此乃朱淇所錄。文下又有批曰：「鞋拔。隱刺寶釵，作者深惡寶釵之詞。」同一蒲東懷古詩，而一猜帳須，一猜鞋拔，其出二手甚明。

不知合為一者乃雪芹的原文，分為二者乃程、高的錯誤也，已見《紅樓夢研究》。

亦有主張一說不甚妥當者，如彩雲、彩霞究竟一人還是兩人，本是一個雖小而頗麻煩的問題。他主張彩雲即彩霞，共有兩條：

> 此處彩雲彩霞明是一人，後文分而為二，疑有誤。（第二十五回）

> 彩霞就是彩雲，猶鸚哥之改名紫鵑也。（第七十二回）

說得對不對姑不論，這問題自來有兩說的。但彩霞在七十二回已被打發出去了，他又說彩雲即彩霞。那麼，第七十七回王夫人怎麼又叫彩雲找人參呢？因此在本回，又批道：

> 彩雲疑有誤，當作玉釧兒。

我想這話不對。關於這個問題說來很瑣碎，俟有機會再談吧。

亦有對本書的毛病企圖解決，而不甚妥的。如賈母的生日本是個古怪的問題。六十二回探春明說在燈節以後，即在正月；七十一回卻又有「八月初三日乃賈母八旬大慶」的明文

（其實慶八旬也不對）。七十一回批曰：「此中必有舛錯」，這話倒不錯。但九十一回又批道：

生日無定，深譏之詞，看者切勿被他瞞過。

這說賈母連生日都沒有準日子，近乎惡罵，實無此必要，恐怕不對。

批者對程、高續書非常恭維，八十一回以後之評概不錄。我在《紅樓夢研究》曾說起巧姐兒忽大忽小的情形，這裏也有一條批在第九十二回上：

巧姐一混就大，是此書不解處。

三十七　有正本的妄改

從一七九一以來流傳的《紅樓夢》都是一百二十回，直到一九一一上海有正書局才石印了八十回本，稱為「國初抄本」，這說法當然可笑。不過它的確是個舊抄本，後來又知道這亦是脂硯齋本。第一次印的字大，叫大字本；第二次的字小，叫小字本，至今都還可以買到。

這本開首有乾隆時人「吾鄉」戚蓼生的序，所以通稱為戚本。但我不很喜歡這樣叫它（雖然有時我也這麼叫的），我認為戚本和有正本是有差別的。有正書局並非以戚本影印，卻是傳抄，傳抄罷了，未免妄改。究竟改了多少，什麼地方改了什麼地方沒改，也說不上來。因為這有正底本（戚序本）早已在上海時報社燒掉了。聽說這還不是狄平子的，他借的別人的。

所以這有正本是難得處理的。我這次校訂《紅樓夢》，雖用有正本作底本，卻採用脂庚本，改動相當的多，就為這個。這兒卻找到一條明顯的妄改之例，而且在書上可以看出痕跡來。這不但比較有趣，而且是相當有意義的一件事。

有正本的眉批是狄平子加的。眉批上每舉出文字的同異，並誇讚他這本子比通行俗本如何如何的好法，這是廣告性質，不在話下。其實有些所謂好文章，是狄改的，他老先生自己喝彩。不過也不都是那樣，有些大概戚本原來如此的。難得處理在此，若看了有狄批，即認為狄改，這也不妥當。

這兒所舉的例，卻是百分之百無問題的。在第二十五回之末，有正本有這麼一段：

林黛玉先就念了一聲阿彌陀佛。薛寶釵便回頭看了他半日，嗤的一笑，眾人都不會意。惟惜春道：「寶姐姐，好好的笑什麼？」寶釵笑道：「我笑彌陀佛比人還忙，又要講經說法，又要普度眾生。」

這一點看不出破綻來，有正老闆畫蛇添足，加上一段很妙的眉批：

「彌陀佛比人還忙」，今本改作「如來佛」，不知如來佛乃娑婆世界之佛，彌陀佛乃極樂世界之佛，吾乃知擅改此書者，不但不知佛法，即佛典之事跡名號亦均茫然，可笑甚矣。

說的是佛學上的ABC，誰都知道的。他說「擅改此書」，不知誰擅改。不是別人，正是他自己。又說「可笑甚矣」，不知誰可笑。這是非常幽默的。

從近於原稿的舊本到民國初年有正妄改本，有一系列的傾向，即原本表面上矛盾得很厲害，後來漸漸減輕，最後矛盾消滅了，才合於佛法上的ABC。這豈不原本反而壞了麼？不然，曹雪芹做的是小說，意在摹寫人情，極其妙肖，並非宣傳佛學的常識，何礙之有？何況矛盾只在表面，真格說來也還是通的。脂庚本作：

林黛玉先就念了一聲阿彌陀佛，薛寶釵便回頭看了半日，嗤的一聲笑，眾人都不會意。賈惜春道：「寶姐姐，好好的笑什麼？」寶釵笑道：「我笑如來佛比人還忙，又要講經說法，又要普度眾生。」

黛玉念的是阿彌陀佛，寶釵笑的是如來佛，且不管佛書上怎麼講，反正兩個名字先不對頭，張冠李戴着。誰都一目了然的，難道曹雪芹連這個也不曾瞧見麼？這是出乎想像之外的。

後人便覺得不大好，於是從乾隆甲辰抄本到程本以下如嘉慶道光的本子，都把上文的「阿彌陀佛」簡化為一「佛」字，而下文的如來佛卻沒有動，便成為下列的樣子，程甲本作：

黛玉先念一聲佛，寶釵笑而不言。惜春道：「寶姐姐笑什麼？」寶釵道：「我笑如來佛比

人還忙，又要度化眾生。」（甲辰本及其他各本同）

都歸到如來佛的身上，好像通一點，雖然後來的狄平子先生還不滿意。其實已經搞錯了，不過他們的錯正在狄說的反面。為什麼改錯了，我們先得問原本的何以不錯。

第一，黛玉口中的阿彌陀佛，真是阿彌陀佛，不能簡化為「佛」字的。因正和同回上文寶玉發病時她說的「該阿彌陀佛」相應，甲戌本脂批所謂「針對得病時那一聲」是也。若改為「佛」當然也不算錯，但失卻前後照應，非作者之意，而神理已非。

再說「阿彌陀佛」跟「如來佛」的矛盾也極其表面的。三千大千世界一切諸佛誰不普度眾生？千佛即一佛也，不然，又為什麼都念南無本師釋迦牟尼佛，南無阿彌陀佛？妄揣曹雪芹的佛學也未必怎樣精深，但這點常識總是有的。況且一世界一如來。如來乃諸佛的通稱，不限於釋迦，阿彌陀佛亦稱如來，經典上有明文的。不過，做小說，談論小說，不必這般學院氣罷了。

從《紅樓夢》來看，林黛玉念阿彌陀佛，寶釵卻笑如來佛，張冠李戴也有一種好處，使說話口氣稍為錯開一點，不太針鋒相對，可能作者有意這樣安排的。反正，俗情的說法，對諸佛名號本無須十分認真也。

總之，舊本原來不錯，甲辰本以下簡化佛號已非作意，有正本把舊本的「如來佛」改了去尤為大錯。我雖沒有看過一切的本子，就我所看到的，就常識來推測，決沒有一個本子像有正本那樣。這是狄平子改的，改了還為我們講娑婆世界、極樂世界的區別。

最後還提出一個物證來，在有正本上第二十五回之末，看得出「我笑彌陀佛」這彌陀兩字，筆跡跟上下文不同，字形也稍大一些，擠在那兒不很舒服的樣子。大字本最明顯，小字本也看得出。這就證明戚蓼生序本亦同各本作如來佛，即有正的手民也還照抄了。其作「彌陀」者，不僅為狄平子所改，而且寫好清樣之後臨時挖改的。

我對這有正本很覺頭痛，不知它究竟改去戚本多少。這一例因非常突出，所以不憚煩的說明，別的地方咱們不見得有這樣的好運氣。

三十八　再談嘉慶本

嘉慶本的評語大致如上文所引。關於這本子的本身也有些可說的。《紅樓夢》從程、高以後刻本流傳原是相當複雜的，從這本可以窺見一些模糊的輪廓。

（一）人與時代的問題。卷首有引言一段：

《紅樓夢》一書向來只有抄本僅八十卷，近因程氏搜輯，始成全璧。但彼用集錦板，校勘非易，不無顛倒錯亂。藤花榭校讎刊刻，始極精詳。茲本坊又將藤花榭刊本細加釐正，校定訛舛，壽諸梨棗，公行海內，閱者珍之。甲子夏日本堂主人謹識。

所謂耘香閣當是書賈。藤花榭，據啟元白先生來信說：

藤花榭為額勒布齋名。額字約齋，滿洲人，官至戶部侍郎，於嘉慶九年刻中字本《說文》。此從劉盼遂先生處得之。劉並云，額曾刻《紅樓夢》，但忘其說之出處矣。

「耘香閣重梓」在嘉慶九年，則藤花榭原版當在嘉慶初年，即緊接着乾隆末年程、高排印的本子。

（二）如何綜合整理程本的問題，他說：「細加釐正，校定訛舛」，但所採用的程甲還是程乙呢？當是他們的折衷。那麼，偏重於程甲還是程乙呢？這本雖也有採用程乙的地方，如第十三回「都有些傷心」，不作「疑心」，同乙而異甲，不過大體上同程甲本為多。我曾對校過第一回，跟程甲幾乎沒有差別，而跟程乙便差得很多了。即第九十二回，「評女傳巧姐慕賢良，玩母珠賈母參聚散」，乙本原比甲本要完備些，它也採用程甲不同程乙，尤為明證。

（三）除採用程本以外，也採用抄本。這事實很重要。也就是說嘉慶以來的各本，乃是「刻本加上抄本」，並非程甲乙的嫡系。說各本都出於程甲，嚴格說來，這句話是錯誤的。程乙對後來各本的影響當然更小。這兒也舉兩個例子，如第三十二回：

寶玉一時醒過，方知是襲人進扇子來，羞的滿面紫漲，奪了扇子，便忙忙的抽身跑了。（脂庚辰本）

寶玉一時醒過來，方知是襲人送扇。寶玉羞得滿臉紫漲，奪了扇子，便抽身的跑了。（嘉慶本）

大體相同。至程甲、乙本卻作：

寶玉一時醒過來，方知是襲人；雖然羞的滿面紫漲，卻仍是呆呆的，接了扇子，一句話也沒有，竟自走去。

差別便很多了。又如第四十一回：

（劉姥姥）便心下（嘉慶本作中）忽然想起：「常聽大（無大字）富貴人家有一種穿衣鏡，這別是我在鏡子裏頭呢罷（呢罷作嗎）。」說（想）畢伸手一摸（抹），再細一看，可不是四面雕空紫檀板壁，將（這）鏡子嵌在中間。因說：「這已經攔住，如何走出去呢。」一面說，一面只管用手摸這鏡子。（脂庚辰本）

嘉慶本小異處，已記在括弧內，可見兩本相同。看程甲、乙本則大不然了。

劉姥姥便伸手去，羞他的臉，他也拿手來擋，兩個對鬧着。劉姥姥一下子卻摸着了，但覺那老婆子的臉冰涼挺硬的，倒把劉姥姥唬了一跳。猛想起常聽見富貴人家有種穿衣鏡，這別是我在鏡子裏頭嗎。想畢，又伸手一抹，再細一看，可不是四面雕空的板壁，將這鏡子嵌在中間的，不覺也笑了。因說：「這可怎麼出去呢。」一面用手摸時，只聽咯噔一聲，又嚇的不住的展眼兒。

這不但表示嘉慶本從脂本不從程本，並且表示它校訂的不錯。因照程本，把鄉下人挖苦得太厲害了，劉姥姥不至於那麼傻。

（四）後來的刻本，我雖沒有什麼材料，大體上他們根據這嘉慶本或道光王本，並非出於程甲、乙本。還有一種特別的情況，即晚近的本子會比在它以前的本子，有地方更接近於古本。如第二十七回目錄，嘉慶本已改「楊妃」為「寶釵」、「飛燕」為「黛玉」了，道光本仍作「楊妃戲彩蝶飛燕泣殘紅」，反而近古。又如第十三回程乙、嘉慶、道光各本俱作「都有些傷心」，而光緒間的《金玉緣》本卻作「疑心」，跟脂庚本、程甲本相同。這重新回頭的趨勢，表示《紅樓夢》刻本的流變，並非愈古愈好，愈晚愈差。用時間機械地排列，非但不能解決什麼問題，反而把情形更搞亂了。詳細的情形必須有人掌握大量的材料，加以仔細的校勘，才能明白。

綜合以上所說四點，已分明表示出來用刻本或抄本混合的校理《紅樓夢》這個方法，從十九世紀初年直到現在，已有了一百五六十年的歷史。最近的作家出版社新本，混合了程乙、亞東、有正各本加以校訂，用的方法完全和前人相同。至於這綜合的成績，究竟如何，須看個別的情形，不能一概而論的。我這裏不過指出這混合的校訂法，在《紅樓夢》是古已有之，並非新事而已。

《紅樓夢》中關於「十二釵」的描寫

曹雪芹之卒到今年已有二百年了。他的《紅樓夢》一書，彗星似的出現於中國文壇，謂為前無古人殆非虛譽。這殘存的八十回書比之屈賦、太史公書、杜甫詩等也毫無愧色。二百年中有抄本，有排本，刻本，有新印本，萬口流傳亦已久矣。然而從另一角度看，它的遭遇也非常不幸：尚未完成，一也；當時以有「礙語」【二】，而被歧視，二也；妄評，三也；續貂，四也；續而又續，五也；屢被查禁以致改名【三】，六也。除此以外，還有一特點，即其他的小說不發生什麼「學」，如《水滸》、《三國》等小說亦復膾炙人口，卻不曾聽說過有什麼「水滸學」、「三國學」，獨有《紅樓夢》卻有所謂「紅學」。這本是一句笑話，含有諷刺的意味，但也是社會上的一種事實；以《大學》、《中庸》說之，以《周易》說之，以《金瓶梅》比較言之，以清代政治或宮廷說之，以曹雪芹自敘生平說之……這樣《紅樓夢》是十分的煊赫了，然而它的真相亦未免反而沉晦。是幸運麼，是不幸呢？它在過去始終未曾得到足夠的評價和適當的批判。解放以來在黨的「百花齊放，百家爭鳴」政策的指導下，各式各樣的文藝都欣欣向榮，《紅樓夢》的研究也開始走上了正確的道路。我這篇文章談關於人物的描寫，不免陳舊膚淺，又偏而不全，對於這樣偉大的著作，多麼的不相稱呵。若能夠較比我以前徘徊於索隱考證歧路之間所寫的要稍好一點，那在我已很覺欣幸了。

本篇所談十二釵實指《紅樓夢》中的諸女子，在一種意義上不足十二人（如第五回冊子及曲文所列「正十二釵」），在另一意義上又不止十二人。（如脂評所謂「情榜」，有正、副、又副、三副、四副共六十人。）這裏只就大家熟悉的，且在本書比較突出的，舉數例一談。

「十二釵」不過書中人物的一部分，而本篇所談，又是「十二釵」的一部分，自難概括。還有一點困難，後四十回乃後人所續，他對書中人物看法不同，以致前後歧出，已廣泛地引起讀者的誤解。即以「十二釵」的眉目釵黛為例：如寶釵頂着黛玉的名兒嫁給寶玉，從八十回中關於她的種種描寫看來是不合式的。她只以「始則低頭不語，後來便自垂淚」（第九十七回），這樣默認的方式了之，又哪裏像以前寶釵的行徑呢。如黛玉臨死時說：「寶玉，寶玉，你好！」（第九十八回），恐怕久已喧傳於眾口的了。晴雯臨死時尚且不這樣說【三】，難道黛玉就肯這樣說麼？本篇所談，自只能以曹氏原著八十回為斷限，卻亦帶來了一些不可避免的缺點。因書既未完，她們的結局不盡可知，除在脂硯齋批裏有些片段以外，其他不免主觀地揣想。雖則如此，我卻認為比連着後四十回來談，造成對書中人物混亂的印象畢竟要好一些。

【一】清宗室弘旿（瑤華道人）評永忠《弔雪芹》詩：「此三章詩極妙，第《紅樓夢》非傳世小說，余聞之久矣，而終不欲一見，恐其中有礙語也。」

【二】《紅樓夢》板行以後，以誣蔑滿人，及以有色情語，屢遭查禁。最後的一次在同治七年，丁日昌任江蘇巡撫，查禁書籍二百六十九種，其中有《紅樓夢》。後來將本書改名《金玉緣》，或用《石頭記》原稱，即由於此。

【三】第七十八回記晴雯之死：「寶玉忙道：『一夜叫的是誰？』小丫頭子說：『一夜是叫娘。』寶玉拭淚道：『還叫誰？』小丫頭子道：『沒有聽見叫別人了。』寶玉道：『你糊塗，想必沒有聽真。』後來便有另一個小丫頭胡謅了一大篇話，引起『杜撰芙蓉誄』來。」（校本，八八九頁）

一　總說

要了解曹雪芹怎樣描寫「十二釵」，先要提出作者對於這些女子的看法，即用他自己的話來說明，有下列幾個方面：

（一）她們都是有才、有見識的。第一回總序：

今風塵碌碌，一事無成，忽念及當日所有之女子，一一細考較去，覺其行止見識皆出於我之上，何我堂堂鬚眉，誠不若彼裙釵哉？……然閨閣中本自歷歷有人，萬不可因我之不肖，自護己短，一併使其泯滅也。（校本，一頁）【一】

他有「傳人」之意。欲傳其人，必有可傳者在；若不值得傳，又傳她做什麼？即有褒貶，亦必其人有值得褒貶者在；若不值褒貶，又褒貶她做什麼？上引兩段文字並非照例一表，實關係全書的宗旨。後來續書人似都不曾認清這「開宗明義第一章」，非常可惜。

（二）她們遭遇都是不幸的。第五回敘寶玉夢遊太虛幻境時：

惟見幾處寫着：痴情司、結怨司、朝啼司、夜怨司、春感司、秋悲司……寶玉喜不自勝，抬頭看這司的匾上，乃是「薄命司」三字。兩邊對聯寫着：「春恨秋悲皆自惹，花容月貌為誰妍。」寶玉看了，便知感嘆。（四九頁）

「薄命司」已包括了全部的十二釵（廣義的）。況且從上文看其他各司，如痴情結怨、朝啼夜怨、春感秋悲等雖名字各別，而實際上無非「薄命」，寶玉雖只在「此司內略隨喜隨喜」，無異已遍觀各司了，也就等於說一切有才有識的女子在封建社會裏都是不幸的。這個觀點在本書裏很明白，而續書人往往把握不住。

（三）她們是「間氣所鍾」，會有一些反抗性，同時也有缺點。第二回借了賈雨村的口氣說：

所餘之秀氣漫無所歸，遂為甘露，為和風，洽然溉及四海。彼殘忍乖僻之邪氣不能蕩溢於光天化日之中，遂凝結充塞於深溝大壑之內，偶因風蕩，或被雲推，略有搖動感發之意，一絲半縷誤而逸出者，偶值靈秀之氣適過，正不容邪，邪復妒正，兩不相下，亦如風水雷電地中既遇，既不能消，又不能讓，必致搏擊掀發後始盡。故其氣亦必賦人，發泄一盡始散。

【一】各脂本訛異較多，以下所引只據《紅樓夢八十回校本》，注明頁數。如有個別異文，另注出。

使男女偶秉此氣而生者，上則不能成仁人君子，下亦不能為大凶大惡。置之於萬萬人之中，其聰俊靈秀之氣則在萬萬人之上；其乖僻邪謬不近人情之態，又在萬萬人之下。若生於富貴公侯之家，則為情痴情種；若生於詩書清貧之族，則為逸士高人；縱然偶生於薄祚寒門，斷不能為走卒健僕，甘遭庸人驅制駕馭，必為奇優名娼。如前代之許由、陶潛……卓文君、紅拂、薛濤、崔鶯、朝雲之流，此皆易地則同之人也。（一九、二〇頁）

這一段話顯然很有毛病。但有一點可以注意的，這些人不受「庸人驅制駕馭」，大部分都是受封建制度壓迫的，有些是不被封建統治的道德觀念所束縛的。且上文雖說在正邪二氣之間，實際上恐怕偏於邪的方面要多一些，看上引文可知。他們的反抗性怕是從這裏來的，所謂「彼殘忍乖僻之邪氣不能蕩溢於光天化日之中，遂凝結充塞於深溝大壑之內，偶因風蕩，或被雲推，略有搖動感發之意，一絲半縷誤而逸出者」，在這裏反抗封建統治很尖銳，彷彿《水滸傳》之誤走妖魔也。亦正因此，他們不但有缺點，而且很多，即所謂：「其乖僻邪謬不近人情之態，又在萬萬人之下」是也。《紅樓夢》描寫十二釵不必完全是那樣，但也有相合的隨處可見。

（四）她們有勝於男人的地方。這每借了書中人寶玉的見解行為來表示。如他有名的怪話，在第二回：「女兒是水做的骨肉，男人是泥做的骨肉。」同回又說：「這女兒兩個字，極尊貴、極清淨的，比那阿彌陀佛、元始天尊的這兩個寶號，還更尊榮無對的呢。」過去都重男輕女，他偏要倒過來說重女輕男，在十八世紀的封建統治階級裏有人說這樣的話，確實是石破天驚之筆了。

他為什麼看重女子呢，引文裏已說到，「極尊貴、極清淨的」。因為她們清淨，所以尊貴。寶玉並不認為任何女子都是尊貴清淨的。第七十七回：

守園門的婆子聽了，也不禁好笑起來，因問道：「這樣說，凡女兒個個是好的了，女人個個是壞的了。」寶玉點頭道：「不錯，不錯。」婆子們笑道：「還有一句話，我們糊塗不解，倒要請問請問。」（八七三頁）

婆子一句話沒有說完，就打斷了，這句「請問請問」的話不妨把它補全，她大概想說：女兒既這麼好，女人又這麼壞，但女人（婦人）不就是從前的女兒麼？寶玉怎樣回答不知道。問題正在這裏。女兒之可貴自有她可貴之處，如果混帳起來那就比男人更可殺了。第三十六回寶玉說：

好好的一個清淨潔白女兒，也學的沽名釣譽，入了國賊祿鬼之流。這總是前人無故生事，立言豎辭，原為導後世的鬚眉濁物。不想我生不幸，亦且瓊閨綉閣中亦染此風，真真有

負天地鍾靈毓秀之德。(三三頁)

原來「瓊閨綉閣」之所以清淨而可貴,正因為她們距離「國賊祿鬼」總較男人們遠些;若她們也染此頹風,那就真正有負天地鍾毓之德了。

(五)她們不以身份分美惡。《紅樓夢》不但反對男尊女卑,即同樣的婦女也不以階層身份而分美惡。譬如太太們不必比奶奶們高,如鳳姐兒是個著名的壞人,但是誰能說她婆婆邢夫人比她強?又有哪個人喜歡邢夫人過於喜歡鳳姐兒?小姐們也不必比丫頭們高,如平兒絕不比鳳姐差,而且更可愛;如綉橘也不比迎春差。即同樣的丫頭,而二三等的婢女中也有人材,如紅玉,脂評說她對寶玉將有大得力處。【一】質言之,在本書裏也反對婦女界的尊卑觀念,而且寫那些丫頭們,好文章又特別多,這恐非偶然的。本篇論「十二釵」,於正冊尚不完全,卻拉扯到副冊、又副冊去,即根據這些事實。如談論《紅樓夢》,我們盡可撇開李紈、巧姐等,卻決不能放過襲人和晴雯,本文談她二人且特別長,其理由亦在此。

把握了上面的五點,《紅樓夢》對十二釵為什麼要這樣寫,為什麼不那樣寫,總可以有一些理解。

【一】甲戌本第二十七回回末批:「且紅玉後有寶玉大得力處,此於千里外伏線也。」

巧姐

二　對寶釵、黛玉的抑揚

此書描寫諸女子以黛玉為中心，以寶釵為敵體，而黛玉雖為第一人，書中寫黛玉並不多用正面的誇讚法。我昔年曾藏有嘉慶九年（一八〇四）耘香閣重梓本《紅樓夢》，上有批語：

《會真記》穿一套縞素衣裳【二】，合評精細固也，然尚說出縞素來。此但從寶玉心中忖度用「超逸」字、「越發」字，不覺黛玉全身縞素，活跳紙上。《紅樓》用筆之靈，往往如此。（第十六回「寶玉心中忖度黛玉，越發出落的超逸了」旁夾批。）

他說得很好，本書描寫黛玉往往如此。——在這裏來點岔筆，本書正面描寫縞素的也有，卻不是黛玉，請看鳳姐：

只見頭上皆是素白銀器，身上月白緞襖，青緞披風，白綾素裙。眉彎柳葉，高吊兩梢；目橫丹鳳，神凝三角。（第六十八回，七五八頁）

試問比黛玉如何？若說這裏就有了褒貶予奪固亦未必，但一個楚楚可憐，一個渾身煞氣，豈無仙凡之別？這些地方正不必多費筆墨，只是情文相生，而我們已不禁為之神往矣。

《紅樓夢》寫黛玉，不但正面說她的美不多，而且有時似乎並不說她美，且彷彿不如寶釵。這兒舉三個例：

> 不想如今忽然來了一個薛寶釵，年紀雖大不多，然品格端方，容貌丰美，人多謂黛玉所不及。（第五回，四五頁）

寫眾人看法如此。又如：

> 襲人笑道：「他們說薛大姑娘的妹妹更好，三姑娘看着怎麼樣？」探春道：「果然的話。據我看，連他姐姐並這些人，總不及他。」（第四十九回，五二三頁）

據探春說連寶釵都不如她，實際上以寶釵為群芳的領袖。再看上文寶玉的話：

【一】《西廂記．借廂》《小梁州》曲曰：「可喜娘的龐兒淺淡妝，穿一套縞素衣裳。」

更奇在你們成日家只說寶姐姐是絕色的人物，你們如今瞧瞧他這妹子，還有大嫂子這兩個妹子，我竟形容不出了。老天，老天，你有多少精華靈秀，生出這些人上之人來！可知我井底之蛙，成日家只說現在的這幾個人是有一無二的，誰知不必遠尋，就是本地風光，一個賽似一個。（五二二頁）

寶玉說大家的看法如此。至後文的敘述，有借花喻人者，如第六十三回「壽怡紅群芳開夜宴」，寶釵掣的簽是牡丹，題着「艷冠群芳」四字，下文又敘「眾人說：『巧的很，你也原配牡丹花』」，及輪到黛玉，她就想到：「不知還有什麼好的被我掣着方好。」後來她掣的是芙蓉花。這段文章寫得輕妙，而且暗示她們的結局比第五回所載更加細緻，那些且不談。就真的花說，無論色、香、品種，牡丹都遠勝於芙蓉，此人人所共見者，像《紅樓夢》這樣的寫法，不免出於我們的意外了。即脂硯齋對於釵黛容色的批評也彷彿這樣：

按黛玉、寶釵二人，一如姣花，一如纖柳，各極其妙者……（甲戌本第五回夾批）

一如姣花，一如纖柳，誰是姣花，誰是纖柳？林黛玉本來夠得上比姣花，寶釵卻不能比纖柳；黛玉既只得為纖柳，而寶釵比姣花矣。花兒好看，還是楊柳好看？脂硯齋此評蓋神似

《紅樓夢》六十三回之文也。

作者或有深意，脂評或在摹擬作者，但表面上看，一般地說，寶釵要比黛玉更好看。至於性格方面，書中說寶釵勝過黛玉的尤多，這兒只能引兩條，其第一條即上引第五回之下文：

而且寶釵行為豁達，隨分從時，不比黛玉孤高自許，目無下塵，故比黛玉大得下人之心。（四五頁）

其第二段見於第三十五回：

寶玉笑道：「這就是了，我說大嫂子倒不大說話呢，老太太也是和鳳姐姐一樣的看待。若是單是會說話的可疼，這些姊妹裏頭也只是鳳姐姐和林妹妹可疼了。」賈母道：「提起姊妹，不是我當着姨太太的面奉承，千真萬真，從我們家四個女孩兒算起，全不如寶丫頭。」薛姨媽聽說，忙笑道：「這話是老太太說偏了。」王夫人忙又笑道：「老太太時常背地裏和我說寶丫頭好，這倒不是假話。」寶玉勾着賈母，原為讚林黛玉的，不想反讚起寶釵來，倒也意出望外，便看着寶釵一笑。寶釵早扭過頭去，和襲人說話去了。（第三十五回，三六五頁）

寶釵

《紅樓夢》在這些地方實在寫得過於靈活了，例如此處很容易使人想到賈母喜歡寶釵而不怎麼喜歡黛玉，讀者一般會有這樣的印象，我卻以為其中也有世故人情的關係，這兒且不能談了。

《紅樓夢》寫寶釵，其性格、容貌、言語、舉止、學識、才能無一不佳，合於過去封建家庭中女子的「德、容、言、工」四德兼備的標準。本書雖肯定黛玉為群芳中的第一人，卻先用第一等的筆墨寫了寶釵，又用什麼筆墨來寫黛玉呢？

作者是用雙管齊下的方法來寫釵、黛的，然而這兩枝【一】筆卻能夠有差別，表現作者的傾向來。雙管齊下並不妨礙他的「一面倒」，反而使這「一面倒」更藝術化，也更加複雜深刻了。《紅樓夢》有些地方既表示黛玉不如寶釵，卻又要使我們覺得寶釵還不如黛玉，他用什麼方法呢？其一，直接出於作者的筆下；其二，也出於作者的筆下，卻間接地通過寶玉的心中眼中。先談其二。

請回看上引第五回、第四十九回：一曰「人多謂」，二曰「探春道」，三曰「你們成日家只說」;「你們」如此，那麼我呢？寶玉也不曾回答這問題。不妨具體地看寶玉眼中的釵、黛。於黛玉這樣說：

【一】枝，同「支」。編者注。

兩灣似蹙非蹙籠烟眉，一雙似喜非喜含情目。（第三回，三二頁）

於寶釵那樣說：

脣不點而紅，眉不畫而翠，臉若銀盆，眼如水杏。（第八回，八三頁）

容貌二人誰美，文章兩句孰佳，不待注解，已分明矣。

再看上引第三十五回，賈母雖然誇讚了寶釵，而寶玉原意是要引起賈母誇讚黛玉的。寶玉之於黛，情有獨鍾，意存偏袒，原因本不止一個，有從思想方面來的，如第三十六回：「獨有林黛玉自幼不曾勸他去立身揚名等話，所以深敬黛玉」是也；有從總角交誼來的，如第五回：「其中因與黛玉同隨賈母一處坐臥，故略比別個姊妹熟慣些；既熟慣，則更覺親密」是也；主要的當由於情戀，依本書所載其情戀有前因，從太虛幻境來，亦即所謂「木石盟」、「露淚緣」是也。在這裏寶玉對釵、黛的看法除一些思想性分的因素外，恐還談不到批判。我們再看作者的筆下，以牽涉範圍太廣，這裏也只能談一點，仍從本書的作意說起。

就本書的作意，大觀園中的女子都是聰明美麗的，故有懷念之情，傳人之意，否則他就不必寫「金陵十二釵」了。寶釵、黛玉為其中的領袖，自更不用說。但釵、黛雖然並秀，性格卻有顯著不同：如黛玉直而寶釵曲，黛玉剛而寶釵柔，黛玉熱而寶釵冷，黛玉尖銳而寶釵圓渾，黛玉天真而寶釵世故。……綜合這些性格的特點，她們不僅是兩個類型而且是對立的；因此她們對所處環境所發生的反應便有了正反拗順的不同，一個是封建家庭的孤臣孽子，一個是它的肖子寵兒。面對了這樣的現實，在作者的筆下自不得不於雙提並論中更分別地加以批判。這是本書的傾向性之一。書中對大觀園中的人物每有褒貶，以釵黛為首，卻不限於釵黛。

作者借了抑揚褒貶進行批判，對於釵黛有所抑揚。其揚黛抑釵，他的意思原是鮮明的；因為是小說，不同於一般的論文傳記，於是就有種種的藝術手法，少用直接的評論，多用間接的暗示，從含蓄微露，到敘而不議，以至於變化而似乎顛倒，對黛玉似抑，對寶釵反揚等等。雖經過這樣曲折的表現，用了如第二回總評所謂「反逆隱回之筆」，但始終不曾迷路失向，在二百年來的讀者方面仍然達到了近黛而遠釵；同情黛玉而不喜歡寶釵這類的預期效果，彷彿獅子滾綉球，露出渾身的解數來。而這些解數圍繞一個中心在轉，不離這「球」的前後左右也。

話雖如此，讀者對作者之意，是否亦有誤會處呢，我想恐也不免。他的生花之筆，隨物寓形，「既因方而為珪，亦遇圓而成璧」，如黛玉直，《紅樓夢》寫法也因之而多直；寶釵曲，《紅樓夢》寫法也因之而多曲。讀者對寶釵的誤會，也較之黛玉為多。且誤會似有兩種：其一種把作者的反語認作真話了，真以為寶釵好，過去評家也有個別如此的。其另一極端又把反語看得太重、太死板了，超過了這褒貶應有的限度。這兩種情況，以第二種更容易發生。

《紅樓夢》的許多筆墨，雖似平淡，卻關於火候，關於尺寸。作者的寫法真到了爐火純青之候，又如古賦所謂：「增之一分則太長，減之一分則太短」也。褒貶抑揚都不難，難在怎樣褒貶怎樣抑揚，今傳續書每若不誤而實甚誤，蓋由於不曾掌握這火候與尺寸故耳。

關於釵、黛可談的還很多，下文於說晴雯、襲人時當再提起她們。

三　晴雯與襲人

本書寫晴雯和襲人都很出色，批判之意也很明確。尤其是晴雯，她於第七十七回上死得很慘，在大觀園中是個最不幸的人，同時在《紅樓夢》裏也是最幸運的人。她何幸得我們的藝術巨匠在他生花之筆下，塑造出這樣完整的形象來，永遠活在人心裏，使得千千萬萬人為之墮淚，還贏得一篇情文相生的《芙蓉誄》。

首先要提到第五回的冊子。冊子預言十二釵的結局各為一幅畫，下面有些說明，就書中所有、我們所知道的說，全部是相合的，只有一個例外：晴雯。「晴雯」兩字的意思是晴天的雲彩，畫上卻「不過是水墨滃染的滿紙烏雲濁霧而已」。究竟什麼取義，我從前只認為反筆，也依然不明白。晴雯之名取義於她的性格生平，冊中所謂「霽月難逢，彩雲易散」是也。然而卻畫了烏雲濁霧，指她的遭遇，那些烏烟瘴氣的環境而言，誄文所謂「諑謠謑詬」等是也。這是十二釵冊子唯一的特筆。

晴雯在這富有危險性的第五回上曾留下她的芳名，排入四丫鬟之列，好在只是一現，沒有下文。到第八回上方才飄然而來，和寶玉一段對話，如聞其聲，如見其人。那時還未有怡紅院，她的地位比襲人還差得很多。後來到了怡紅院的時代，就漸漸重要起來，她的地位也漸漸提高了，不僅超過了麝月、秋紋等，並且在寶玉的心中居於第一位。然而她這樣的地位，由於和寶玉情投意合，卻非由巧取豪奪，亦非由排擠傾軋而來。她已成為怡紅院中第一個紅人了，然而她的身世書中卻不曾提到，直到第七十七回她被攆出去時，才聲敘她的家屬只有一個死吃酒的姑舅哥哥，名叫多渾蟲。

作者喜歡像晴雯這樣的人，又同情她，這些傾向都是顯明的；他卻並不曾隱瞞她有什麼缺點，且似乎也很不小。如她狂傲、尖酸、目空一切，對小丫頭們十分利害。第五十二回寫她用「一丈青」（一種長耳挖子）戳墜兒，墜兒痛的亂哭亂喊。這在封建家庭裏原是常有的事，墜兒又做了小偷，晴雯嫉惡，而非由於妒忌，但畢竟是狠心辣手。這都不必諱言。在七十七回敘她的身世，「有千伶百俐，嘴尖性大」（八七八頁），然而作者在那句下邊又一轉，「卻倒還不忘舊」，這可見晴雯表面上雖甚尖刻而骨子裏是忠厚的。

暫撇晴雯，提起襲人來。襲人在本書裏每與晴雯相反，如一個尖酸，一個溫和；一個世故，一個天真等等。作者對她們的態度也恰好相反。寫襲人表面上雖是褒，骨子裏淨是貶，真正的褒甚少。如第三回稱為「心地純良，肯盡職任」，看起來也是對的。第五回稱為「溫柔和順，似桂如蘭」，這八個字也是好考語；可是這上面卻各加上兩個字「枉自」、「空云」，立刻化褒為貶了。其貶多於褒，褒亦是貶，都非常清楚。再說襲人之名，本書有兩次交代，一見於第三回，一見於第二十三回。在二十三回上，賈政特別不喜歡襲人這個名字：「丫頭不管叫個什麼罷了，是誰這樣刁鑽，起這樣的名字？」既稱為「刁鑽」，似非佳名，因此後人對它有種種的瞎猜，有諧音稱為「賤人」者，有拆字稱為「龍衣人」者，這都不談。即冊子所畫也關合這「襲」字。書中云：「畫着一束鮮花，一床破席。」「席」者「襲」也，席也罷了，為什麼偏偏畫個破席呢？此「襲人」一名如何解釋固不可知，總之非好名字也。再說又副冊中她名列第二，恐也有褒貶之意。看她在書中的地位，本應該列第一名的。

襲人的故事，在本書裏特別的多。她引誘、包圍、挾制寶玉，排擠、隱害同伴，附和、討好家庭的統治者王夫人，這些都不去一一說它了。她的性格最突出的一點是得新忘舊，甚而至於負心薄幸，這一線索作者絲毫不曾放過，從開始直貫篇終她嫁了蔣玉菡，所謂「花襲人有始有終」【一】者是也。於她出場時就寫道：

> 這襲人亦有些痴處，伏侍賈母時，心中眼中只有一個賈母；今與了寶玉，心中眼中又只有一個寶玉。（三四頁）

【一】庚辰本第二十回眉批引「正文標目」。

史湘雲

像這樣的性格稱為「有些痴處」，含蓄得妙。我們再下轉語，未免大煞風景了。在第三十二回借史湘雲口中又微微的一逗：

史湘雲笑道：「你還說呢，那會子咱們那麼好，後來我們太太沒了，我家去住了一程子，怎麼就把你派了跟二哥哥。我來了，你就不像先待我了。」（三三四頁）

再看襲人怎樣回答：

襲人笑道：「你還說呢，先姐姐長，姐姐短，哄着我替你梳頭洗臉，作這個，弄那個；如今大了，就拿出小姐的款兒來了。你既拿小姐的款，我怎麼敢親近呢。」史湘雲道：「阿彌陀佛！冤枉冤哉！我要這樣，就立刻死了。……」

襲人未免強詞奪理，湘雲說的是老實話。若拿出小姐的款兒來，就不是《紅樓夢》裏的史湘雲了。

襲人這種性格正和晴雯的「卻倒還不忘舊」相反，作者雖的確不曾放過這條線索，卻寫得非常含蓄，即當時的脂硯齋對此似也不甚了解，每每極口稱讚，甚至於說「晴卿不及襲卿遠矣」【一】。他說襲人嫁後還「供奉玉兄寶卿得同終始」【二】，後回事無法詳知，脂硯齋了解自然比我們今日為多，但其言亦未可全信，我從前已經說過了。【三】

作者對她陽褒陰貶，雖措辭含蓄而意實分明。這裏再說到晴雯和她的關係。我看，襲人本質上是非常忌刻的，所謂「心地純良，溫柔和順」等等，真正不過說說而已，事實上完全不是那樣。她的忌刻固不限於晴雯，對於他人也不肯輕易放過，但她的主要矛頭指向晴雯。晴雯的遭忌自有她的招忌之處，冊子所謂「風流靈巧招人怨，壽夭多因誹謗生」，便是一句總評，不能專怪襲人；但襲人的妒忌陷害晴雯卻是事實。

襲人和晴雯的鬥爭，以三十一回「撕扇子作千金一笑」為起點，以五十二回「勇晴雯病補雀金裘」為中峰，以七十七回「俏丫鬟抱屈夭風流」為收場。襲人妒忌晴雯，蓄意要除去她，原因很複雜，不妨歸納為幾點：

（一）襲人與寶玉的叛逆的性格本不相合，襲人認為寶玉乖僻，屢諫不聽（第三回，三四頁）。襲人雖是寶玉忠誠的侍妾，卻非寶玉的閨中知己；而晴雯之於寶玉，主要是性分上的投合。

（二）在第六回上襲人已與寶玉有性的關係，描寫的筆墨相當的猥褻，把襲人寫得很不堪（第六回，五九、六〇頁）；而晴雯始終清白。

（三）因為如此，襲人便有視寶玉為「禁臠」不許他人染指之意；而晴雯不但不買這筆賬，且當面揭發她：「我倒不知你們是誰，別叫我替你們害臊了。便是你們鬼鬼祟祟幹的那事兒，也瞞不過我去，那裏就稱起『我們』來了。」（三十一回，三五頁）襲人之切齒於晴雯自不足怪。

（四）再就晴雯方面看，她自己說並沒有私情密意，當是真話，但她的確贏得了寶玉的心。以鬥爭開始的三十一回說，寶玉和晴雯，本不過小口角，襲人表面上做好人來勸解，遂引起晴襲間的大戰來。鬥爭的結果以「撕扇子作千金一笑」了之，實是襲人大大的失敗。在撕扇的尾聲，借了襲人的黨羽麝月微示不悅，襲人根本沒有出場，直到寶玉叫她，才換了衣服走出來（三二八頁）。書中不提襲人有任何表示，而襲人從此深忌晴雯，不言而喻矣。

略說了以上四點，再看所謂「中峰」的第五十二回。這回襲人以母喪不在家，不曾有什麼衝突，怡紅院裏卻發生了兩件事。一為晴雯發見墜兒偷竊，把她打發走：

宋嬤嬤聽了，心下便知鐲子事發，因笑道：「雖如此說，也等花姑娘回來知道了，再打

【一】甲戌本卷八，一二頁。

【二】甲戌本、戚本第二十八回總評。

【三】見《紅樓夢研究》。

發他。」晴雯道：「寶二爺今兒千叮嚀萬囑咐的，什麼花姑娘草姑娘的，我們自然有道理。你只依我的話，快叫他家的人來領他出去。」麝月道：「這也罷了，早也是去，晚也是去，帶了去早清靜一日。」（第五十二回，五六八頁）

便不等什麼花姑娘草姑娘來，徑自處理了。其二當然是補裘。等襲人來家，看她怎麼樣？

麝月便將平兒所說宋媽墜兒一事並晴雯攆逐墜兒出去也曾回過寶玉等話，一一的告訴了襲人。襲人也沒別說，只說太性急了些。（第五十三回，五七二、五七三頁）

言外之意，「為什麼不等我來呢？」補裘一事，書中隻字未提。但攆逐墜兒之事小，補裘之事大。晴雯頗有諸葛丞相「鞠躬盡瘁」之風，在襲人方面看來真心腹之大患，叫她如何能夠放得下，再看下文如何。等隔了十回，第六十二回道：

襲人笑道：「我們都去了使得，你卻去不得。」晴雯道：「惟我是第一個要去，又懶，又笨，性子又不好，又沒用。」襲人笑道：「倘或那孔雀褂子再燒個窟窿，你去了，誰可會補呢！你倒別和我拿三撇四的。我煩你做個什麼，把你懶的橫針不沾，豎線不動。一般也不是我的私活煩你，橫豎都是他的，你就都不肯做。怎麼我去了幾天，你病的七死八活，一夜連命也不顧，給他做了出來？這又是什麼原故？你到底說話，別只佯憨和我笑，也當不了什麼。」（六九〇、六九一頁）

這裏明點襲人對這一事耿耿於心，若再用暗場就不夠明白了。當然，咱們都同情晴雯，但晴雯既深中襲人之忌，則襲人自不免有「宋太祖滅南唐」之意，「臥榻之側豈容人酣睡」之心，如第七十九回（九〇九頁）金桂之於香菱也；遂決殺晴雯矣。殺者，深文之詞。像晴雯這樣心高性大的人，在眾目昭彰之下被攆出去，自然一口氣便氣死了，則攆之與殺亦只相去一間耳。若襲人說「他便比別人嬌些，也不至這樣起來」，真寶玉所謂「虛寬我的心」也（俱見七十七回，八七六頁）。

王夫人向怡紅院總攻擊，實際上是院中的內線策動的。書到八十回止，對於襲人始終還她一個「沈【一】重知禮」、「大方老實」（俱七十八回王夫人語）的面子，故暗筆極多。書上並無襲人向王夫人讒毀晴雯事，只在第三十四回載襲人與王夫人的長篇談話，名為「小見識」，實係大道理，名為大道理，實係工巧的讒言；名義上雙提「林姑娘寶姑娘」，實際上

【一】　沈，舊同「沉」。編者注。

專攻黛玉，以後便不再見類似的記載了，直等這定時炸彈的爆發。所謂不敘之敘。既然不敘，何以知之？從兩端知之。王夫人於三十四回最後這樣鄭重叮嚀，大有託孤寄子之風：

只是還有一句話：你如今既說了這樣的話，我就把他交給你了，好歹留心。保全了他，就是保全了我。我自然不辜負你。（第三十四回，三五六頁）

襲人豈有不暗中密報之理。她已成為王夫人在怡紅院的「第五縱隊」了。

這就開端說，再看爆發的結果，證實了她絕不止一次進言，早已埋下的火線。這不待今日我們說，寶玉先已說了：

如今且說寶玉，只當王夫人不過來搜檢搜檢，無甚大事，誰知竟這樣雷嗔電怒的來了。所責之事皆係平日之語，一字不爽……寶玉哭道：「我究竟不知晴雯犯了何等滔天大罪！」襲人道：「太太只嫌他生的太好了，未免輕佻些。在太太是深知這樣美人似的人，必不安靜，所以很嫌他。像我們這粗粗笨笨的倒好。」寶玉道：「這也罷了。咱們私自頑話，怎麼也知道了？又沒外人走風的，這可奇怪。」襲人道：「你有甚忌諱的，一時高興了，你就不管有人無人了。我也曾使過眼色，也曾遞過暗號，被那人已知道了，你還不覺。」寶玉道：

「怎麼人人的不是太太都知道，單不挑出你和麝月秋紋來？」襲人聽了這話，心內一動，低頭半日，無可回答，因便笑道：「正是呢。若論我們也有頑笑不留心的孟浪去處，怎麼太太竟忘了？想是還有別的事，等完了再發放我們，也未可知。」寶玉笑道：「你是頭一個出了名的至善至賢之人，他兩個又是你陶冶教育的，焉得還有孟浪該罰之處！只是芳官尚小，過於伶俐些，未免倚強壓倒了人，惹人厭。四兒是我誤了他，還是那年我和你拌嘴的那日起叫上來作些細活，未免奪佔了地位，故有今日。只是晴雯也是和你一樣，從小兒在老太太屋裏過來的，雖然他生得比人強，也沒甚妨礙去處，就只他的性情爽利，口角鋒鋩些，究竟也不曾得罪你們。想是他過於生得好了，反被這好所誤。說畢，復又哭起來。襲人細揣此話，好似寶玉有疑他之意，竟不好再勸，因嘆道：「天知道罷了。此時也查不出人來，白哭一會子也無益。倒是養着精神，等老太太喜歡時，回明白了再要他進來是正理。」寶玉冷笑道：「你不必虛寬我的心。……」（八七五、八七六頁）

寶玉可謂明察秋毫，絲毫不糊塗。本來麼，他也難得糊塗。又沒外人走風，究竟誰說的呢？襲人。其證據有二：（一）此次放逐，凡反對襲人的都有份，襲人的黨羽均不在內。（二）四兒在內。顯然是襲人幹的，怡紅院內除了她還有誰？其實這話也多餘，寶玉都已經說了。若書中的明文，卻那樣說：

原來王夫人自那日着惱之後，王善保家的去趁勢告倒了晴雯，本處有人和園中不睦的，也就隨機趁便，下了些話。王夫人皆記在心裏。（八七四頁）

其實邢夫人的陪房，王夫人又豈肯深信。這些不過官方發佈的消息而已。

說起四兒來，暴露襲人的陰暗面尤為深刻。她忌晴雯，兩美難兼，兩雄不並，猶可說也。她連這無足輕重的小女孩子，為了一點小小的過節兒，就毫不放鬆，使我們為之詫嘆。作者褒貶之意如此深刻，如此嚴冷！很早的第二十一回寫寶玉和襲人賭氣，不叫她們做事，叫四兒倒了杯茶，為了這麼芝麻大一點事，想不到襲人已記下這筆賬。妒忌這樣深，氣量這樣窄，還說什麼「溫柔和順，似桂如蘭」。而且四兒之事由於密報，王夫人自己就這樣說：「可知道我身子雖不大來，我的心耳神意時時都在這裏。」（八七四頁）她難道真有天眼通、天耳通麼！

襲人為什麼要、怎樣害晴雯，大致已說明了。我們再看晴雯怎樣死的，這是一般所謂「寶玉探晴雯」。敘這段故事，主要表示她的貞潔。眾人顛倒貞淫，混淆黑白，說她是狐狸精，她臨死表示最嚴重的抗議。這裏用兩事來說明這一點。其第一事為她直接對寶玉提出的，引原文就夠了。

襲人
改琦

只是一件，我死也不甘心的：我雖生的比人略好些，並沒有私情密意，勾引你怎樣，如何一口死咬定了我是狐狸精！我太不服。（八七九頁）

以理直而氣壯，故言簡而意明。其第二事，寶、晴二人話未說完，晴雯的嫂子燈姑娘進來了。多渾蟲之妻燈姑娘這一段故事，脂本皆有，似乎也不太好，不知作者何以要這麼寫。也有兩個問題：（一）他為什麼要把這一對寶貝寫作晴雯僅有的一門親戚？（二）為什麼寶晴訣別要用燈姑娘來攪局？這必然有深意；我以為寫多渾蟲夫婦，以貞淫作對文，而晴雯之出身不僅如芝草無根，而且如青蓮出於淤泥之中也，則燈姑娘何足以為晴雯病。再說上文所引晴雯向寶玉自敘的話固字字是淚，點點是血，然而誰曾聽之，誰曾聞之，好則好矣，了猶未了，故作者特意請出這一位以邪淫著稱於《紅樓夢》的燈姑娘來，讓她聽見他倆的密談，作為一個硬證。於是她說：

就比如方才我們姑娘下來，我也料定你們素日偷雞盜狗的；我進來一會在窗外細聽，屋裏只你二人，若有偷雞盜狗的事，豈有不談及的，誰知你兩個竟還是各不相擾。可知天下委屈事也不少。（八八〇頁）

燈姑娘先進來粗暴地調戲寶玉，後來忽然轉變了，這段話的全文，看來也頗勉強，顯出於有意的安排。所以要她出場，就為了要她說這一段見證的話，於是晴雯的沉冤大白矣。作者雖有粲花之妙舌，鐵鉞之史筆，而用心忠厚若此，固不可僅以文章論也。

再看她和寶玉換襖的情形。她說：

快把你的襖兒脫下來我穿。我將來在棺材內獨自躺着，也就像還在怡紅院的一樣了。論理不該如此，只是擔了虛名，我可也是無可如何了。

這已是慘極之筆了，死人想靜靜地躺在棺材裏，這樣的要求還算過奢，總可以達到了罷？哪裏知道王夫人說：「即刻送到外頭焚化了罷。女兒癆死的，斷不可留。」（八九一頁）她到底不曾如願，難怪寶玉在《芙蓉誄》中說：「及聞櫬棺被燹，慚違共穴之盟；石槨成災，愧迨同灰之誚。」

於是晴雯死矣。誄文中更提到三點，皆特筆也。（一）以鯀為比，其詞曰：「高標見嫉，閨幃恨比長沙；直烈遭危，巾幗慘於羽野。」後人殆以女兒比鯀為不通，故改「羽野」為「雁塞」。其實「雁塞」更不通，晴雯之死豈宜比昭君和番？況昭君又何嘗直烈？《離騷》：「曰鯀婞直以亡身兮，終然夭乎羽之野。」這裏斷章取義，取其「直」也。雖彷彿擬人不切，而寓意甚深。「直烈」二字足傳晴雯矣。（二）指奸斥佞語挾風霜，其詞曰：「嗚呼！固鬼蜮之為災，豈神靈而亦妒。箝詖奴之口，討豈從寬；剖悍婦之心，忿猶未釋。」（九〇一頁）「悍婦」或者指王善保家的等人。「詖奴」指誰呢？（三）作誄之因緣，其詞曰：「始知上帝垂旌，花宮待詔，生儕蘭蕙，死轄芙蓉。聽小婢之言，似涉無稽；以濁玉之思，則深為有據。」小丫頭信口胡謅，寶玉何嘗不知，只是假話真說，話雖假而情理不全假，而寶玉也就當真的聽了。【一】

晴雯之生平頗合於《離騷》的「眾女嫉余之蛾眉兮，謠諑謂余以善淫」，誄文之摹擬騷體，誠哀切矣。卻有一點，晴雯以丫鬟的身份而寶玉寫了這樣的「長篇大論」，未免稍過其分。今日誄晴雯尚且如此，他日誄黛玉又將如何？事在後回，固不可知。我以為黛玉死後，寶玉未必再有誄文，所謂至親無文、至哀無文者是也。本回之末於焚帛奠茗以後：

忽聽山石之後有一人笑道：「且請留步。」二人聽了，不免一驚。那小鬟回頭一看，卻是個人影從芙蓉花中走出來，他便大叫：「不好，有鬼！晴雯真來顯魂了。」嚇得寶玉也忙看時，——且聽下回分解。（九〇三頁）

【一】本書這段寫法有點像《孟子．萬章篇》敘校人烹魚欺子產事，事偽而情真，君子可欺以其方也。

晴雯

次回說這人就是林黛玉。無怪後來評家都說晴雯為黛玉的影子了。

第七十九回寶黛二人相遇，談論這篇文字，黛玉先以「紅綃帳裏」為庸俗，擬改為「茜紗窗下」，這本是改得對的。寶玉深以「如影紗事」（此文只見《紅樓夢稿》）為妙，卻認為此乃瀟湘之窗，不能借用，唐突閨閣，萬萬不可，說了許多個「不敢當」，於是改「公子」為「小姐」，易「女兒」為「丫鬟」，駢文裏如何能有「小姐」、「丫鬟」等字樣呢，這就是瞎改。改來改去都不妥，自然地迸出了一句：

寶玉道：「我又有了，這一改可妥當了。莫若說：『茜紗窗下，我本無緣；黃土隴中，卿何薄命。』」黛玉聽了，忡然變色，心中雖有無限的狐疑亂擬，外面卻不肯露出，反連忙笑着點頭稱妙……。（九〇五頁）

「公子女兒」本不完全平列，「小姐丫鬟」更是上下的關係了，改為「卿」對我，敵體之辭，那就不切合寶玉、晴雯，反而更切合於寶玉、黛玉。故庚辰本脂批曰：「一篇誄文總因此二句而有；又當知雖誄晴雯，而又實誄黛玉也。」於「忡然變色」句，脂批又曰：「睹此句，便知誄文實不為晴雯而作也。」照這樣說來，後來黛玉死後，即寶玉無文，固亦在意中也。

《芙蓉誄》既然兩用，芙蓉花又係雙指。第六十三回黛玉掣簽為芙蓉花，晴雯卻沒有掣，只把骰子盛在盒內搖了一搖，我曾說過：「且晴雯的簽實在無法抓的。她要抓，一定是芙蓉。那麼，叫黛玉抓什麼呢？」又說：「晴雯為芙蓉無疑，而黛玉又是芙蓉。……晴雯不抽簽者，是無簽可抽也。」【二】且她倆不僅在芙蓉花上糾纏不清。書中也曾實寫她們容態的相似。

王夫人聽了這話，猛然觸動往事，便問鳳姐道：「上次我們跟了老太太進園逛去，有一個水蛇腰，削肩膀，眉眼又有些像你林妹妹的，正在那裏罵小丫頭。我的心裏很看不上那狂樣子……」（第七十四回，八三一頁）

這裏明罵晴雯，暗貶黛玉，近則關係晴雯之死，遠則牽連黛玉之終，真是「項莊舞劍，意在沛公」也。

這傳統「紅學」上的晴為黛影之說，也有些道理。但晴雖為黛影，卻非黛副；雖是一個類型的人，晴雯卻非黛玉的黨羽，也舉例子來談。如上面談到的七十九回，黛玉只和寶玉談文，並無一語讚美或追悼晴雯。如寶玉說：「竟算是你誄他（晴雯）的倒妙。」黛玉笑道：「他

【二】見《紅樓夢研究》。

又不是我的丫頭，何用作此語。」（九〇五頁）照我們俗人想來，黛玉隨口說兩句悼念晴雯、慰唁寶玉的話，似為題中應有之義，即在世故方面也不可少，她偏偏不說。又如上引三十一回敘怡紅院中吵嘴，晴雯正哭着，黛玉進來，她就出去了，她們不交一語（三二六頁）。我也不記得在書中別的地方有什麼黛晴相契之處。相反的例倒有的，其證有二：

（一）寶玉以晴雯為密使，使於黛玉，而晴雯對這項任務似乎並不了解。第三十四回曰：

因心下記掛着黛玉，滿心裏要打發人去，只是怕襲人，便設一法，先使襲人往寶釵那裏去借書。襲人只得去了【二】。寶玉便命晴雯來，吩咐道：「你到林姑娘那裏看看他做什麼呢。他要問我，只說我好了。」晴雯道：「白眉赤眼，做什麼去呢？到底說一句話兒，也像一件事。」寶玉道：「沒有什麼可說的。」晴雯道：「若不然，或是送件東西，或是取件東西。不然，我去了怎麼搭訕呢？」寶玉想了一想，便伸手拿了兩條手帕子撂與晴雯，笑道：「也罷，就說我叫你送這個給他去了。」晴雯道：「這又奇了。他要這半新不舊的兩條手帕子！他又要惱了，說你打趣他。」寶玉笑道：「你放心，他自然知道。」……晴雯走進來，滿屋魆黑，並未點燈。黛玉已睡在床上，問是誰。晴雯忙答道：「晴雯。」黛玉道：「做什麼？」晴雯道：「二爺送手帕子來給姑娘。」黛玉聽了，心中發悶：做什麼送手帕子來給我？因問：「這帕子是誰送他的？必定是上好的。叫他留着送別人罷，我這會子不用這個。」晴雯笑道：

「不是新的，就是家常舊的。」林黛玉聽見，越發悶住，着實細心搜求，思忖一時，方大悟過來，連忙說：「放下，去罷。」晴雯聽了，只得放下，抽身回去。一路盤算，不解何意。（第三十四回，三五六、三五七頁）

這段文字似不很出名，而實在寫得出色。把寶玉的懼怕懷疑襲人，信任晴雯，寶黛二人的情愛纏綿固結，晴雯的純樸天真，（此後文眾口說她妖媚，所以為千古沉冤也。）都恰如其分地寫出了。

（二）黛玉要進怡紅院，卻被晴雯拒絕了。第二十六回：

……黛玉便以手扣門，誰知晴雯和碧痕正拌了嘴，沒好氣，忽見寶釵來了，那晴雯把氣移在寶釵身上，正在院內抱怨說：「有事沒事，跑了來坐着，叫我們三更半夜的不得睡覺。」忽聽又有人叫門，晴雯越發動了氣，也並不問是誰，便說道：「都睡下了，明兒再來罷。」林黛玉素知丫頭們的情性，他們彼此玩耍慣了，恐怕院內的丫頭沒聽真是他的聲音，只當是別的丫頭們了，所以不開門。因而又高聲說道：「是我，還不開麼？」晴雯偏生還沒

【一】「去了」上有「只得」兩字，見《紅樓夢稿》。

聽出來，便使性子說道：「憑你是誰，二爺吩咐的，一概不許放人進來呢。」林黛玉聽了，不覺氣怔在門外。（二七二頁）

晴雯當然沒有聽出叫門的是黛玉的聲氣來，就算如此，這樣寫法也是我們想不到的。若移作襲人、麝月，不但性情不合，且亦庸俗。——評家以為這是貶斥寶釵，又當別論。蓋黛、晴二子，雖在「紅樓」皆為絕艷，而相處洒然，自屬畸人行徑，縱有性格上的類似，正不妨其特立獨行；且不相因襲，亦不相摹擬。若拉攏勾結，互為朋比，便不成其為黛玉、晴雯矣。

襲人、寶釵之間又怎樣呢？《紅樓夢》對於釵襲、黛晴這兩組人物用對稱平行的寫法，細節上卻同中有異，平中有側。上文已表，晴為黛影，卻非黛副；到這裏似不妨說，襲為釵副，卻非釵影。襲為釵副是很顯明的。在很早的二十一回上：

寶釵聽了，心中暗忖道：「倒別看錯了這個丫頭，聽他說話，倒有些識見。」寶釵便在炕上坐了，慢慢的閒言中套問他年紀家鄉等語，留神窺察其言語志量，深可敬愛。（二一〇頁）

這裏寶釵以襲人為「深可敬愛」。其另一處在第三十二回記襲人對湘雲的話：

提起這些話來，真真寶姑娘教人敬重，自己趔了一會子去了。我倒過不去，只當他惱了。誰知道後來還是照舊一樣，真真有涵養，心地寬大。（三三六頁）

襲人又以寶釵為「教人敬重」。像這樣的互相佩服，也不好就說她們互相勾結，但顯明和黛玉、晴雯間相處不同，且襲人這樣喜歡寶釵，可能和後文釵、玉的婚姻有些關係。

至於襲非釵影，雖不那麼清楚，也可略知一二。就一方面說，襲人既與寶釵性格相類似，和晴雯性格與黛玉相類似這一點相同，不妨用「類推」之法。但細看本書的描寫，卻在同異之間，所以不宜說煞了。像《芙蓉誄》、芙蓉花這樣的糾纏不清的情形，釵、襲之間絕對沒有。例如第六十三回寶釵掣的是牡丹，襲人掣了桃花，以花的品格而言差得很遠。襲人抽着的簽題曰「武陵別景」，詩曰「桃紅又見一年春」，暗示她將來的改嫁，難道寶釵也改嫁麼？後來的評家在這裏以「景」為「影」，而謂襲為釵影，我一向不贊成，認為未免深文周內。【一】

本書確有借襲人來貶寶釵處，卻寫得很有分寸。如第三十六回「綉鴛鴦夢兆絳雲軒」，寫寶玉在午睡，襲人在旁綉紅蓮綠葉五色鴛鴦的兜肚；後來襲人走開，寶釵替她代刺，從林

【一】　見《紅樓夢研究》。

黛玉眼中看來：

只見寶玉穿着銀紅紗衫子，隨便睡着在床上，寶釵坐在身旁作針線，旁邊放着蠅帚子。（三七八頁）

這樣的描寫，使黛玉手握着嘴不敢笑出來，當然是深貶寶釵。後來黛玉走了，又聽得寶玉在夢中喊罵說：「什麼是金玉姻緣，我偏說是木石姻緣。」給了寶釵一個很大的打擊，所以她也不覺怔了。但是上文寫寶釵代襲人刺綉時卻這樣說：

寶釵只顧看着活計，便不留心一蹲身，剛剛的也坐在襲人方才坐的所在；因又見那活計實在可愛，由不得拿起針來，替他代刺。（三七七頁）

寶釵竟坐在襲人的原位上去，上面卻用了「不留心」三字；寶釵竟拿起針來替她代刺，上面卻用了「由不得」三字，且說「活計實在可愛」似為寶釵留有餘地，為她開脫，在嚴冷之中畢竟有含蓄也。

作者雖不斷的貶斥寶釵和襲人，卻非以一罵了之；而對於寶釵比對襲人尤為微婉。即對襲人後來改嫁，脂硯齋說回目上有「有始有終」，雖其內容可能還有諷刺，卻總不是明顯地糟蹋她。對於襲人的負心薄幸，尚且如此，則於寶釵可知矣。後來續書人補寫十二釵似乎全不理解此等尺寸，對黛玉或寶釵、襲人來說都是很大的不幸，此本節開首所以稱晴雯為《紅樓夢》中最幸運的女兒也。

關於晴雯、襲人二人，不覺言之長矣，比較說釵、黛為尤多，事實上此節仍為上節的引申。《紅樓夢》作者用了雙線雙軌的寫法，加強了這兩種對立的類型人物的批判性，突出了十二釵的中心部分，即《紅樓夢曲》所謂「懷金悼玉」；抓住了中心點，再談旁枝旁葉便似有個頭緒了。

四　鳳姐

鳳姐在「十二釵」中應是個反面人物，她生平的劣跡在書中很多，但作者卻把她的形象寫得很好，自然另有可怕的一面。她在第三回出場，脂硯齋甲戌本眉批曰：

另磨新墨，搦銳筆，特獨出熙鳳一人，未寫其形，先使聞聲，所謂「綉幡開，遙見英雄俺」【二】也。

書中描寫她有「粉面含春威不露，丹唇未啟笑先聞」，較之第六十八回敘她往見尤二姐時的打扮形容（已見前引），便有春溫秋肅之別。

《紅樓夢》於人物出場每只用一兩筆就把他在全部書中的形象以至性格畫出來了。如史湘雲出場在第二十回，就這樣敘：「忽見人說史大姑娘來了。」寶玉同寶釵到賈母這邊去，「只見史湘雲大笑大說的」（二〇五頁），只用四個字已畫出湘雲的豪邁來。

又如香菱，她出場最早，原名英蓮，在第一、第二回她和嬌杏對寫，諧音「應憐」和

「僥幸」【二】，借來總說書中全部女子的遭遇，有幸有不幸。在這兩回是虛寫，她的形象不鮮明，真的出場在第七回薛姨媽呼喚她時方見。「問奶奶叫我做什麼」下，脂批曰：「這是英蓮天生成的口氣，妙甚。」（甲戌本卷七，三頁）下文還有：

> 只見香菱笑嘻嘻的走來。周瑞家的便拉了他的手，細細的看了一回，因向金釧兒笑道：「倒好個模樣兒，竟有些像咱們東府裏蓉大奶奶的品格兒。」金釧笑道：「我也是這麼說呢。」周瑞家的又問香菱：「你幾歲投身到這裏？」又問：「你父母今在何處？今年十幾歲了？本處是哪裏人？」香菱聽問，都搖頭說：「記不得了。」（校本，七二頁）

以可卿為比，一擊兩鳴法也，亦見脂批。按可卿之美，第五回借了寶玉夢中的兼美，稱為「其鮮艷嫵媚有似寶釵，其裊娜風流則又似黛玉」者，眾人口中說她像蓉大奶奶的品格兒，即香菱可知矣。上面「笑嘻嘻」三字寫香菱亦非常傳神。

再說鳳姐兒。看本書寫鳳姐有一特點，即常以男人比她。如照寶玉的話，男人是混濁

【一】《西廂記‧傳書》（俗稱「惠明下書」）尾聲，文字與引文略異。

【二】「乳名英蓮」，夾批：「設云應憐也」，見甲戌本卷一，九頁。「看見嬌杏」，夾批：「僥幸也」，見同書卷二，二頁。

的，女兒是清潔的，但寶玉不見得不喜歡鳳姐，其解釋見下文。在第二回中冷子興說她：「說模樣又極標緻，言談又極爽利，心機又極深細，竟是個男人萬不及一的。」（二二頁）再看第三回賈母介紹她：「你不認得他，他是我們這裏有名的一個潑皮破落戶兒，南省俗謂作『辣子』，你只叫他『鳳辣子』就是了。」（二七頁）賈母介紹了一個活的鳳姐兒，卻弄得黛玉不知怎麼稱呼才好。後來說明了是璉二嫂子，書中又敘道：「自幼假充男兒教養的，學名王熙鳳。」提出她學名叫王熙鳳，又拉到男兒方面來了。脂評亦曾加以分析：「以女子曰學名固奇。然此偏有學名的反倒不識字，不曰學名者反若彼。」（戚本、甲戌本略同）這麼一說，情形更有些異樣。鳳姐不識字，偏要說男兒教養，學名某某，可見並非因為關合書中事實，才有這樣的寫法。此意還見於後面。第五十四回：

（王忠）「……膝下只有一位公子，名喚王熙鳳。」眾人聽了，笑將起來，賈母笑道：「這不重了我們鳳丫頭了！」媳婦們忙上去推他：「這是二奶奶的名字，少混說。」賈母笑道：「你說，你說。」女先生忙笑着站起來說：「我們該死了，不知是奶奶的諱。」鳳姐笑道：「怕什麼，你們只管說罷。重名重姓的多呢。」（五八八頁）

以「鳳」為女兒之名並非異事。第三回說熙鳳是學名，已覺無甚必要。且第二回裏賈雨村不曾說麼：「更妙在甄家的風俗，女兒之名亦皆從男子之名命字，不似別家另外用那些春、紅、香、玉等艷字的，何得賈府亦落此俗套？」（二一一頁）可見女兒之名本不限於「琬琰芬芳」等。那他為什麼定要說熙鳳是男子的名字，並在這裏引這公子也名王熙鳳為證？雖同名同姓天下有，鳳姐本人就這樣說的，但我們不容易了解作者的用意。他為什麼拐着彎兒把鳳姐引到男人方面去呢？這就難怪後來索隱派種種的猜測了。極端的例，有如蔡孑民的《石頭記索隱》以民族主義釋《紅樓夢》，以男女比滿漢；這麼一比，書中的女子一個一個地都變為男人。像這樣的說法，未免過當，我們仍當從本書去找回答。

我認為它有兩種或兩層的解答，均見於第十三回，一在本回之首，一在本回之末。這裏先說第一層。鳳姐在夢中秦氏對她說：「嬸嬸，你是個脂粉隊裏的英雄，連那些束帶頂冠的男子也不能過你。」（一二六頁）說句白話也不過說她是「巾幗英雄」罷了，未免有點庸俗，然而本書寫來卻不庸俗。她的所以能夠比並男子，既不在裝扮形容上，也不在書本知識上（此所以鳳姐不識字卻無礙其有學名），而在於她的見識才幹上。鳳姐不僅可以比並男子，且可能勝於男子，冷子興所云是也。

《紅樓夢》以榮寧二府大觀園為典型環境，以寶玉和十二釵為典型人物，而其批判的對象卻不限於封建家庭，看他的寫法似非家庭所能局限。甲戌本第一回脂批所謂「見得裙釵尚遭逢此數，況天下之男子乎」。作者當日或因政治的違礙而有所避忌，故每多言外之意，弦外之音，亦即脂批所云「托言寓言」。我們今天若求之過深，不免有穿鑿附會之病；若完全不理會它，恐也未免失之交臂。

書中榮寧二府，其排場之豪華闊大，不僅超過封建社會一般的富貴家庭，就是當年滿洲的王府怕也不會那樣闊。自可解釋為浪漫主義的表現，誇張的筆法等，而在書中出現了人間幻景的風光，恐不止賣弄才華，或有更深的用意。其寫元春歸省還可以說「拿着皇帝家的銀子往皇帝身上使」（第十六回，一五六頁），至於秦氏之喪，地地道道賈家的事，這是書中第一個大場面，充分表現了他們的奢侈和僭越。而且作者雖刪去「淫喪天香樓」的回目及本文，卻並不曾取消這事實。現第十三回留下許多未刪之筆，第五回秦氏還是吊死的。她以邪淫而死，身後辦事卻那樣「恣意奢華」。以棺木而論，書中四大家族之一薛蟠就說：「拿一千兩銀子只怕也沒處買去」，其他可知。（或以為買棺木一事摹擬《金瓶梅》[二]）這不僅是一般的奢侈，且是這樣極端不合理的浪費。其尖銳的諷刺，無情的抨彈，因天香樓已改為暗場，現在讀下去還許不甚覺得；假如保存了原稿，這第十三回應當說是全書最突出、最火熾、最尖銳的一回了。我們覺得這樣刪了很可惜，但對於可卿說，她的形象這樣就蘊藉一些，《紅樓夢》比較潔淨一些，和後文的風格也比較調和，或亦未為全失也。

鳳姐出場後第一樁大事為「協理寧國府」，也是她生平得意之筆。第十三、十四回筆墨酣暢，足傳其人，第十四回寫「伴宿」一段，尤為簡括。甲戌本脂批所謂寫鳳姐之珍貴、英氣、聲勢、心機、驕大是也。【二】又庚辰本總批說：「寫秦死之盛，賈珍之奢，實是卻寫得一個鳳姐」，話也不錯，未免稍過其實。蓋此兩句，作意甚深，寫鳳姐固是一大事，尚非唯一的大事也。

即使只寫鳳姐，而其意義恐也不限於個人，她整理寧國府時，於第十三回曾總括該府的混亂實情：

> 頭一件是人口混雜，遺失東西；第二件，事無專執，臨期推委；第三件，需用過費，濫支冒領；第四件，任無大小，苦樂不均；第五件，家人豪縱，有臉者不服鈐束，無臉者不能上進。——此五件實是寧國府中風俗。（一三三頁）

除了這五條，在本回之末更有兩句詩的總評：「金紫萬千誰治國，裙釵一二可齊家。」這兩句話對於上文提出的問題做了進一步的回答。雖指的是鳳姐，卻不限於鳳姐。其意義有二：

【一】闞鐸《紅樓夢抉微》引《金瓶梅》第六十二回之文相比較，而曰：「同是父親帶來，同是有主之物，同一說明尺寸，同一說明香味，更可一目了然。」（五六、五七頁）

【二】甲戌本第十四回開首。庚辰本寫作眉批，文字略異。

其一，裙釵勝於金紫，也就是女子勝於男子，符合本書開首總評：「一一細考較去，覺其行止見識皆出我之上，何我堂堂鬚眉，誠不若彼裙釵」，也合於第二回寶玉「女兒水做的，男人泥做的」那樣的說法。原來書中屢以鳳姐比男人，以男人為標準，總似在尊男，實際尊女；名為尊女，又實係貶男。何以知之，從以鳳姐為實例知之。若引一個四德兼備的女子從而尊敬之，褒揚之，在那個時代謂之尊女可也。現在卻引了一個缺點很多，且有罪惡的婦女鳳姐為例；夫何足尊，而竟尊之，豈非痛貶這「萬千金紫」，貴族的男人們乎！他文章很輕妙，像我這樣說法恐過於着跡，而大意或者不誤，信乎《紅樓夢》之多疑語也。

其二，這裏又提起《大學》的「齊家治國」的老話來，在古代封建社會統治階級有這麼一套的制度，小型的單位叫做家，大型的單位叫做國，更大型的可以叫做天下；家長是關門皇帝，皇帝便是全國的總家長。家國既屬相通，齊家之道自可通於治國之道，這和後來的情形迥然不同。今曰「金紫誰治國，裙釵可齊家」，是以家國對舉，又不止抑男揚女而已。《紅樓夢》所寫東西二府，其規模甚大，亦從這裏可得到一點線索，作者微意之所在，盡非泛泛的鋪張誇大也。古人所謂「微而顯，志而晦，婉而成章」【二】，或可借評《紅樓夢》歟？

這裏又說「裙釵一二」。「一二」與「萬千」屬對，蓋非有他意；但書中有治家才能的女子卻不止一人，其第二個便是探春。她在十二釵中是不應忽略的。此處不及專論，只能連着鳳姐一談。《紅樓夢》對於她二人都非常惋惜，有一點關合，蓋皆為末世之英才也。這裏又須回溯本書的起筆。原來書中初寫東西兩府並為末世，而非其盛時，第二回載賈雨村、冷子興一段對話，將這點交代得很清楚（一七、一八頁），以文長不引了。第三回黛玉之入府，所見榮府已在衰落的時期，因為寫得那樣豪華氣派，使讀者容易誤認為盛世；再說不久又有元春封妃歸省之事，此秦氏所謂「烈火烹油、鮮花着錦之盛」（第十三回，一二七頁），其實不過迴光返照而已，秦氏也說「瞬息的繁華，一時的歡樂」。因此無論探春，或者鳳姐、平兒，都在那邊以一木支這將傾之大廈，這樣寫法本身就是一個悲劇。舉例以明之。第五回冊子「探春詞」道：「才自精明志自高，生於末世運偏消。」「鳳姐詞」曰：「凡鳥偏從末世來，都知愛慕此生才。」鳳姐那一幅且畫了一座冰山，那就快要倒了（五一頁）。【二】

探春在書中的大事當然是理家，我們也就談這一點。《紅樓夢》的原來規劃不過一百十回左右，到了第五十四回已到頂峰，以後便要走下坡路。早在第一回瘋僧對甄士隱說：「好防佳節元宵後，便是烟消火滅時。」（七頁）如今且替他算算看，第一個元宵在十八回，第二個元宵在五十四回，這樣的佳節元宵不知以後還有幾個；但到了第二個元宵之後，夕陽雖

【一】《左傳》成公十四年。

【二】《通鑑．唐紀》敘當時對於右相楊國忠的看法。賈家亦是外戚。寶釵說：「我倒像楊妃，只是沒一個好哥哥好兄弟可以作得楊國忠的。」見本書第三十回，三一七頁。

好，已近黃昏，無可疑者。第三個元宵即使有，恐怕已在演鑼鼓喧天的全武行了。探春就是在榮國府岌岌不可終日的形勢下來支撐殘局的，卻淡淡寫來，使我們不甚覺得。我喜歡引用的那一條，在這裏不妨再引一下：

> 此回接上文，恰似黃鐘大呂後轉出羽調商聲，別有清涼滋味。（有正戚序本第五十五回總批）

我們讀五十五回以後的《紅樓夢》確有這樣的感覺。「清涼」如改為「淒涼」，我看倒也很好。悲哀的氣氛實彌漫於此書的後半。

寧府與榮府本是魯衛之政，其體系規模均相同，但寧府比榮府更荒淫混亂。第五回《紅樓夢曲》「可卿詞」所謂「家事消亡首罪寧」者是，即東府的人自己也說：「論理，我們裏面也須得他來整治整治，都忒不像了。」（第十四回，一三四頁）鳳姐是在這樣的輿論下來協理寧國府的，本是幫忙性質，她的整理也是臨時性的，大刀闊斧的幹一下，「威重令行」便「心中十分得意」了（一三六頁）。至於探春理家，情形不同，比之從前，表面未動，實際上更加衰落了。她以小姐的身份代理鳳姐，所處理的都是一些日常瑣屑的家務，所對付的是自己家中的一班管事奶奶們，那些人，平兒說過，雖鳳姐心裏也不算不怕他們（六〇五

王熙鳳

頁），可見很難纏的。其另一方面，管的既是自己的家，可以想出一些比較經常的一套計劃來。若說鳳姐的協理是大刀闊斧，那麼探春的理家便是細磨細琢；若說第十四、十五兩回是作者得意之筆，那麼第五十五、五十六兩回更是用心之作了。

從第五十五、五十六兩回看出封建家庭裏勾結把持、營私舞弊等等，其範圍儘管很小，卻有典型性質。如第五十六回探春、李紈和平兒談頭油脂粉錢，以文字很長，只節引一段：

> 探春李紈都笑道：「你也留心看出來了。脫空是沒有的，也不敢，只是遲些日子。催急了，不知哪里弄些來，不過是個名兒，其實使不得，依然得現買。就用這二兩銀子，另叫別人的奶媽子的或是弟兄哥哥的兒子買了來，才使得。若使了宮中的人，依然是那一樣的。不知他們是什麼法子。是鋪子裏壞了不要的，他們都弄了來，單預備給我們？」平兒笑道：「買辦買的是那樣的，他買了好的來，買辦豈肯和他善開交，又說他使壞心，要奪這買辦了。所以他們也只得如此，能可得罪了裏頭，不肯得罪了外頭辦事的人。姑娘們只能可使奶媽媽們，他們也就不敢閒話了。」（六一〇頁）

過去衙門裏、宮廷裏，積弊之深，採辦的情況何嘗不是這樣，不過更擴大多少倍罷了。

探春理家大約從三方面下手：節流、開源、除弊。其所得的成績似乎不大，範圍也還小，以作意論卻又不能算小，記得從前戲上說過，北京城好比大圈裏套着許多小圈兒。《紅樓夢》的典型環境也可以借用這層疊的看法。其外圍一層且不說，大的圈兒為東西兩府，再小一圈是榮國府，而榮國府中有一個大觀園。探春的政策自然扯不到東府，即以西府論，亦尚不離「內壼」的範圍，影響也是局部的。但在十二釵所處的大觀園內，卻來了一個翻天覆地的大改革。書中回目對此褒揚備至，稱為「敏探春興利除宿弊，識寶釵小惠全大體」。於第六十二回又借了書主人寶、黛的對話作為重要的輿評：

寶玉道：「你不知道呢。你病着時，他幹了好幾件事。這園子也分了人管，如今多掐一草也不能了。又蠲了幾件事，單拿我和鳳姐姐做筏子禁別人，最是心裏有算計的人，豈止乖而已。」黛玉道：「要這樣才好。咱們家裏也太花費了。我雖不管事，心裏每常閒了替你們一算計，出的多，進的少，如今若不省儉，必致後手不接。」（六八八頁）

照黛玉的說法，「要這樣才好」，當亦認為這是深悉利弊，救時之良策。探春以一個女孩兒就想做這倒挽末運的大事業，不管怎樣，總是難得的。作者的讚美固為恰當。——話雖如此，她成功了沒有？我看也沒有。而且後回園中有許多事都從這「新政」上生出來的。如第五十回「柳葉渚邊嗔鶯咤燕，絳芸軒裏召將飛符」，以採擷花草而生衝突，即因一花一草以可生利而有人管理之故。又如第七十三回記大觀園中抽頭聚賭，「有三十吊、五十吊、三百吊的大輸贏」（八一八頁）也未必不由於婆子們收入增多之故。大觀園經過整理後，自有一番新氣象，而已非復當年承平光景矣。作者之筆移步換形，信手續彈，不知不覺已近尾聲了。

鳳姐和探春都在這樣的氣氛裏主持榮國府中家政的。按說鳳姐之為人，其品行學識不如探春遠甚，幹才或過之，而書中說：「探春精細處不讓鳳姐」（五九八頁），是亦在伯仲之間耳。書中褒探春而貶鳳姐，本來是對的。我們卻覺得對鳳姐的批判似乎還不夠。鳳姐的劣跡，小之則如以公款放高利貸，大之如教唆殺人，書中並歷歷言之不諱。第十六回開始，總提了一筆：「自此鳳姐膽識愈壯，以後有了這樣的事便恣意的作為起來，也不消多記。」（一五〇頁）許許多多的罪惡都包括在這「也不消多記」五字裏面了，這樣是否夠呢？書中用了頂出色的筆墨來寫她，有什麼理由呢？此蓋由於作者悲惋之情過於責備之意，恐是他的局限性所在。但若籠統的稱為局限，卻也沒有什麼意義。

以「懷金悼玉」主題的關係，作者對於十二釵每多恕詞，原不止鳳姐一人，但鳳姐的情形比較特殊，故尤顯得突出。所謂批判得不夠，意謂掌握批判的尺度過寬了，也就是恕詞過多的另一種說法。我以為批判的尺度假如符合了當時封建社會與家庭的現實，就不發生寬窄的問題，也無所謂局限；若以作者的個人感情而放鬆了尺度，這才有過寬的可能和局限性的問題。似乎應當採用這樣分析的看法，不宜籠統地一筆抹倒。

從基本上說，封建社會裏的女子都是受壓迫的被犧牲者；但她們之間仍有階層，上一層的每將這高壓力以一部分轉嫁到更下一層，所謂「九泉之下尚有天衢」。本書表現這情況很清楚，如晴雯受盡了壓迫卻又壓迫那些小丫頭，如她對於墜兒。鳳姐是榮國府的二奶奶，其作威作福自非晴雯之比，若說女人的身份，她亦是受壓迫的一個人。本書把她放在「懷金悼玉」之列本來不曾錯，如其情感過深，則未免失之於寬。如《紅樓夢曲》第十支云：

> 機關算盡太聰明，反送了卿卿性命。生前心已碎，死後性空靈。家富人寧，終有個家亡人散各奔騰。枉費了意懸懸半世心，好一似蕩悠悠三更夢，忽喇喇如大廈傾，昏慘慘似燈將盡。呀！一場歡喜忽悲辛，嘆人世終難定。（第五回，五六、五七頁）

這般一唱而三嘆，感傷的意味的確過分了一些。對鳳姐若如此惋惜，奈地下含冤之金哥、尤二姐等人何！再說，作者以探春、鳳姐為支撐殘局的英才，好像亦說得通。實際上，這盛衰之感，「末世」的觀念，皆明顯地與批判的現實主義、《紅樓夢》反封建的傾向相矛盾的。

對於鳳姐的看法大致如此。以本書未完，作者最後對於她怎樣描寫今不可知。就八十回論，批判或者不夠，就一百十回批判或者夠了——還是更不夠？脂批說她：「回首慘痛，身微運蹇」，回目又有「王熙鳳知命強英雄」【一】，是否有諸葛五丈原之風呢？

其次，就成書的經過說，先有《風月寶鑒》而後有《金陵十二釵》。鳳姐當然是《風月寶鑒》裏主要人物之一；因她事連賈瑞，而賈瑞手中明明拿着一面刻着「風月寶鑒」四字的鏡子。但同時，她又名列「十二釵」，其情形與秦可卿相仿，則褒貶之所以看來未盡恰當，未嘗不和本書這些情形有關。《寶鑒》書既不傳，自只能存而不論。

【一】以上兩條引文俱詳《紅樓夢研究》。

五　丫鬟與女伶

她們是「十二釵」中的群眾，妝成了紅紫繽紛、鶯燕呢喃的大觀園，現在只選了其中五個人為題，不免有遺珠失玉之恨。《紅樓夢》寫她們都十分出色，散見全書，不能列舉。以比較集中的第五十八回到六十一回，將許多丫鬟們、女伶們、婆子們的性情、形容、言語、舉止，曲曲描摹，細細渲染，同中有異，異中有同，一似信手拈來，無不頭頭是道；遂從瑣屑猥雜的家常日常生活裏湧現出完整藝術的高峰。我覺得《紅樓夢》寫到後來，更嘈雜了，也更細緻了。如這幾回書都非常難寫，偏偏寫得這樣好，此種伎倆自屬前無古人也。

這些丫鬟和女伶們，其畸零身世，女兒性情等等原差不多的，卻是兩個類型。《紅樓夢》只似一筆寫來，而已雙管齊下，雛鬟是雛鬟，女伶是女伶，依然分疏得清清楚楚。舉一些具體的例子：女伶以多演風月戲文，生活也比較自由一些，如藕官、菂官、蕊官的同性戀愛，第五十八回記藕官燒紙事，若寫作丫鬟便覺不合實際。又丫鬟們彼此之間傾軋磨擦，常以爭地位爭寵互相妒忌，而女伶處境不同，衝突也較少，她們之間就很有「義氣」。又如丫鬟們直接受封建家庭主婦小姐的壓制，懂得這套「規矩」，而女伶們卻不大理會。譬如第六十回以芳官為首，藕官、蕊官、葵官、豆官和趙姨娘的一場大鬧，女伶則可，若怡紅院的小丫頭們怕就不敢。如勉強也寫成群眾激憤的場面，也就不大合式了。這些粗枝大葉尚一望可知，至於更纖瑣、更細微之處，今固不能言，言之恐亦傷穿鑿。讀者循文披覽，偶有會心，或可解顏微笑耳。以下請約舉五人，合併為甲、乙兩部分。

（甲）紫鵑、平兒——紫鵑為黛玉之副，平兒為鳳姐之副。她們在《紅樓夢》裏都贏得群眾的喜愛，我也不是例外。紫鵑原名鸚哥，本是賈母的一個二等丫頭（見第三回），書中寫她性情非常溫和，恐怕續書人也很喜歡她，後四十回中寫她的也比較出色。在八十回中正傳不多，當然要提這第五十七回「慧紫鵑情辭試忙玉」，一字之褒曰「慧」，但她究竟慧不慧呢？這是很有意味的。

忙玉之「忙」，我昔從庚辰本校字，是否妥當，還不敢說。【二】首先當問：紫鵑為什麼要考試這寶玉，他有被考的必要嗎？今天看來，好像沒有必要。然而有的，否則她為什麼要試呢？她難道喜歡像下文所敘闖了一場大禍麼？

寶玉的心中意中人是誰，大約二百年來家喻戶曉的了，誰都從第一回神瑛侍者、絳珠仙草看起，他們怎能不知道啊。但是作者知之，評者知之，讀者今日無不知之，而書中大觀園裏眾人卻不必皆知，即黛玉本人也未必盡知。否則她的悲傷憔悴，為的是哪條？她常常和寶玉吵嘴打架，剪穗砸玉，所為何來呢？黛玉且然，何論於紫鵑。她之所以要考驗這「無事忙」的寶玉，在她看來完全有必要。

這裏牽涉到寶玉的性格和寶黛的婚姻這兩個大問題，自不暇細談，卻也不能完全不提。寶玉的愛情是泛濫的還是專一的？他是否如黛玉所說「見了姐姐就忘了妹妹」呢？作者在這裏怕是用了開首的唯心觀點來寫「石頭」之情——即有先天後天之別。從木石姻緣來說，是專一的，寶玉情有獨鍾者為此；若從被後來聲色貨利所迷，粉漬脂痕所污的石頭來說，不但情不能專一，即欲也是泛濫的，書中所記寶玉諸故事是也。在黛玉的知心丫鬟紫鵑看來，當然只知第二點，不見第一點，她從哪裏去打聽這大荒頑石、太虛幻境呵。但被她這麼一試，居然試出一點來了。為什麼是這樣，種種矛盾如何解釋雖尚不可知，但寶玉確是這樣，不是那樣。這中心的一點卻知道了。此所以紫鵑雖闖了彌天大禍，幾乎害了賈寶玉，卻得到正面的結論，黛玉除當時大【二】着急之外，絕無不滿意紫鵑之意，這是合乎情理的。

這樣一來果然很好，卻有一層：以後寶玉的婚姻就和黛玉分不開了，賈母也明白其中的利害。難道《紅樓夢》也寫大團圓，「瀟湘蘅蕪並為金屋」，像那些最荒謬的再續書一樣嗎？

【一】「忙玉」，校本從庚辰本改。就字面看，頗不愜人意。戚本《紅樓夢稿》本並作「寶玉」，比較老實，但又不能對「痴聾」。詳《談紅樓夢的回目》之十二，見《紅樓夢研究參考資料》，九六、九八頁。

【二】大，舊同「太」。編者注。

當然不是的。這無異作者自己給自己留下一個難題，我們今日自無從替他解答。依我揣想，黛玉先死而寶釵後嫁要好一些，但文獻無徵，這裏也就不必談了。

無論如何，紫鵑對她的主人盡了最大的努力，不獨黛玉當日應當深感，我們今日亦當痛讚，而作者之褒更屬理所當然矣。可是有一點，作者稱之為「慧」，她在這一回裏表現得是「慧」麼？彷彿不完全是那樣。事實上所表現的是一味至誠而非千伶百俐，譬如她和薛姨媽的一段對話（五十七回，六三六頁），誰不憎恨這老奸巨猾的薛姨媽，誰不可憐這實心眼兒的紫鵑呢！說她「忠誠」、「渾厚」、「天真」以及其他的贊語，好像都比這「慧」字更切合些，然而偏叫她「慧紫鵑」，這就值得深思。作者之意豈非說誠實和決斷都是最高的智慧，而「好行小慧」不足與言智慧也。【一】

平兒之於鳳姐與紫鵑之於黛玉不同。寫紫鵑乃陪襯黛玉之筆，不過「牡丹雖好終須綠葉扶持」這類的意思。如上說紫鵑忠厚，黛玉雖似嘴尖心窄，實際上何嘗不忠厚，觀第四十二回「蘭言解疑癖」可知也。她們還是一類的性格。若平兒卻不盡然，她雖是鳳姐的得力助手，如李紈說她：「你就是你奶奶的一把總鑰匙」（第三十九回），而她的治家幹才不亞其主，作者且似有意把平兒寫成鳳姐的對立面，不僅僅是副手。在某一方面她對鳳姐的行為有補救斡全之功；另一方面作者卻寫出她地位雖居鳳姐之下，而人品卻居鳳姐之上。像這樣的描寫，提高了丫鬟，即無異相對地降低了主人，也就是借了平兒來貶鳳姐。以文繁不能備引，只舉大觀園中興評抑揚顯明的一條，在第四十五回：

李紈笑道：「你們聽聽，我說了一句，他就瘋了，說了兩車的無賴泥腿市俗專會打細算盤分斤撥兩的話出來。這東西虧他托生在詩書大宦名門之家做小姐，出了嫁又是這樣，他還是這麼着；若生在貧寒小戶人家作個小子，還不知怎麼下作貧嘴惡舌的呢。天下人都被你算計了去。昨兒還打平兒呢，虧你伸的出手來。那黃湯難道灌喪了狗肚子裏去了。氣的我只要給平兒打抱不平兒，忖度了半日，好容易狗長尾巴尖兒的好日子，又怕老太太心裏不受用，因此沒來，究竟氣還未平。你今兒又招我來了。給平兒拾鞋也不要。你們兩個，只該換一個過子才是。」說的眾人都笑了。（四七六頁）

稻香老農說「換一個過子才是」，只怕不是笑話罷。此外如第六十九回寫鳳姐「借劍殺人」而平兒對尤二姐表同情，對她很好，更就行為上比較來批判鳳姐（七七三、七七六、七七七頁）。可見作者對於鳳姐決非胸中無涇渭，筆下無褒貶者，只不過有些地方說得委婉一些

【一】我在《談紅樓夢的回目》前文中曾說：「紫鵑之試玉雖非黛玉授意，她也是體貼了黛玉的心才這樣幹的。回目所以曰『慧紫鵑』。不然，闖這樣大禍，應當說莽紫鵑才對，何慧之有？」見《紅樓夢研究參考資料》，九七頁。

罷了。

第四十六回及上引四十七回之上半實為平兒本傳，書中最煊赫的文字是第四十四回寫她在怡紅院裏理妝，描寫且都不說，只引寶玉心中的一段話：

忽又思及賈璉惟知以淫樂悅己，並不知作養脂粉，又思平兒並無父母兄弟姊妹，獨自一人供應賈璉夫婦二人，賈璉之俗，鳳姐之威，他竟能周全妥貼，今兒還遭塗毒，想來此人薄命，比黛玉尤甚。想到此間便又傷感起來，不覺洒然淚下。（四七一、四七二頁）

總括地寫出她才高命薄，而作者已情見乎詞，不勞我們嘵舌矣。寶玉心中以黛玉為比，在《紅樓夢》中應是極高的評價，後人似不了解此意，就把「比黛玉尤甚」這句刪去了。

本書描寫十二釵，或實寫其形容姿態，或竟未寫；但無論寫與不寫，在我們心中都覺得她們很美，這又不知是什麼伎倆。這裏且借了平兒、紫鵑略略一表。實寫紫鵑的形容書中幾乎可以說沒有，只在第五十七回說過一些衣裝：

見他穿着彈墨綾薄綿襖，外面只穿着青緞夾背心。（六二二頁）

以外我就想不起什麼來了。他只寫紫娟老是隨着黛玉，其窈窕可想，此即不寫之寫也。第五十二回還有較長的一段：

寶玉聽了，轉步也便同他往瀟湘館來。不但寶釵姊妹在此，且連邢岫烟也在那裏。四人圍坐在熏籠上敘家常，紫鵑倒坐在暖閣裏臨窗作針黹。一見他來，都笑道：「又來了一個，可沒了你的坐處了。」寶玉笑道：「好一幅『冬閨集艷圖』。」（五六三頁）

寶玉只一句話，有多少的概括！

至於平兒，書中也不曾寫什麼。即有名的「理妝」一回，亦只細寫妝扮，反正不會「妝嫫費黛」的呵。她的出場在第六回：

劉姥姥見平兒遍身綾羅，插金帶銀，花容玉貌的，便當是鳳姐兒了。（六五頁）

似乎庸俗，不見出色。我以為正惟其庸俗，方一絲不走，在劉姥姥眼中故。又書中說，「劉姥姥雖是村野人，卻世情上經歷過的」（三十九回，四一五頁），平兒若不端莊流麗，劉姥姥亦不會無端誤認她為鳳姐也。

還有兩段，一反一正，都從他人口中側面寫來。如第四十六回鳳姐的話：「璉兒不配，就只配我和平兒這一對燒糊【二】了卷子和他混罷。」（四九八頁）用燒糊了的卷子來形容她自己和平兒，信為妙語解頤，咱們也要笑了。若第四十四回，「那鳳丫頭和平兒還不是個美人胎子」（四七二頁），那倒是真話實說，賈母也是不輕易許人的。

（二）齡官、藕官、芳官——齡官為梨園十二個女孩子之首（第三十回，三一九頁），於寶玉眼中「只見這女孩子眉蹙春山，眼顰秋水，面薄腰纖，裊裊婷婷，大有林黛玉之態」者是也。她的事跡在本書凡三見。其一見於第十八回記元春歸省：

太監又道：「貴妃有諭，說齡官極好，再作兩齣戲，不拘那兩齣就是了。」賈薔忙答應了，因命齡官作「游園」、「驚夢」二齣。齡官自為此二齣原非本角之戲，執意不作，定要作「相約」、「相罵」二齣。賈薔扭他不過，只得依他作了。賈妃甚喜，命不可難為了這女孩子，好生教習。（一八四頁）

「游園驚夢」在《牡丹亭》中，「相約相罵」在《釵釧記》中。【三】齡官為什麼不肯演那最通行的「游園驚夢」，而定要演這較冷僻的「相約相罵」呢？據說為了非本角戲之故。所謂「角」者，角色，生旦淨末丑之類是也。齡官當然演旦角，而旦角之中又有分別，以「游園驚夢」

之杜麗娘說，是閨門旦，俗稱五旦；以「相約相罵」之雲香言，是貼旦，俗稱六旦。今謂「游園驚夢」非本角戲而定要演「相約相罵」，齡官的本工當為六旦。——但事實不完全是這樣。在上文已演過四折，元春說齡官演得好，命她加演，可見齡官在前演的四折中必當了主角。那四折，旦角可以主演只兩折：「乞巧」與「離魂」。據脂批說：乞巧，「長生殿中」；離魂，「牡丹亭中」。「乞巧」即「密誓」，「離魂」即「鬧殤」。而「密誓」、「鬧殤」中之楊玉環、杜麗娘並為旦而非貼，可見齡官並非專演六旦的。因之所謂本角戲恐不過拿手戲的意思。齡官以為對「游園驚夢」她無甚拿手，故定要演這「相約相罵」。

從戲中情節看，可能還有較深的含意。「游園驚夢」的故事不必說了，「相約相罵」的故事已略見前注中。「相罵」表現得尤為特別。寫丫鬟與老夫人以誤會而爭辯，以爭辯而爭

【一】糊，同「煳」。編者注。

【二】《釵釧記》，明代作品，題月榭主人撰，名里未詳。全書未見，《綴白裘》中收了九齣。最常唱演的，有「相約」、「講書」、「落園」、「相罵」（一名討釵）。此四折情節如下（並參看青木正兒《中國近世戲曲史》譯本，二八一頁）：皇甫吟與富家女史碧桃有婚約。女父嫌生貧寒，欲以女另嫁。史女不欲，遣侍女雲香至皇甫吟家，約以中秋夜來園中，當贈以婚娶之資。後被皇甫之友韓時忠得知，阻生勿往，而己冒名前去，騙取釵釧。其後，碧桃見婚事毫無消息，再遣雲香催詢之，值吟不在，吟母說其子未去，雲香說彼曾來；提起釵釧，吟母亦不承認，遂因誤會而起衝突。若無中間一段穿插，首尾即不連貫，但「相約相罵」為全劇精華，每摘出連演。《紅樓夢》固如此，即《綴白裘》亦將此二折並收入五集卷四，則兩折單演，由來久矣。

坐，雲香坐在老夫人原有的椅子上，老夫人不許她坐，拉她下來，雲香怎麼也不肯下來，賴在椅子上，結果以彼此大罵一場而了之。【一】聽說最近還上演這戲，情形非常火熾。在昆劇中丫鬟和老夫人對罵，怕是惟一的一齣戲，即《西廂記．拷紅》也遠遠不如。齡官愛演這戲，敢以之在御前承應，真潑天大膽！她借了登場粉墨，發其幽怨牢騷，恐不止本角、本工、拿手戲之謂也。元春不點戲，讓她隨便唱，原是聽曲子的內行，但假如叫她點，也怕不會點這「相約相罵」的。

只說這一點，齡官的性格還不很鮮明，再舉其二其三。第三十回「畫薔」，寶玉尚不知其名，到了第三十六回「情悟梨香院」，方知「原來就是那日薔薇花下畫『薔』字的那一個」。這二、三兩段實為一事之首尾，分作兩回敘出耳。在第十八回上有一段脂評：

今閱《石頭記》至「原非本角之戲，執意不作」二語，便見其恃能壓眾，喬酸姣妒，淋漓滿紙矣。復至「情悟梨香院」一回，更將和盤托出。（己卯、庚辰、戚本）

他只從壞的方面看，上文還有優伶「種種可惡」之言，雖亦有觸着處，終覺不恰。《紅樓夢》之寫齡官為全部正副十二釵中最突出的一個。她倔強、執拗，地位很低微而反抗性很強。雖與黛玉、晴雯為同一類型，黛晴之所不能、不敢為者，而齡官為之。第三十回記寶玉的想法：

「難道這也是個痴丫頭，又像顰兒來葬花不成？」因又自嘆道：「若真也葬花，可謂東施效顰，不但不為新特，且更可厭了。」想畢，便要叫那女子說：「你不用跟着那林姑娘學了。」（三一九頁）

寶玉心中只有一個林妹妹，殊不知山外有山，天外有天也。寶玉能得之於黛玉、晴雯等者，卻不能得之於齡官。寶玉陪笑央她起來唱「裊晴絲」，又是游園！你想齡官怎麼說？「嗓子啞了。前兒娘娘傳進我們去，我還沒有唱呢。」（三八〇頁）這大有抗旨不遵的氣概。若此等地方，或出於有意安排，或出於自然流露，總非當日脂硯齋等所能了解者也。

【一】錄《綴白裘》五集四卷「相罵」對話一段：「（貼）好嚇，你奸騙錢財，叫你須臾受禍災。（老旦）老天應鑒察，不受這飛災。（貼）叫你偏受這飛災！（老）我偏不受這飛災！（貼）還了我的東西便罷，若不還我，死也死在這裏。（哭介）（老）哪裏說起，什麼釵釧，又是什麼銀子。嚇，嚇，嚇，你看他公然上坐。啐，這個所在是你坐的？（貼）難道是龍位皇位坐不得的？（老）雖不是龍位皇位，你卻坐不得。（貼）我倒偏要坐。（老）我偏不容你坐。小賤人！（貼）阿呀，老安人，不要破口嚇，我雲香是，喏，也會罵的　。（老）嚇，嚇，嚇，你敢罵，你敢罵！（貼）你這老——（老）嚇，老什麼，老什麼？（貼）老什麼，老安人。（老）我諒你也不敢罵。你這小賤人！（貼）老不賢！罵了！（老）嚇。（貼）嚇。（老）阿喲喲。（貼）阿喲喲。（老）小賤人！（貼）老不賢！（老）呸，走出去，這等放肆！（下）」

齡官畫薔也表現了她的情痴和堅拗的品質，第三十六回寫賈薔興興頭頭的花了一兩八錢銀子買了一個會串戲的小雀兒來，卻碰了齡官一個大釘子（校本，三八〇、三八一頁）。我十一歲時初見《紅樓夢》，看到這一段，「一頓把那籠子拆了」，替他可惜；又覺得齡官這個人脾氣太大，也太古怪了。她這脾氣也是有些古怪啊。她情鍾賈薔，而賈薔這個浮華少年是否值得她鍾情，恐怕也未必。此寶玉所以從梨香院回來，「一心裁奪盤算」而「深悟人生情緣，各有分定」也。

書中人人都羨慕榮國府的富貴，而齡官不然。大觀園中諸女兒都喜歡寶玉，而齡官不然。她只認為「你們家把好好的人弄了來，關在這牢坑裏學這勞什子」，將大觀園的風亭月榭視為「牢坑」，即黛玉、晴雯等人且有愧色，何論乎寶釵、襲人哉！還有眠思夢想不得進園的柳五兒呢。

這樣，她當然待不多久。在第五十八回遣散十二個女孩子時也不曾單提她，只用「所願去者止四五人」（六四〇頁）一語了之。「曲終人不見，江上數峰青」，她從此就不再見了。

自第五十八回梨香院解散，那些伶工子弟就風流雲散了，頗有《論語．微子》所云樂官分散的空氣。未去的分在園中各房就顯得更活躍了。在此以前，書中只傳齡官，其他提得很少。五十八回首敘藕官燒紙，被婆子看見，要去告發，得寶玉解圍，問起根由，她不好意思直說，只說去問芳官就知道了。回目載芳官的一段話說明了藕、菂、蕊官互戀的關係，寶玉

齡官

又發了一篇大議論。這樣的故事和回目「假鳳泣虛凰」原是相合的，問題在於寫這回書的用意。我前有《讀紅樓夢隨筆》，在其三十三《談紅樓夢的回目》【二】一文中，大意說五十八回的目錄，雖似對句平列，卻是上下文的關係，似以真對假，實以假明真。就人物來說，即以本回藕、葯、蕊官三人的故事暗示後回寶、黛、釵三人的結局，這裏為節省篇幅起見，不重敘了，只作一點補充的說明。

那文說得很詳細，已傷於繁瑣，仍有一點重要的遺漏，沒有談到這回目最突出的一點：「茜紗窗」。為什麼突出？「茜紗窗」在本文裏完全不見。有正戚本作「茜紅紗」，但「茜紅紗」也不見。這茜紗窗當指怡紅院，那麼作怡紅院不乾脆麼，為什麼不那麼寫？再說怡紅院有沒有茜紗窗呢？倒也是一個問題。

大家知道瀟湘館是有茜紗窗的（第四十回，四二二、四二三頁），卻不必專有，自然也可以用之怡紅院。如第七十九回黛玉說：「咱們如今都係霞影紗糊的窗隔」，可見怡紅院、瀟湘館並以霞影紗糊窗，這樣說就比較簡單了。可是再看下去，反而使人迷糊。

「……但只一件：雖然這一改新妙之極，但你居此則可，在我實不敢當。」說着，又接連說了一二百句「不敢」。黛玉笑道：「何妨。我的窗即可為你之窗，何必分晰得如此生疏。古人異姓陌路，尚然同肥馬，衣輕裘，敝之而無憾，何況咱們呢？」寶玉笑道：「論交道不

在肥馬輕裘，即黃金白璧，亦不當錙銖較量。倒是這唐突閨閣，萬萬使不得的。」（九〇四、九〇五頁）

黛玉說「我的窗即可為你之窗」，而寶玉說「萬萬使不得的」，然則怡紅院又沒有茜紗窗了麼？

我以為五十八回之「真情揆痴理」之「茜紗窗」，即七十九回寶黛二人所談，亦即《芙蓉誄》最後改稿「茜紗窗下，我本無緣；黃土隴中，卿何薄命」之「茜紗窗」。以五十八回的事實論，芳官、寶玉二人在怡紅院談話，這茜紗窗當屬之怡紅院；以意思論，遙指黛玉之死，這茜紗窗又當屬於瀟湘館。此所以雖見回目卻不見本文，蓋不能見也。如在芳官、寶玉談話時略點「茜紗」字樣，這故事便坐實了，且限於當時之怡紅院矣。現在交錯地寫來，這樣便造成了回目與本文似乎不相合的奇異現象。且引芳官和寶玉對話一段：

芳官笑道：「哪裏是友誼，他竟是瘋傻的想頭。說他自己是小生，葯官是小旦，常做夫

【一】《談紅樓夢的回目》之十三：「似一句自對各明一事，實兩句相對以上明下之例」，見《紅樓夢研究參考資料》，九八至一〇一頁。

妻；雖說是假的，每日演那曲文排場，皆是真正溫存體貼之事，故此二人就瘋了，雖不做戲，尋常飲食起坐兩個人竟是你恩我愛。菂官一死，他哭的死去活來，至今不忘，所以每節燒紙。後來補了蕊官，我們見他一般的溫柔體貼，也曾問他得新棄舊的。他說：『這又有大道理，比如男子喪了妻，或有必當續弦者，也必要續弦為是；但只是不把死的丟過不提，便是情深意重了。若一味因死的不續，孤守一世，妨了大節，也不是理，死者反不安了。』你說可是又瘋又呆，說來可是好笑。」寶玉聽說了這篇呆話，獨合了他的呆性，不覺又是歡喜，又是悲嘆，又稱奇道絕，說：「天既生這樣人，又何用我這鬚眉濁物玷辱世界。」（六四七頁）

藕官以新人代舊人，並不見用情專一，其言未必甚佳，寶玉的「稱奇道絕」，也頗出我們意外。書中既謂這篇呆話獨合了寶玉的呆性，這裏所敘顯然和後回有關。而且此段引文之後，寶玉又叮囑芳官轉告藕官叫她以後不可再燒紙，應該如何紀念才對；像那樣的辦法，寶玉在七十八回祭晴雯已親自實行了。

這五十八回主要的意思就是這樣。否則女伶們的同性戀似頗猥瑣，何足多費《紅樓夢》的寶貴筆墨。回目的作法固然巧妙，如泛泛看來，也未嘗不彆扭。本句自對，又像兩句相對。「假鳳泣虛凰」很好；「真情揆痴理」費解，很難得翻成白話，版本中且有誤「揆」為

「撥」者【一】，可見後人也不甚了解。若此等處，蓋以作意深隱之故；不然，他盡可以寫得漂亮一些呵。

在藕官燒紙寶玉和她分手後，又去看黛玉，在校本上只有兩行字（六四三頁），我從前認為雖似閒筆、插筆，實係本回的正文【二】，雖似稍過，大意或不誤。

以上雖說要談藕官，然而藕官實在也談得很少。

梨香院十二個女孩子中，八十回的前半特寫一齡官，後半特寫一芳官，都很出色。芳官自分配到怡紅院以後，在第五十八至六十回、六十二、六十三回都有她的故事。在姿容妝飾方面且寫得工細：

> 那芳官只穿着海棠紅的小棉襖，底下綠紬撒花夾褲，敞着褲腿，一頭烏油似的頭髮披在腦後，哭的淚人一般。麝月笑道：「把一個鶯鶯小姐，反弄成拷打的紅娘了。這會子又不用妝，就是活現的，還是這麼鬆咍咍的。」寶玉道：「他這本來面目極好，倒別弄緊襯了。」（校本，第五十八回，六四五頁。這裏引文參用戚本及《紅樓夢稿》）

【一】「揆痴理」，程本、有正本並作「撥痴理」。

【二】《紅樓夢研究參考資料》，一〇〇頁。

當時芳官滿口嚷熱，只穿着一件玉色紅青駝絨【一】三色緞子鬥的水田小夾襖，束着一條柳綠汗巾；底下是水紅撒花夾褲，也散着褲腿；頭上眉額編着一圈小辮，總歸至頂心，結一根鵝卵粗細的總辮，拖在腦後；右耳眼內只塞着米粒大小的一個小玉塞子，左耳上單帶着一個白果大小的硬紅鑲金大墜子，越顯的面如滿月猶白，眼如秋水還清。引的眾人笑說：「他兩個倒像是雙生的弟兄兩個。」（第六十三回，六九六、六九七頁）

本回脂本如庚、戚，都有芳官改名耶律雄奴，又改名溫都里納各一段。【三】不僅在梨香院十二個女孩子之中，就在十二釵中，芳官的形容是作者筆下寫得最多的一個人。把她寫得很聰明美麗，天真可愛，又有很多的缺點，倚強抓尖，以至於弄權，如柳家的五兒就想走她的門路（第六十回，六六三頁）。她已成為寶玉身邊一個新進的紅人了。

這樣，在那妒寵爭妍的怡紅院裏，豈有不招嫉妒的。晴雯也難免拈酸，她心直口快每每說了出來；襲人卻非常深沉，表面和平，不說什麼，有時晴雯發了話，她還替芳官解圍，如第六十三回寫芳官和寶玉一同吃飯後：

寶玉便笑着將方才吃的飯一節告訴了他兩個。襲人笑道：「我說你是貓兒食，聞見了香就好。隔鍋飯兒香。雖然如此，也該上去陪他們，多少應個景兒。」晴雯用手指戳在芳官額上說道：「你就是個狐媚子！什麼空兒跑了去吃飯。兩個人怎麼就約下了！也不告訴我們一聲兒。」襲人笑道：「不過是誤打誤撞的遇見了；說約下了，可是沒有的事。」（六九〇頁）

她似乎是個好好先生。等我們看到第七十七回被逐的時候：

王夫人笑道：「你還強嘴！我且問你：前年間我們往皇陵上去，是誰調唆寶玉要柳家的丫頭五兒來着？幸而那丫頭短命死了，不然進來了，你們又連夥聚黨遭害這園子。你連你乾娘都欺倒了，豈止別人！」（八七四頁）

王夫人怎麼知道了啊！莫非也是王善保家的告發的麼？還是怡紅院中更有別人呢？所以寶玉質問襲人第一個就提芳官，那是很有道理的。

【一】校本從己卯本作「酡絨」，誤。今改從戚、程等本作「駝絨」。駝絨為一種顏色之名。《揚州畫舫錄》卷一：「深黃赤色曰駝茸」，「茸」即「絨」也。

【二】這兩段文字在全書裏顯得不調和，敘芳官忽然改妝，且似與上文不甚銜接，其中寶玉的議論也很謬。不知當時為什麼要這樣寫，後來的本子往往刪去了。

後來的評家說芳官在第六十三回唱的：「翠鳳毛翎扎帚叉」的曲子也有寓意【二】，我不大相信，但她的結局確是歸入空門。在第七十七回的目錄以此事與晴雯之死並提，則其重要可知。然而晴雯之死，昭昭在人耳目，傳說唱演至於今不衰，而芳、藕、蕊三官的結局卻不大有人提起。據說她們出去後尋死覓活，要剪了頭髮當尼姑去，她們的乾娘沒有辦法，來請示王夫人：

王夫人聽了道：「胡說！哪裏由得他們起來！佛門也是輕易人進去的。每人打一頓給他們，看還鬧不鬧了。」當下因八月十五日各廟內上供去，皆有各廟的尼姑送供尖之例，王夫人曾就留下水月庵的智通與地藏庵的圓心住兩日，至今未回，聽得此信，巴不得又拐兩個女孩子去作活使喚，因都向王夫人道：「咱們府上到底是善人家。因太太好善，所以感應得這些小姑娘們皆如此。雖說佛門輕易難入，也要知道佛法平等。我佛立願，原是連一切眾生無論雞犬皆要度他，無奈迷人不醒。若果有善根能醒悟，即可以超脫輪迴。所以經上現有虎狼蛇蟲得道者不少。如今這兩三個姑娘既然無父無母，家鄉又遠，他們既經了這富貴，又想從小兒命苦，入了這風流行次，將來知道終身怎樣；所以苦海回頭，立意出家，修修來世，也是他們的高意。太太倒不要限了善念。」王夫人原是個好善的，先聽彼等之語不肯聽其自由者，因思芳官等不過皆係小兒女一時不遂心，但恐將來熬不得清淨，反致獲罪。今聽這兩個拐子的話大近情理；且近日家中多故……哪裏着意在這些小事上。即聽此言，便笑答道：「你兩個既這等說，你們就帶了作徒弟去如何？」二姑子聽了，念一聲佛，道：「善哉！善哉！若如此，可是你老人家陰德不小。」說畢，便稽首拜謝。王夫人道：「既這樣，你們問他們去。若果真心，即上來當着我拜了師父去罷。」這三個女人聽了出去，果然將她三人帶來。王夫人問之再三，他三人已是立定主意，遂與兩姑子叩了頭，又拜辭了王夫人。王夫人見他們意皆決斷，知不可強了，反倒傷心可憐，忙命人來取了些東西，賷賞了他們，又送了兩個姑子些禮物。從此芳官跟了水月庵的智通，蕊官、藕官二人跟了地藏庵的圓心，各自出家去了。（八八三、八八四頁）

這芳官、藕官、蕊官三個小女孩子，就生生的被拐子拐走了！

這段文字相當乾燥，平平敘去，並稱王夫人為好善的。表面上看，王夫人處置這事也相當寬大，既不阻人善念，臨了「反倒傷心可憐」，「賷賞了他們」；兩姑子高談佛門平等，普度眾生，亦復頭頭是道；芳官等臨去時亦很乾脆，並無哭哭啼啼之態，好像都沒有什麼，比晴雯被攆那樣的淒慘差得遠了。然而「拐」字一點，「拐子」二點，就九十度地轉了一個彎。

【一】《妙復軒評石頭記》第六十三回引太平閒人評曰：「才賞花，已掃花，卻塵緣，歸離恨，歸水月，一齊都到。」

把王夫人的假慈悲，真殘忍，心裏明白，裝糊塗，尼姑的詐騙陰險，小孩們的無知可憐，畫工所不到的一一的寫出來了，讀下去有點毛骨悚然。

不由得令人想起本書開首香菱碰見的那個人來，香菱所遇確是個拐子，這裏卻不然，分明是一個水月庵，一個地藏庵，兩個好好的尼姑呵，而竟直呼為「兩個拐子」。拐子者，以拐人為業者也，這亦未免過當了罷？一點也不。作者正是說得最深刻深切，恰當不過，並非拐子，實為尼姑，而尼姑即拐子也。這裏完全打破了自古相傳玄教禪門的超凡入聖、覺迷度世種種偽裝，而直接揭發了所謂「出家人」的詐欺、貪婪、殘酷的真面目。稱為拐子，應無愧色，嚴冷極矣。後回還有下文否不可知，反正這就足夠了。

然而這樣的好文章，似很少有人說它寫得怎樣慘，卻也有些原由。乍一看來，好像從人之願。書中說「他三人已是立定主意」；又說「王夫人見他們意皆決斷，知不可強了」。其實她們何嘗願意走這空門的絕路，乃是不得不走呵。於初次遣散時，其中一多半不願意回家者原是無家可歸，在第五十八回裏已交代過了。她們在榮國府大觀園的環境裏，也沾染了一點信佛的空氣，對於空門有一些錯誤的憧憬，即姑子所謂「因太太好善，所以感應得這些小姑娘們皆如此」。再說這段文字固然特別的好，但在《紅樓夢》全書及本回回目還有矛盾，似不調和。如回目說「美優伶斬情歸水月」，仍好像懺情覺悟出於自願似的。從全書來看，開筆第一回即寫了一些神話，如甄士隱、如柳湘蓮皆隨了道人飄然而去，不知所終，都很容易使人誤認芳官她們也是這樣去的；她們是走了解脫的道路而非墮入陷坑。像這樣的誤會，恐也不能與原書無關，即如書中所示檻外人妙玉和「獨臥青燈古佛旁」的惜春，究竟是怎樣收場的，也就不很明白。

我們必須用批判的眼光穿透了這些烏雲濁霧，才能發見「獨秀」的盧山真面。批判的眼光從何而來，一方面須自己好學深思，更重要的是不斷提高思想水平，用馬克思列寧主義的階級觀點和階級分析的方法來作科學的研究。曹雪芹生在十八世紀的初期，他就能寫出像這樣批判的現實主義的名著，我們今天紀念他，要向他遺著學習，更要向他如何寫作《紅樓夢》的方法來學習；要學他種種描寫的技巧，更要學他的概括和批判。這篇文章寫來已甚冗長，寫完仍感不足，不足窺見本書偉大面貌於萬一，更恐多紕繆，亟待讀者批評指正。

一九六三年七月一日，北京

樂知兒語說《紅樓》

昔蘇州馬醫科巷寓，其大廳曰樂知堂。予生於此屋，十六離家北來，堂額久不存矣。曾祖春在堂群書亦未嘗以之題耑，而其名實佳，不可廢也，故用作篇題云。

兒語者言其無知，余之耄學即蒙學也。民國壬子在滬初得讀《紅樓夢》，迄今六十七年，管窺蠡測曾無是處，為世人所嗤，不亦宜乎？炳燭餘光或有一隙之明，可贖前愆歟？

一九七八年年戊午歲七月二十四日雨窗，槐客識於北京西郊寓次，時年八十。

一　漫談紅學

《紅樓夢》好像斷紋琴，卻有兩種黑漆：一索隱，二考證。自傳說是也，我深中其毒，又屢發為文章，推波助瀾，迷誤後人。這是我生平的悲愧之一。

紅學之稱，本是玩笑

《紅樓》妙在一「意」字，不僅如本書第五回所云也。每意到而筆不到，一如蜻蜓點水稍縱即逝，因之不免有罅漏矛盾處，或動人疑或妙處不傳。故曰有似斷紋琴也。若夫兩派，或以某人某事實之，或以曹氏家世比附之，雖偶有觸着，而引申之便成障礙，說既不能自圓，輿評亦多不愜。夫斷紋古琴，以黑色退光漆漆之，已屬大煞風景，而況其膏沐又不能一清似水乎。縱非求深反惑，總為無益之事。「好讀書，不求甚解」，竊願為愛讀《紅樓》者誦之。

紅學之稱本是玩筆，英語曰 Redology 亦然。俗云：「你不說我還明白，你愈說我愈糊塗了。」此蓋近之。我常說自己愈研究愈糊塗，遂為眾所呵，斥為巨謬，其實是一句真心語，惜人不之察。

文以意為主。得意忘言，會心非遠。古德有言：「依文解義，三世佛冤。離經一字，便同魔說」，或不妨借來談「紅學」。無言最妙，如若不能，則不即不離之說，抑其次也。神光離合，乍陰乍陽，以不即不離說之，雖不中亦不遠矣。譬諸佳麗偶逢，一意冥求，或反失之交臂，此猶宋人詞所云「眾裏尋他千百度，驀然回首，那人卻在燈火闌珊處」也。

夫不求甚解，非不求其解也。曰不即不離者，亦然浮光掠影，以淺嘗自足也。追求無妨，患在鑽入牛角尖；深求固佳，患在求深反惑。若夫譸張為幻，以假混真，自欺欺人，心勞日拙已。以有關學術之風氣，故不憚言之耳。

更別有一情形，即每說人家頭頭是道，而自抒己見，卻未必盡圓，略如昔人詩云「鮑老當筵笑郭郎，笑他舞袖太郎當；若教鮑老當筵舞，能更郎當舞袖長」，此世情常態也，於「紅學」然。近人有言：「《紅樓夢》簡直是一個碰不得的題目。」余頗有同感。何以如此，殆可深長思也。昔曾戲擬「紅樓百問」書名，因故未作——實為僥幸。假令書成，必被人掎摭利病，呵為妄作，以所提疑問決不允恰故。豈不自知也。然群疑之中苟有一二觸着處，即可拋磚引玉，亦野人之意爾。今有目無書，自不能多說。偶爾想到，若曩昔所擬「紅學何來」？可備一問歟？

百年紅學，從何而來？

紅學之稱，約逾百年，雖似諢名，然無實意。誠為好事者不知妄作，然名以表實，既有此大量文獻在，則謂之紅學也亦宜。但其他說部無此諢名，而《紅樓夢》獨有之，何耶？若云小道，固皆小道也。若云中有影射，他書又豈無之，如《儒林外史》、《孽海花》均甚顯著，似皆不能解釋斯名之由來。然則固何緣有此紅學耶？我謂從是書本身及其遭際而來。

最初即有秘密性，瑤華所謂非傳世小說，中有礙語是也。親友或未窺全豹，外間當已有風聞。及其問世，立即不脛而走，以鈔本在京師廟會中待售。有從八十回續下者可稱一續，程、高擬本後，從百二十回續下者，可稱二續，紛紛擾擾，不知所屆。淫辭褻語，觀者神迷。更有一種談論風氣，即為紅學之濫觴。「開口不談《紅樓夢》，此公缺典定糊塗」，京師竹枝詞中多有類此者。殆成為一種格調，彷彿咱們北京人，人人都在談論《紅樓夢》似的。——誇大其詞，或告者之過，而一時風氣可想見已。由口說能為文字，後來居上，有似積薪，茶酒閒談，今成「顯學」，殆非偶然也。其關鍵尤在於此書之本身，初起即帶着問題來。斯即《紅樓夢》與其他小說不同之點，亦即紛紛談論之根源。有疑問何容不談？有「隱」豈能不索？況重以手神絕代之文詞乎？曰猜笨謎，誠屬可憐，然亦人情也。索隱之說於清乾隆時即有之（如周春隨筆記壬子冬稿一七九二），可謂甚早。紅學之奧，固不待嘉道間也。

從索隱派到考證派

原名《石頭記》。照文理說，自「按那石上書云」以下方是此記正文，以前一大段當是總評、楔子之類，其問題亦正在此。約言之有三，而其中之一與二，開始即有矛盾。甄士隱一段曰「真事隱去」，賈雨村一段曰冒「假語村言」，（以後書中言及真假兩字者甚多，是否均依解釋，不得而知。）真的一段文辭至簡，卻有一句怪話：「而假通靈之說撰此《石頭記》一書也。」着此一言也，索隱派聚訟無休，自傳說安於緘默。若以《石頭記》為現實主義的小說，首先必須解釋此句與銜玉而生之事。若斥為糟粕而摒棄之，似乎不能解決問題，以讀者看《紅樓夢》第一句就不懂故也。人人既有此疑問，索隱派便似乎生了根，春風吹又生。一自胡證出籠，脂評傳世，六十年來紅學似已成考證派（自傳說）的天下，其實仍與索隱派平分秋色。蔡先生晚年亦未嘗以胡適為然也。海外有新索隱派興起不亦宜乎？其得失自當別論。假的一段稍長，亦無怪語，只說將自己負罪往事，編述一集以告天下；又說「閨閣中本自歷歷有人」，萬不可使其泯滅。——此即本書有「自傳說」之明證，而為我昔日立說之依據。話雖如此，卻亦有可怪之處。既然都是真（後文還有「親睹親聞」、「追蹤躡跡」等等），為什麼說他假？難道就是「假作真時真亦假」麼？即此已令人墜入五里霧中矣。依上引文，《紅樓夢》一開始，即已形成索隱派、自傳說兩者之對立，其是非得失，九原不作，安得而辨之，爭論不已，此紅學資料之所以汗牛充棟也。「愚擯勿讀」，似屬過激，嘗試覽之，是使讀者目眩神迷矣。

書名人名，頭緒紛繁

此段文中之三，更有書名人名，即本書著作問題，亦極五花八門之勝。茲不及討論，只粗具概略。按一書多名，似從佛經擬得。共有四名，僅一《石頭記》是真，三名不與焉？試在書肆中購《情僧錄》、《風月寶鑒》、《金陵十二釵》，固不可得也。又二百年來膾炙人口《紅樓夢》之名變不與焉，何哉？（脂批本只甲戌本有之，蓋後被刪去。）顧名思義，試妄揣之，《石頭記》似碑史傳；《情僧錄》似禪宗機鋒；《風月寶鑒》似懲勸淫欲書；《金陵十二釵》當有多少粉白黛綠、燕燕鶯鶯也。倘依上四名別撰一編，特以比較《紅樓夢》，有「存十一於千百」之似乎？恐不可得也。書名與書之距離，即可窺見寫法之迥異尋常。況此諸名，為涵義蘊殆藉以表示來源之複雜，尚非一書多名之謂乎。

人名詭異，不減書名。著作人三而名四。四名之中，三幻而一真，曹雪芹是也。以著作權歸諸曹氏也宜。一如東坡《喜雨亭記》之「吾以名吾亭」也。雖然歸諸曹雪芹矣，烏有先生、亡是公之徒又胡為乎來哉（甲戌本尚多一吳玉峰）！假托之名字異於實有其人，亦必有一種含義，蓋與本書之來歷有關。今雖不能遽知，而大意可識，穿鑿求之固然，視若無睹，亦未必是也。作者起草時是一張有字的稿紙，而非素紙一幅，此可以想見者。讀《紅樓夢》，遇有困惑，憶及此點，未必無助也。

其尤足異者，諸假名字間，二名一組，三位一體。道士變為和尚，又與孔子家連文，大有「三教一家」氣象。宜今人之視同糟粕也。然須有正當之解釋與批判。若徑斥逐之，徒滋後人之惑，或誤認為遺珠也。三名之後，結之以「曹雪芹於悼紅軒中披閱」云云，在著作人名單上亦成為真假對峙之局，遙應開端兩段之文，渾然一體。由此視之，楔子中主要文字中，紅學之雛形已具，足以構成後來聚訟之基礎，況加以大量又混亂之脂批，一似烈火烹油也。

若問：「紅學何來？」答曰：「從《紅樓夢》裏來。」無《紅樓夢》，即無紅學矣。或疑是小兒語。對曰：「然。」

其第二問似曰：「紅學又如何？」今不能對，其理顯明。紅學顯學，烟墨茫茫，豈孩提所能辨，耄荒所能辨乎？非無成效也，而矛盾夥頤，有如各派間矛盾，各說間矛盾，諸家立說與《紅樓夢》間矛盾，而《紅樓夢》本身亦相矛盾。紅學本是從矛盾中發展壯大起來的，固不足為病。但廣大讀者自外觀之，只覺烟塵滾滾，殺氣迷漫，不知其得失之所在，勝負之所由分，而靡所適從焉。

昔一九六三年有《弔曹雪芹》一詩，附錄以結篇：

艷傳外史說紅樓，半記風流得似不。
脂硯芹溪難並論，蔡書王證半胡謅。
商謎客自爭先手，彈駁人皆願後休。
何處青山埋玉骨，漫將卮酒為君酬。

一九七八年九月七日

二　紅樓釋名

《紅樓夢》已盛傳海內外，蔚成顯學，而紅樓何指未有定論。唐詩中習見，是否與之有關，亦不明確。如甲辰本夢覺主人序文云「紅樓富女，詩證香山」即為一例。以本書言，寫樓房甚少，若怡紅、瀟湘、蘅蕪皆只平屋耳。

「紅樓」典故

《資治通鑑》卷二六三敘五代王建事曰：「建作府門，繪以朱丹，蜀人謂畫紅樓。」畫者，美辭。紅樓即朱門也。又《成都古今記》云：「紅樓，先主所建，彩繪華侈……城中人相率來觀，曰看畫紅樓。」是當時確有一金碧交輝之樓，補鑒文所未及，記時人語，多一「看」字尤妙。

夫王建據蜀，虐使其民，大興土木，僭擬皇居，君門九重，其中宮室之美，彼行路人安得群觀而讚嘆之，恐不過遙瞻而已。史文雖簡，蓋得其實，卻別有一解。吾人習見前清王府款式，而古代朱門，不必皆然，或於門上起樓，雕鏤華彩，是朱門亦即紅樓也。二說並通，而折衷之論固不足「紅樓」解惑。撰人即非泛引唐詩，亦未必抹此故事也。竊謂有虛實二意。就虛者言之，「紅」字是書中點睛處，為書主人寶玉有愛紅之病而住在怡紅院，曹雪芹披閱增刪《石頭記》則於悼紅軒。此紅字若與彼紅字相類，自當別含義蘊，非實指也。上一字既虛，下一字亦然，不必以書中某處樓屋實之。若泛指東西二府，即朱門之謂耳。

樓在何處？

或病斯義，虛玄惝恍，必求某地以實之，其天香樓乎？在本書中亦無其他之樓可當此稱者。今本第一回楔子中並無《紅樓夢》之名，獨脂批甲戌本有之。其辭曰：「吳玉峰題為《紅樓夢》，東魯孔梅溪則題曰《風月寶鑒》。」審其語氣，此《紅樓夢》蓋接近《風月寶鑒》，然今傳八十回之謂也，其重點當在於夢遊幻境與秦可卿之死。此句何以被刪？不得而知，而關係匪鮮，茲不具論。

第五回之回目與正文，並載《紅樓夢》之名，但指一套散曲，非謂全書；見於夢中，又非實境。寶玉夢入太虛幻境在秦氏房中，本書詳言所在，而於室內鋪陳有特異之描寫，列古美人名七，殆已入幻境，非寫實也。（此種筆墨與後迥異，於本書為僅見，疑是《風月寶鑒》之原文。）又記：

秦氏笑道：「我這屋子，大約連神仙也可以住得了。」

疑此即「紅樓」也。是否即天香樓，無明文，亦可想像得之。惜第十三回「秦可卿淫喪天香樓」之文，被刪已佚，無助於了解，剩得未刪之句：

另設一樓於天香樓上……打四十九日解冤洗孽醮，然後停靈於會芳園中。

是天香樓在會芳園中而秦氏即死於此樓之明證。其是否為可卿臥室，尚未能定。靖應鵾藏本畸笏評語有「遺簪更衣諸文」六字，是天香樓蓋為秦氏所居，即寶玉前日入夢之地，亦即所謂紅樓也。雖非定論，聊益談資，遂記之以詩云：

仙雲飛去速歸路，豈有天香艷跡留。
左右朱門雙列戟，爭教人看畫紅樓。

一九七八年九月二十三日

記云「好而知其惡」，請以之讀《紅樓夢》。當一分為二。空言詠嘆之，譽為天下第一，恐亦無助於理解也。其開篇之提綱正義，以真假並列，有可疑焉。

三　從「開宗明義」來看《紅樓夢》的二元論

紅樓難讀，始於甄、賈

甄士隱、賈雨村云云，似相矛盾，致生紅學兩派之對立，已見前文（詳見已發表之《索隱派與自傳說閒評》），但其意義殊不止也。蓋有關於《紅樓夢》性質，是一元還是二元。如本為一元，則二者之關係不明，或有自語相違之失；如是二元各走各的，即無所謂矛盾，然仍融會於書中而呈複雜之觀。此書之難讀，未必不由於是。

略舉其辭。第一「甄」節，言歷過夢幻，將真事隱去，借通靈撰此書。第二「賈」節，言將自己生平編述一集，閨閣有人，不可使其泯滅，而用假語村言來敷演故事。是一是二，孰真孰假，誠極惝怳迷離之至矣。試略提數問：「夢幻」是生平否?「真事」即家事否?

既然「隱去」，如何「編述」？「通靈」乃石頭記本旨，又何云「假語村言」？斯二節之歧異明矣。第二節末更有附言，云：「非怨時罵世之書……閱者切記之。」有意自辯，大有「此地無銀三百兩」之嫌疑。於第一節無此文，卻有通靈之說，亦傷時罵世否耶？吾不得而知之矣。

歧異之外，更有繁簡之別。第一節至短，第二節頗長，且似拖沓重複。如既云鬚眉不若裙釵矣，又云閨閣中有人，萬不可因我之不肖，一併使其泯滅也。其尤足異者，在甄、賈對舉之不恰當。真事隱去，固約諧音為甄士隱。假語村言，似不得諧音為賈雨村，以「去」字可省，而「言」字不可省也。假語、村言，平列對舉。曰「假語村」，不辭甚矣，曾謂絕世文心而有若此之割裂哉？其是否別有含意，故意賣一破綻，今不得知，姑就通常文理而言之耳。又第一回之目雖上下平列，而似平實側。甄士隱誠然於夢中識通靈矣，而賈雨村未嘗於風塵中懷閨秀也，所見只不過嬌杏丫鬟而已。（英蓮、嬌杏二名，當別有說。）雨村乃極俗之人，為寶玉所怕見者，書中明寫，何「懷閨秀」之有？述當日閨友閨情者，乃是作者自身，非賈雨村也。賈雨村在意義上仍當讀為假語村言，卻有一字之差，成為歇後語。回目上句通順，下句費解，與開書本文第一節、第二節，情形正相若。

總之，「第一回題綱正義」，非常奇特。就其內容，甄之一節似《石頭記》提綱，賈之一節似《金陵十二釵》之提綱；然二名本是一書，豈能分為兩段，各說一套，且下文明說曹雪芹於披閱增刪之後，題曰「金陵十二釵」，無論雪芹是本書作者或最後整編者，《金陵十二釵》總歸是最後定本。而自來未有以「十二釵」為正式書名者，有似「情僧錄」之儔，抑又何也？疑蘊重重，不可測也。

索隱、考證，分立門庭

然二元之旨既揭露於開端，則兩派在本書上皆有不拔之根柢，其分立門庭、相持不下者，亦勢所必然，事之無奈也。若問其能否在此開篇中得充分之啟示，俾解決本書之疑難，恐未能也。何以故？兩段之文繁簡迥別，簡者沉晦，繁亦失當，謂之俱不明也可。如索隱派旨在抉出其歷史政治上之謎底，但「夢幻」、「真事」、「通靈」畢竟何謂，作者未言也。安見其必與史事有關？根據不甚明白，商謎之巧拙中否尚在其次。「自傳說」在本文得到有力的支持矣，然以之讀全書則往往發生障礙，今人不愜；而作者用筆狡猾之甚，大有為其所愚之嫌疑。將假語村言論，認為真人真事，雖在表面似乎有合，而實際上翩其反矣。即多方考證之，亦無關宏旨也。

人人皆知紅學出於《紅樓夢》，然紅學實是反《紅樓夢》的，紅學愈昌，紅樓愈隱。真事隱去，必欲索之，此一反也。假語村言，必欲實之，此二反也。老子曰：「反者道之用」，或可以之解嘲，亦辯證之義也，然吾終有黑漆斷紋琴之憾焉。前有句云「塵網寧為綺語寬」，近有句云「老至猶如綺夢迷」，以呈吾妻，曾勸勿作，恐亦難得啟顏耳。

一九七八年十月二十八書

四 空空道人十六字閒評釋

援「道」入「釋」

余以「色空」之說為世人所呵舊矣。雖然，此十六字固未必綜括全書，而在思想上仍是點睛之筆，為不可不知者，故略言之。其辭曰：

因空見色，由色生情，傳情入色，自色悟空。

由空歸空，兩端皆有「空」字，似空空道人之名即由此出，然而非也。固先有空空道人之名而後得此義。且其下文云「遂易名為情僧，改石頭記為情僧錄」，可見十六字乃釋氏之義，非關玄門。道士改為和尚，事亦頗奇。其援道入釋，蓋三教之中終歸於佛者，《紅樓》之旨也。若以寶玉出家事當之，則淺矣。以下試言此十六字。

固道源於心經，卻有三不同。「色」字異義，一也；經云：「色即是空，空即是色」，此言由空而色，由色而空，二也；且多一情字，居中運樞，經所絕無，三也。情為全書旨意所存。情色相連，故色之解釋，空色之義均異心經。三者實一貫也。

「色」之異義，「空」有深旨

先談色字之異義。經云色者，五蘊之包，包括物質界，與受想行識對。此云色者，顏色之色，謂色相、色情、色欲也。其廣狹迥別，自不得言色即是空，而只云由色歸空。短書小說原不必同於佛經也，他書亦有之。

如《來生福彈詞》第廿八回德暉語：「情重的人，那色相一並定須打破。……心經上明說『色即是空，空即是色。』把這兩句參透了，心田上還有恁不乾淨處？」下文說：「累心的豈止色相一端」，蓋於心經之文義有誤解，故云然。但云情重之人須破色相，殆可移來作此十六字注腳也，「來生福」不題撰人名，蓋在《紅樓夢》之後。

竊依文解義，此所謂「空」只不過一股空靈之義，然有深旨，如「落一片白茫茫大地真乾淨」之類是也。空空道人者，亡是公耳，即今之無名氏。四句中上兩「色」字讀如色相之色，下兩「色」字讀如色欲之色。而「情」兼有淫義，第五回警幻之言曰：

好色即淫，知情更淫。

語意極明，無可曲解，色情淫固不可分也。若強為解釋，又正如她說：

好色不淫……情而不淫……此皆飾非掩醜之語也。

不論於理是否圓足，即此痛情直捷，已堪千古。前有《臨江仙》詞云：「多少金迷紙醉，真堪石破天驚」，蓋謂此也。

未盡之意，請詳他篇。

一九七八年十一月十日

五　漫說芙蓉花與瀟湘子（外一章）

芙蓉累德夭風流，倚枕佳人補翠裘。
評泊茜紗黃土句，者回小別已千秋。

秋後芙蓉亦牡丹

余前有釵黛並秀之說為世人所識，實則因襲脂批，然創見也，其後在筆記中（書名已忘）見芙蓉一名秋牡丹，遂賦小詩云：「塵網寧為綺語寬，唐環漢燕品評難。哪知風露清愁句，秋後芙蓉亦牡丹。」（記中第六十三回籤上注云：「自飲一杯，牡丹陪飲一杯。」）蓋仍舊說也。

此記僅存八十回，於第七十九回修改《芙蓉誄》，最後定為「茜紗窗下，我本無緣；黃土隴中，卿何薄命。」書上說：

黛玉聽了，忡然變色，心中雖有無限的狐疑亂擬，外面卻不肯露出，反連忙笑着點頭稱妙。

芙蓉一花，雙關晴黛。誄文哀艷雖為晴姐，而靈神籠罩全在湘妃。文心之細，文筆之活，妙絕言詮，只覺「神光離合」尚嫌空泛，「畫龍點睛」猶是陳言也。石兄天真，絳珠仙慧，真雙絕也，然已逗露夢闌之消息來。下文僅寫家常小別：

黛玉道：「我也家去歇息了，明兒再見罷。」說着，便自取路去了。

平淡淒涼，自是書殘，非緣作意。黛玉從此不再見於《紅樓夢》矣。曲終人去，江上峰青，視如二玉最後一晤可也，不須再讀後四十回。舊作《紅樓縹緲歌》曰：

芙蓉累德夭風流，倚枕佳人補翠裘。
評泊茜紗黃土句，者回小別已千秋。

即詠其事。晴為黛影，舊說得之。晴雯逝後，黛玉世緣非久，此可以揣知者也。未完之書約二、三十回，較今續四十回為短，觀上引文，有急轉直下之勢，敘黛玉之卒，其距第八十回必不遠。或即在誄之明年耶？其時家難未興，名園無恙，「亭亭一朵秋花影，尚在恆沙浩劫前」，又如梅村所云「痛知朝露非為福」也。

黛先死釵方嫁，但續書卻誤

芙蓉又為夭折之徵。《閱微草堂筆記》卷十二，紀曉嵐悼郭姬詩自注：「『未定長如此，芙蓉不耐寒』，寒山子詩也。」上述姬卒於九月。按《芙蓉誄》稱，「蓉桂競芳之月」，即九月也。蓋晴黛皆卒於是月，雖於後回無據，以情理推之，想當然耳。

於六十三回黛玉掣得籤後：

> 眾人笑說：「這個好極。除了他，別人不配作芙蓉。」黛玉也自笑了。

書中特舉，可見只有黛玉，別人不配作芙蓉。那麼怎又有《芙蓉誄》呢？豈自語相違，形影一身故。上文懸揣，非無因也。

怡紅夜宴，擎花名籤，書中又一次預言，釵黛結局於焉分明。牡丹芳時已晚，而況芙蓉。花開不及春，非春之咎，故曰「莫怨東風當自嗟」也。黛先死而釵方嫁，此處交待分明，無可疑者。續書何以致誤，庸妄心情，誠為叵測。若云今本後四十回中，或存作者原稿之片段，吾斯之未能信。

蛾眉善妒，難及黃泉

後回情節皆屬揣測，姑妄言之。黛玉之死，非關寶玉之婚；而寶釵之嫁，卻緣黛玉之卒。一自瀟湘人去，怡紅院天翻地覆，挽情海之危瀾，自非蘅蕪莫可。即依前回情節，諸娣歸心，重闈屬望，寶釵之出閨成禮已屆水到渠成，亦文家之定局，蓋無所施其鬼蜮奇謀也。但木石金玉之緣，原有先後天之別，凡讀者今皆知之，而當時人皆不知，且非人力所能左右。三十六回之夢話，寶玉亦未必自知。及其嫁了，如賓厮敬，魚水言歡，皆意中事、應有義。而玉兄識昧前盟，神栖故愛，夙業纏綿，無間生死，蛾眉善妒，難及黃泉。寶釵雖具傾城之貌，絕世之才，殆亦無如之奈何矣。若斯悲劇境界，每見於泰西小說，《紅樓》中蓋亦有之，惜餘韻杳然，徒勞結想耳。「縱然是齊眉舉案，到底意難平」，《終身誤》一曲道出伊行婚後心事。窺豹一斑，輒為三嘆。

作者於蘅瀟二卷非無偏向，而「懷金悼玉」之衷，初不緣此而異。評家易抑揚為褒貶，已覺稍過其實，更混以續貂盲說，便成巨謬。蘅蕪厄運，似不減於瀟湘也。

一九七八年十一月二十日

六 宗師的掌心（外三章）

一切紅學都是反《紅樓夢》的。即講的愈多，《紅樓夢》愈顯其壞，其結果變成「斷爛朝報」，一如前人之評《春秋經》。筆者躬逢其盛，參與此役，謬種流傳，貽誤後生，十分悲愧，必須懺悔。

開山祖師為胡適。紅學家雖變化多端，孫行者翻了十萬八千個筋斗，終逃不出如來佛的掌心。【一】雖批判胡適相習成風，其實都是他的徒子徒孫。胡適地下有知，必乾笑也。

何以言之？以前的紅學實是索隱派的天下，其他不過茶酒閒評。若王靜安之以哲理談「紅」，概不多見。胡氏開山，事實如此不可掩也。按其特點（不說是成績）有二：一、自敘說。曹家故事。二、發見脂批（十六回本）。

頃閱戴不凡《揭開紅樓夢作者之謎》一文似為新解，然亦不過變雪芹自敘為石兄自敘耳。石兄何人？豈即賈寶玉？謎仍未解，且更混亂，他雖斥胡適之說為「胡說」，其根據則為脂批。此即當年胡適的寶貝書。既始終不離乎曹氏一家與脂硯齋，又安能跳出他的掌心乎？

一九七九年三月十一日晨窗

【一】昔年清華考試，人每以「胡適之」對「孫行者」，趣聞也。

七 甲戌本與脂硯齋

在各脂評本中，甲戌本是較突出的，且似較早。甲戌本之得名由於在本書正文有這麼一句：「至脂硯齋甲戌抄閱再評，仍用《石頭記》。」

現存的胡適藏本卻非乾隆甲戌年所抄，其上的脂批多出於過錄。這本的特點，在此只提出兩條：一早一晚，都跟脂硯齋有關。所謂早，即上引語，甲戌為一七五四年，早於己卯、庚辰約五、六年，今本或出於傳抄，但其底本總很早，此尚是細節；本文出脂硯齋，列名曹雪芹之後，於「紅學」為大事。此各本所無，即我的八十回校本亦未採用。以當時不欲將脂硯之名入「正傳」，即詩云「脂硯芹溪難並論」之意也。其實並不必妥，姑置弗論。

脂硯「絕筆」在於甲戌本嗎？

此本雖「早」，卻有脂齋最晚之批，可能是絕筆，為各脂本所無，這就是「晚」。這條批語很特別，亦很重要，載明雪芹之卒年而引起聚訟。我有《記夕葵書屋石頭記批語》一文專論之，在此只略說，或補前篇未盡之意。

此批雖甲戌本所獨有，卻寫得異常混亂，如將一條分為兩條而且前後顛倒，文字錯誤甚多，自決非脂硯原筆。他本既不載，亦無以校對。在六十年初卻發現清吳鼒夕葵書屋本的批語。原書久佚，只剩得傳抄的孤孤零零的這麼一條。事甚可怪，已見彼文，此不贅，徑引錄之，以代甲戌本。

此是第一首標題詩，能解者方有辛酸之淚哭成此書。壬午除夕書未成，芹為淚盡而逝。余常哭芹，淚亦待盡。每思覓青埂峰，再問石兄，奈不遇賴頭和尚何，悵悵。今而後願造化主再出一脂一芹，是書有幸，余二人亦大快遂心於九原矣。甲申八月淚筆

此批中段「每思」以下又扯上青埂峰、石兄、和尚，極不明白；石兄是否曹雪芹亦不明，似另一人。首尾均雙提芹脂與本書之關係，正含甲戌本敘著作者之先提雪芹繼以脂硯齋，蓋脂硯始終以著作人之一自命也，此點非常明白。又看批語口氣，稱「余二人」，疑非朋友而是眷屬。此今人亦已言之矣，我頗有同感。牽涉太多，暫不詳論。

曹雪芹非作者？

甲戌本還有一條批語，亦可注意：

若云雪芹披閱增刪，然則開卷至此，這一篇楔子又係誰撰？足見作者之筆狡猾之甚，後文如此處者不少。這正是作者用畫家烟雲模糊處，觀者萬不可被作者瞞弊（當作蔽）了去，方是巨眼。【一】

當是脂硯齋所批。我當時寫甲戌本後記時亦信其說，而定本書之作者為曹雪芹，其實大有可商者。學作巨眼識英雄人或反而上當。芹既會用畫家烟雲模糊法，脂難道就不會麼？此批之用意在駁倒「批閱增刪」之正文而仍歸諸芹，蓋其閨人之心也。一笑。

脂齋為什麼要這樣批呢？原來當時雪芹的《紅樓夢》著作權未被肯定，如裕瑞《棗窗閒筆》、程高排本《序言》皆是，此批開首「若云」句可注意，說雪芹披閱增刪，即等於說不是他做的，所以脂硯要駁他。但這十六字正文如此不能否定，所以說它是烟雲模糊法。其實

【一】此批當在「滿紙荒唐言，一把辛酸淚」一詩之上，但並非第一首標題，蓋別有說，今不詳言。

這烟雲模糊，恐正是脂硯的遮眼法也。是否如此，自非綜觀全書與各脂批不能決定。這裏只不過閒談而已。

紅樓迷宮，處處設疑

還有一點很特別，《紅樓夢》行世以來從未見脂硯齋之名，即民元有正書局石印的戚序本，明明是脂評，卻在原有脂硯脂齋等署名處，一律改用他文代之。我在寫《紅樓夢辨》時已引用此項材料，卻始終不知這是脂硯齋也。程、高刊書將批語全刪，脂硯之名隨之而去，百年以來影響毫無。自胡適的「寶貝書」出現，局面於是大變。我的「輯評」推波助瀾，自傳之說風行一時，難收覆水。《紅樓》今成顯學矣，然非脂學即曹學也，下筆愈多，去題愈遠，而本書之湮晦如故。竊謂《紅樓夢》原是迷宮，諸評加之帷幕，有如詞人所云「庭院深深深幾許，楊柳堆烟、簾幕無重數」也。

一九七九年四月廿日寫

八 茄胙、茄鮝

二名均見本書第四十一回。有正本作「茄胙」，八十回校本從之，其他各本大都作「茄鮝」。

事隔三十年，當時取捨之故已不甚記得，大致如下：小說上的食品不必真能吃，針線也不必真做，亦只點綴家常，捃摭豪華耳。話雖如此，但如三十六回說「白綾紅裏的兜肚」已成合（音葛）好了，怎能再剌（音戚）？「寶釵只剛做了一兩個花瓣」，難道連裏子一塊兒扎麼？此種疵累，前人已言之，固無傷大雅，若切近事實，自然更好。

做法各異，乾濕有別

茄胙、茄鮝不僅名字不同，做法亦異，有乾濕之別。依脂批與通行本，茄鮝是濕的，如說「用雞湯煨乾，將香油一收，外加糟油一拌」，即使「盛在瓷罐子封嚴」亦不似今之罐頭，日久豈不渥（北音）壞了？自不如有正本（亦脂批之一）茄胙的製法，「必定曬脆了，盛在磁罐子封嚴了」之為妥當。是書描繪多在虛實之間，這裏取其較符事實者，亦未脫拘滯之見，亦姑妄言之耳。

近得語言研究所丁聲樹先生來信，題一月十六日，至四月初方從文學所轉到。書中提起這問題，遂破甑再拾，寫為短篇以志君惠。

其第一書，錄其說茄胙（鮓）之一節：「茄胙也叫茄子鮓，是現在許多地區常用的食品。做法和鳳姐說的大同，當然不是用那麼華貴的調料，而是一般人家都可以常做的。」

書中又提到《紅樓夢》上的問題（詳下）。我覆信詢茄鮓之詳，他於四月十日覆書云：

茄子、扁豆、豇豆、酸菜、辣椒鮓等，廣泛流行於湖北、湖南、貴州、四川、雲南各省。茄鮓尤為常見，據說昆明市上醬菜園中，今天還有出售茄鮓的（文字可能不用鮓字）。一般地講，普通人家自製居多。茄鮓做法確實與正本鳳姐口中所說相似。茄子預先切成細絲曬乾，拌上米粉、調料、鹽末之後（當然不會有什麼雞絲雞湯等等），長期貯藏在一個菜罎子裏，食用從中取出若干蒸之即可。

語甚明確，自屬可信。有正本之作茄胙近於寫實，固較各本為長。既通行於西南，北人不知，視為新奇，亦不足怪也。

文字亦有異同

但並不止蔬菜做法，且有文字的異同。丁君專攻語文，原作為《紅樓夢》版本一問題而提出的。更錄其第一書之關於茄鯗者：「鯗似當作鮺，與鮓同字，《集韻》同在上聲馬韻，音側下切，今普通話讀 zhǎ。有正本的『胙』，應讀為『鮓』，與脂本的鯗是一字異體。」

他從《紅樓夢》的兩種本子來談文字的異同，意甚新穎。先說「胙」、「鮓」。比較簡單，其音為「側下」zhǎ，「鮓」正體，「胙」別字，現在醬園不知寫甚字，如丁君所云。按《字典》鮓訓藏魚，與「鮺」同。「鮺」從差聲，是古字，胙肉之胙是借字。我前校本從有正本作「茄胙」，他年可修改或加注。諸本之作「茄鯗」者，其製法與有正本不同，自成一系列。「鯗」為俗字，正作「䰿」，並音想，改與不改，似亦無關作意，情形尤簡單，其實不盡然。

「鮺」如改「鯗」，筆畫似相差無幾，卻與「鯗」字只少了一捺。茄鮺（鮓、胙）通行於西南半壁，而茄鯗之稱，《紅樓》以外無聞焉。「鯗」是否「鮺」之誤呢？丁君此書正是這樣提出的。是文字、意義的差別，而非字體之異寫。據《字典》：

> 鮺，从差省，側下切，音鮓，藏魚。鯗，从食省，息兩切，音想，乾魚臘。（注：鮺鮓，古今字，鮺見《說文》。鯗有想吃味美之意，音兼義。）

「鮺」、「鯗」形近音異，久藏乾臘義亦相近，而古今異制，南北異稱，今不能詳，但總是兩字耳。

從本書言之，茄鯗、茄胙名稱製法不同，原各成系列。但有正亦是脂本，雖不着脂硯之名，何以與其他脂本不同，似是一問題。以「鮺」校「鯗」，有溝通二者意，此即丁君「一字異體」之說，也就是說應以「茄鮓」為正。

作者本意何在？

首先從一般通行本看，「鯗」是否錯字？鯗魚是現在的普通食品。以把茄子做得鮮美而耐久藏，謂之茄鯗，名義亦相當，卻皆似出於空想，不如作茄鮓的近乎事實，而於小說為無礙，已見前文。

如作者當時想的名字是「茄 zhǎ」，應當寫什麼字呢？總是「鮓」之類，怕不會寫這古體；既然「鮓」自不會一錯成「鮺」再誤為「鯗」了，再退一步，即使改「鮺」再誤成「鯗」，欲結合有正與他脂本，恐仍無益，因其下文的製造各具一格，上雖通連，而下歧出如故也。若同是脂本系統，何以有兩種格式，自是原作稿本的不同，且有關於《紅樓夢》二元或多元的性質，茲不具論。

前校是書，用有正戚序本作底子，我當時不大滿意，想用庚辰本而條件不夠（庚辰本只有照片，字跡甚小，亦不便抄寫）。現在看來，有正本非無佳處，「茄胙」之勝於「茄鮝」便是一例。余年齒衰暮，無緣溫尋前書，同校者久歸黃土，不能再勘切磋，殊可惜也。

一九七九年五一前夕

九

七九年六月九日口占

贊曰：以世法讀《紅樓夢》，則不知《紅樓夢》；以《紅樓夢》觀世法，則知世法。

一九七九年五一前夕

十　秦可卿死封龍禁尉（外二章）

《紅樓夢》文字錯亂，故不易翻譯。楊憲益君新譯本自較好，然亦不免有誤。如第十三回回目此句，譯作：Ko-Ching dies and a captain of the imperial guard is appointed。用連接詞將一語分為兩段，其誤甚明，然細辨之殆非無因。此句原文本不太通順，一個女人怎麼會被封為武官？固不能直譯為英文也。但楊氏對此回目亦未盡了解。Appointed 如回譯為漢文當是「授」而非「封」，見下。

這是回目經過修改的緣故。本作「秦可卿淫喪天香樓，王熙鳳協理寧國府」，非常工穩貼切。但既刪去天香樓一段故事，自然不得不修改回目，是否修改好了？也很難說。

龍禁尉者，於清代官制當為乾清門侍衛，悠繆其詞耳。賈蓉新捐這官，據說為喪禮上風光些，但官只不過「五品」，何以風光，請看銘旌：「防護內廷紫禁道御前侍衛龍禁尉」。此即回目所謂「死封龍禁尉」。銘旌寫法乃小說家誇言，與後來的笑話相似，非實筆也。「誥封」與「誥授」不同。古代婦女隨夫之官職得封，故夫人亦俗稱「誥封」。打油詩云「三品受夫封」是也。

如上所述改本回目雖亦勉強可通，終不及原目之自然。是否別有寓意不得而知。與其穿鑿附會，不如徑認作者措辭未善之為愈也。

將一句譯成兩截終覺不妥。如譯為「秦可卿，龍禁尉之夫人死」，略去「新封」一事，或較徑捷而不失原意。中西語法不同，此或未諳譯事甘苦者之言耳。

一九七九年十一月廿一日

第十四回載銘旌全文：

奉天洪運兆年不易之朝誥封一等寧國公冢孫婦防護內廷紫禁道御前侍衛龍禁尉享強壽賈門秦氏恭人之靈柩

如此之長，實在有點像老笑話書上所載「翰林院侍講大學士國子監祭酒隔鄰王婆婆之柩」，信為語妙，豈鋪張之謂歟？

一九七九年十二月九日

十一　寶玉之三妻一愛人

在記中前八十回寶玉之婚配迄無定論，後四十回云云可備一說耳。姑妄言之，期在通俗，無取繁詞，以甲乙等示之。

甲、可卿，主婚者警幻。第五回曰：「再將吾妹一人，乳名兼美，字可卿者，許配與汝，今夕良時即可成姻」是也。

在人世為私情，天上是合法的，其人也「鮮艷嫵媚有似乎寶釵，風流裊娜則又如黛玉」。固合釵黛為一身者。

乙、寶釵，主婚者元妃。第二十八回「薛寶釵羞籠紅麝串」。端午節所賜，寶玉與釵同黛異。且恐人不注意又明點一句：「怎麼林姑娘的倒不同我的一樣，倒是寶姐姐的同我一樣？」一回末藉以寫艷，黛玉有「呆雁」之喻，神情絕妙，豈續貂惡札所夢見。

丙、湘雲。今傳本記安排她嫁衛若蘭，其訂婚見第三十二回襲人語。但此恐只是一種稿本。寶湘婚姻，在「紅學」之傳說中還未停止，如所謂「舊時真本」等。依事理推測，枕霞是賈母的娘家侄女，黛玉卒後老人屬意於她，亦有可能。特別是第三十一回「因麒麟伏百首雙星」一語，若非寶湘結合，則任何說法終不圓滿也。此屬於本書稿本參錯問題，今不具論。

丁、黛玉。有前生之情緣，無今生的婚姻，這在書中是最明顯的。但所謂前因，依第一回之記敘卻非常糊塗，神瑛頑石是一是二，惝怳迷離。程排本以神瑛侍者為警幻賜頑石之美稱，自非抄本之誤，蓋亦出於不得已。若如脂本，兩故事平行而不交叉，絳珠自以眼淚還侍者甘露之惠耳，與頑石又何干？而曰「木石前盟」耶？是「楚則失之，齊亦未為得也。」若此疑難由於稿本之錯雜，非空言所能解決也。

一九七九年十一月二十三日